KB121203

싱크

싱크 7

2015년 8월 25일 초판 1쇄 인쇄
2015년 8월 28일 초판 1쇄 발행

지은이 현민
발행인 이종주

기획 팀 이주현 이기헌
책임 편집 이세종

발행처 (주)로크미디어
출판등록 2003년 3월 24일
주소 서울시 용산구 원효로97길 46 5층
Tel (02)3273-5135 **Fax** (02)3273-5134
홈페이지 rokmedia.com **E-mail** rokmedia@empas.com

ⓒ 현민, 2015

값 8,000원

ISBN 979-11-255-9568-7 (7권)
ISBN 979-11-255-8684-5 04810 (세트)

싱크

7

†현민 게임 판타지 장편소설†

ROK
MEDIA

로크미디어

CONTENTS

태풍

　날아오른 거대한 양날도끼는 뒤쪽에서 마법으로 공격하는 스켈레톤 마법사를 향해 날아갔다. 그 어떤 저주나 죽음의 마법으로도 맹렬하게 회전하는 사라겐의 비월을 막지 못했다.

　양날도끼가 스켈레톤 마법사를 때려 부쉈다.

　녀석의 마법 공격이 끊어진 틈을 이용해 아로간타르와 체리는 스켈레톤 병사, 스켈레톤 궁수를 죽여 나갔다.

　사라겐의 비월은 스켈레톤 마법사가 되살아나는 족족 다시 무너뜨렸다.

　노바디는 하품을 하며 레벨업 메시지 창을 닫았다.

　현재 레벨은 42였다. 레벨 60을 넘겨야 캉트 던전에 들어갈 수 있으니 앞으로 18 남았다.

스켈레톤 병사, 궁수 들을 없애느라 지쳐서 헐떡거리던 아로간타르가 마력으로 변형된 검 토포레로 스켈레톤 마법사를 처리했다.

"저런 도끼 처음 봐요."

동그랗게 눈을 뜬 체리는 아직도 허공에 떠 있는 도끼를 쳐다보고 있었다.

"사라겐의 비월이에요. 노바디의 주력 무기가 바로 저 도끼랍니다."

바마퉁이 친절하게 설명했다.

"아, 도끼가 주력 무기라고요?"

"몰랐어요?"

"저는…… 권법가 겸 검객이라고 생각했어요. 권각술에 능할 뿐 아니라 검에도 조예가 깊은 무인 말이에요. 아, 셀레스카르 님은 도끼를 사용하지 않을 텐데요?"

"셀레스카르 님의 제자가 되기 전에 배운 게 도끼술이거든요."

바마퉁의 어깨에 힘이 들어갔다. 노바디의 강함이 곧 자신의 강함처럼 느껴졌다.

체리보다 더 큰 충격을 받은 이는 아로간타르였다.

검의 최고 단계 중 하나로 불리는 어검술. 마음대로 검을 날릴 수도 있는 경지. 어검술에 능숙해지면 검은 스스로 날아다니며 적을 해치운다.

"어검술은 아니야."

노바디는 사라겐의 비월을 향해 손을 뻗으며 말했다. 도끼는 빠르게 날아왔다.

"어검술이 분명합니다, 대사형."

"이건…… 뭐랄까, 도끼 자체의 능력이야. 다른 도끼를 이런 식으로 띄울 수는 없어."

그 설명에도 아로간타르는 노바디를 의심했다. 두 눈으로 규검을 펼친 순간을 봤기 때문에 노바디라면 어검술도 가능할지 모른다고 생각했던 것이다.

"자, 가자."

노바디는 선두에 섰다.

스켈레톤 병사, 스켈레톤 궁수, 스켈레톤 마법사가 떼로 몰려왔다.

사라겐의 비월이 맹렬하게 회전하며 스켈레톤 병사들의 두개골을 공중으로 쳐올렸다.

노바디는 그 사이로 바람처럼 비집고 들어가며 쿵! 타각을 펼쳤다. 충격파가 사방으로 퍼져 나가며 스켈레톤 병사 백여 마리가 무너져 내렸다.

날아오는 뼈화살 수십 대를 천무삼권 시위현동의 수법으로 통과한 노바디는 주먹으로 수라부월공 작이변풍을 펼쳐 스켈레톤 궁수들을 쓰러뜨렸다.

뒤는 체리와 아로간타르에게 맡긴 노바디는 뭉쳐 있는 스켈레톤 마법사들을 향해 돌진했다. 쏟아지는 저주, 부패 마법은 위험을 감지하고 드러난 용현갑에 튕겼다.

시꺼먼 갑주에 둘러싸인 상태로도 자유롭게 몸을 움직일 수 있었던 노바디는 다시 한 번 타각으로 열 마리나 되는 스켈레톤 마법사들을 무력화시켰다.

뼈가 조각조각 부러지는 바람에 부활 속도가 느렸고, 그 때문에 스켈레톤 병사, 궁수 들을 해치우고 온 아로간타르와 체리가 스켈레톤 마법사들을 요리할 수 있었다.

노바디는 레벨을 확인했다. 47이었다.

직접 전투에 참여하여 죽였는데도 레벨 올라가는 속도는 예상만큼 빠르지 않았다. 더 강한 몬스터를 없애야 레벨이 빨리 올라간다는 뜻이다.

그때, 노바디는 무언가가 빠르게 뒤쪽에서 다가오고 있음을 깨닫고 몸을 돌렸다.

시꺼먼 것이 스켈레톤 궁수들이 남긴 활을 살피던 체리에게로 달려들었다. 노바디는 이미 사라겐의 비월을 던졌다.

양날도끼는 어마어마한 속도로 날아가 검붉은 송곳니를 드러낸 늑대의 이마에 박혔다. 울음을 터트린 늑대는 사라겐의 비월의 힘을 이기지 못하고 벽까지 날아갔다.

그사이, 은밀하게 몸을 웅크린 채 접근한 또 다른 다크울프가 놀라서 뒤돌아선 체리를 덮쳤다.

체리가 허리에 찬 단검을 뽑아 늑대의 가슴을 찔렀다. 늑대는 축 늘어졌다.

"괜찮아?"

"이 정도로 절 어떻게 할 수는 없어요, 마스터."

다크울프의 피를 뒤집어쓴 체리가 몸을 일으키며 웃자, 하얀 이가 더욱 공포스럽게 보였다.

바마퉁은 다크울프의 발톱에 긁힌 체리의 어깨를 치료했다. 독이 묻어 있어서 상처 근처는 이미 퍼렇게 변색되고 있었는데, 사토르 힐링의 기운이 스며들자 빠르게 원래 색으로 돌아왔다.

"바마퉁 님도 대단해요."

"……이 장갑이 대단한 거예요."

당황한 바마퉁은 그렇게 얼버무렸다.

다섯 마리에서 일곱 마리씩 무리를 지어 파티 중 약한 사람을 공격하는 다크울프를 죽이자 지하 2층으로 내려가는 계단이 보였다.

"간다."

노바디는 사라겐의 비월을 앞으로 던지며 계단을 딛고 내려갔다.

확실히 투르카 던전 지하 2층에 출몰하는 몬스터는 1층보다 훨씬 강했다.

그 몬스터의 외모는 세와타트 산맥 지하 깊은 곳, 버려진 드워프의 도시 네후렁에서 싸웠던 콤포와 비슷했다. 다만 눈이 좀 더 크고 눈꼬리가 위로 올라갔으며, 발톱이 훨씬 길어 좀 더 짐승 같은 분위기를 풍겼다. 또한 죽음의 마법에 걸려 이성을 잃은 바람에 눈이 검붉게 빛나는 점이 달랐다.

가장 큰 차이점은 전투력이었다. '타락한 콤포' 하나가 네 후령에서 떼를 지어 몰려다니던 콤포 다섯보다 더 강했다.

처음엔 도끼나 해머를 든 콤포들이 몰려들었다.

다음엔 콤포 궁수.

그다음에는 콤포 마법사들이 지저분한 마법으로 집요하게 공격했다.

노바디는 무거운 마음의 짐을 내려놓고 사라겐의 비월을 휘둘렀다. 이 순간만큼은 사자의 귀환 퀘스트도 잊고 오로지 눈앞의 몬스터를 죽이는 일에 몰두했다.

노바디가 전투에 빠져들수록 아로간타르와 체리의 역할이 줄어들었다.

바마퉁은 노바디의 일거수일투족을 살피며 필요하다고 판단될 경우 회복 마법을 걸었다. 현재, 사토르의 힐링을 걸면 1분의 시간이 지나야 다시 사용이 가능해지기 때문에, 계산을 잘해야 타이밍을 맞출 수 있었다.

지하 2층 끝자락에 이를 무렵, 노바디의 레벨은 53까지 올라갔다.

위기 순간에만 발동되는 용현갑의 특성 때문에 노바디의 몸은 타락한 콤포의 피로 흠뻑 젖어 있었다. 수라부월공과

싱크

무극심법, 천무삼권이 어우러져 용현갑은 단 두 번 몸을 감쌌을 뿐이다.

아무리 고급 무공을 익힌다고 해도 실전에 약한 무인도 존재한다. 아로간타르는 노바디가 그 반대라는 사실을 직접 두 눈으로 보고 확신했다. 어마어마한 실전 경험으로 인해 사소하면서도 평범한 초식마저 압도적인 위력을 발휘한다.

'대사형과 맞붙으면…… 난 비참하게 깨지겠구나. 왜 사부님이 수제자로 삼았는지 알 것 같다.'

체리 역시 노바디의 전투력에 기가 질릴 만큼 놀란 상태였다. 짜증이 날 만큼 많은 몬스터가 튀어나오는 이 던전에서 어떻게 그 많은 공격을 저토록 능숙하게 피할 수 있는지 체리는 이해할 수 없었다.

지하 2층 마지막 공터에 도착했다.

거기 거대한 몸집을 가진 몬스터가 3층으로 내려가는 길목을 막고 있었다. 머리가 두 개인 몬스터 게네헤드였다.

노바디는 휘파람을 불며 게네헤드를 향해 달렸다. 손에는 사라겐의 비월이 들려 있었다.

게네헤드가 검은 액체를 뿜었다.

이미 몸을 공중으로 띄운 노바디는 사라겐의 비월을 던졌다. 맹렬하게 회전하는 양날도끼는 독액을 뿜은 게네헤드의 왼쪽 머리를 싹둑 잘랐다.

게네헤드 뒤로 착지한 노바디는 손을 뻗어 날아온 사라겐의 비월을 잡고 독액과 피를 털어 냈다.

"어, 뭐야?"

노바디의 눈이 커졌다. 잘린 부분이 꿈틀거리더니 점액질을 뚫고 새로운 머리가 자라난 것이다.

노바디는 게네헤드 뒤쪽에 있는 체리, 아로간타르, 바마퉁을 쳐다봤다. 그들은 모두 고개를 흔들었다. 처음 보는 몬스터에 대한 정보를 그들이 알 리가 없다.

보통은 던전을 공략하기 전에 거기 출몰하는 몬스터의 특징, 약점 등을 미리 조사한다. 그래야 특정한 능력을 가진 게이머가 필요한지 알 수 있다.

그 단계를 거치지 않았던 노바디는 눈살을 찌푸린 채 반대쪽 머리를 잘랐다.

결과는 마찬가지. 또 머리가 생겼다.

화가 난 게네헤드가 포효하며 팔을 뻗었다.

놀라운 일이 벌어졌다. 팔이 어깨에서 떨어져 나와 마치 미사일처럼 날아온 것이다.

노바디가 옆으로 피하자 그 팔은 벽을 때렸고, 곧 굉음을 내며 폭발했다. 벽에 깊이 3미터의 구멍이 났다.

팔이 사라진 어깨가 꿈틀거렸다. 팔이 조금씩 자라고 있었다.

"정체가 대체 뭐야."

노바디는 머리든 팔이든, 재생이 불가능할 때까지 모조리 잘라 버리기로 마음먹었다.

또 한 번 날아오는 팔을 피하는 순간, 노바디는 게네헤드가 뿜어낸 독액을 맞고 말았다. 용현갑이 펼쳐졌지만, 휘발성이 강한 독액의 일부는 연기 형태로 몸 내부까지 스며들었다.

아로간타르와 체리가 나섰다.

바마퉁은 쓰러진 노바디의 몸에 손을 얹고 사토르 힐링을 펼쳤지만, 독기가 훨씬 강했다. 게다가 힐링을 재사용하려면 1분을 기다려야 했다. 발을 동동 굴렀지만 바마퉁이 할 수 있는 일은 없었다.

지쳐서 동작이 굼뜬 아로간타르는 게네헤드의 팔을 피하지 못해 죽고 말았다. 석궁으로 어떻게든 게네헤드를 공격하던 체리는 독액을 뒤집어썼다. 바마퉁은 추영으로 방어막을 만들었지만, 땅을 뚫고 올라온 게네헤드의 팔을 막지는 못했다.

노바디는 독이 퍼져 시퍼렇게 죽어 갔다. 중독 저항력 옵션을 가진 기령환도 소용없었다.

노바디 파티는 3층으로 내려가기 직전, 게네헤드에게 당하고 말았다.

되살아난 노바디는 투르카 던전 입구의 홀에서 멀쩡한 아로간타르, 체리를 보고 안도의 한숨을 내쉬었다.

'다행이야.'

퀘스트 NPC는 죽어도 부활한다는 사실을 알지만, 혹시나 했던 것이다.

바마퉁은 체리 옆에 서 있었다.

"다시 내려가요."

체리의 눈이 이글거렸다.

"그 몬스터, 반드시 죽여 버리겠습니다."

아로간타르 역시 투지를 보였다.

노바디는 자신만큼이나 싸우는 것을 좋아하는 두 사람을 보고 놀랐지만 한편으론 기분이 좋았다.

"오늘은 여기까지야."

"대사형!"

"내일 다시 오면 되잖아."

"……알겠습니다."

씩씩거리는 아로간타르.

노바디는 던전 입장을 위해 기다리는 사람들을 살폈다.

얼핏 봐도 장비의 급이 달랐다. 알록달록한 신발, 손가락에는 하나도 남김없이 크고 작은 반지들이 있고, 팔찌와 목걸이도 기본이었다.

'음, 꼭 알아봐야겠어.'

늦게까지 시청 관계자들을 만나 영웅회 관련 회의를 하느라 지친 콜마는 여관방 앞에 서 있는 바마퉁을 발견하고는 자신도 모르게 미소를 지었다.

'저 녀석을 보면 웃음이 나와.'

"스승님."

콜마를 본 바마퉁이 넙죽 고개를 숙였다.

"이 늦은 시간에 무슨 일이냐?"

콜마는 방 안으로 들어서며 말했다.

따라서 들어온 바마퉁은 머뭇거렸다.

"저, 스승님."

"말해 봐라."

콜마는 창가에 놓인 편안한 흔들의자에 앉았다.

"실전에 통하는 치료술을 배우고 싶어요."

"왜 갑자기 그런 생각이 든 거냐?"

"실은……."

바마퉁은 투르카 던전으로 내려간 일을 콜마에게 설명했다.

사토르의 장갑을 끼고 힐링 마법을 펼쳤지만, 실수 연발이었다. 힐러 역할이 처음이라 당황한 점도 있지만 사토르의 장갑에 걸려 있는 힐링 마법은 펼치고 나면 꽤 시간이 흘러야 재사용이 가능했다. 바마퉁의 마력이 낮다는 점도 문제였다.

"좋다, 붕대 치료술을 가르쳐 주마."

그 말에 바마퉁은 반투명한 메시지 창을 볼 수 있었다.

붕대 치료술
기본 치료술 중 하나로, 붕대를 자유자재로 활용하여 상처를 회복시킨다.
스킬 레벨이 올라가면 붕대를 날려서 전투 중인 동료의 생명력을 높이거나
약초 특유의 효과를 붕대에 넣을 수도 있다.

붕대 치료술에는 붕대 감기, 붕대 던지기, 약초 붕대 만들기, 속성 붕대, 마법 붕대 등 다양한 스킬이 포함되어 있었다. 바마퉁이 먼저 배운 스킬은 당연히 붕대 감기였다.

콜마는 바마퉁이 보는 가운데 오른손으로 왼팔에 붕대를 감았다. 엄청나게 빨랐다. 불과 3초 만에 팔꿈치 아래가 미라처럼 붕대에 감겼고, 틈 하나 없었다.

감탄하는 바마퉁.

씩 웃은 콜마는 바마퉁의 팔을 향해 붕대를 던졌다.

붕대는 살아 있는 듯 짧고 두꺼운 드워프의 팔을 휘감았다. 직접 손으로 꼼꼼하게 감은 것처럼 역시 틈을 찾을 수가 없었다.

"어떠냐?"

"……전 도무지 못할 것 같아요."

"연습하면 할 수 있다."

"그럴까요?"

자신이 없는 바마퉁.

콜마는 그 표정과 태도가 무엇을 의미하는지 잘 알고 있었다.

"노바디, 무척 강하지?"

"볼 때마다 더 강해지는 것 같아요."

바마퉁은 던전을 휩쓰는 노바디의 뒷모습을 떠올렸다. 그 단단한 등을 보면 어떤 걱정도 사라질 것 같다.

"처음 그 녀석을 만난 때가 생각나는구나. 하도 허약해서 건달 놈들에게 맞았지."

"……네?"

바마퉁은 믿을 수가 없었다.

"라마간의 마부 녀석들인데, 괘씸하다는 이유로 노바디를 때렸다더구나. 겔란드 대사형이 놈들을 묵사발 냈지만. 당시 노바디는 너보다 훨씬 약했다."

"어, 어떻게 강해졌어요?"

눈이 반짝이는 바마퉁.

콜마는 노바디가 철림으로 들어가 철목을 쓰러뜨리기 위해 한 달 이상 도끼를 휘둘렀다고 알려 주었다.

동그랗게 뜬 눈으로 콜마를 바라보는 바마퉁.

"철목은…… 벨 수 없는 나무잖아요."

"몬스터 하나 잡지도 않은 노바디는 고민을 거듭하다가 철목을 무너뜨리는 방법을 찾아낸 거지."

"어떻게 그런 방법을 찾아낼 수 있었을까요?"

"노바디는 보통 이방인들과 다르다. 굳이 나누자면 너도 노바디 쪽에 가까워. 벨란데르도 그렇고."

"……전 노바디, 벨란데르와 비교하면 너무 평범해요. 할 줄 아는 게 없으니까요."

"추영의 주인이 그런 이야기를 하면, 나 같은 사람은 죽으라는 거야."

콜마는 부드럽게 말했다.

"죄, 죄송해요."

고개를 숙이는 바마통.

다시 그 생각이 떠올랐다. 만약 노바디가 추영의 주인이라면, 추영은 그 진가를 제대로 드러내고 있을 텐데.

"투월령에는 무수한 드워프들이 있었다. 추영의 주인이 되겠다는 꿈을 위해서 단련해 온 그 많은 드워프들을 제치고 왜 추영이 널 주인으로 택했을까?"

"……저는 모르겠어요."

"붕대는 치료술의 기본이니, 익혀 두면 쓸모가 많다. 계속 수련하되, 네가 진정으로 파고들어서 네 것으로 만들어야 하는 지혜는 바로 추영의 선택이야. 추영이 어떤 존재인지, 왜 널 택했는지 알지 못하면, 넌 계속 너 자신을 믿지 못할 테고 노바디나 벨란데르와 비교해서 너 자신을 깎아내리겠지."

"스승님."

"내가 네 마음을 아주 잘 아는 것 같지? 왜 그럴까?"

"스승님은 워낙 현명하셔서……."

"나도 그랬다. 칠건파에 속해 있지만 난 약해. 비록 지혜롭다는 이야기를 듣지만 사형, 사제 들이 몬스터와 싸울 때 난 뒤에서 그들을 지원할 수밖에 없었지. 꽤 오랫동안 내가 약하다는 사실로 인해 열등감에 시달렸고, 그로 인해 나 자신을 믿지 못하게 되었다. 그러니 내가 네 심정을 이해할 수밖에 없지 않겠느냐?"

바마퉁은 아무 말도 못 했다.

"누구도 대신해 줄 수 없는 일이다. 너 자신을 찾아라. 그러면 추영도 보일 게다."

콜마는 입구로 가서 문을 열었다.

바마퉁은 복도로 나갔다.

"난 널 믿는다."

콜마의 말에 바마퉁은 고개를 숙였다.

김현은 컴퓨터를 켜서 페플 룬트란 왕국 엘루마 투르카 던전에 대한 정보를 찾기 시작했다.

던전 2층에서 만난 그 괴물의 이름이 게네헤드라는 사실을 알아냈고, 공략법도 쉽게 찾았다. 게네헤드를 죽이려면 두 명의 게이머가 동시에 두 개의 머리를 각각 잘라야 했다. 그게 몬스터를 죽일 수 있는 유일한 방법이었다.

그걸 몰랐으니…… 아무리 도끼로 팔다리는 물론 머리까지 잘라도 소용이 없었던 것이다.

"안일했어."

김현은 입술을 잘근잘근 씹었다.

다행히 아직 저렙, 즉 레벨이 100 이하였기에 치명적인 페널티는 받지 않는다. 레벨 하락과 그로 인한 속성 하락이 고작이다.

레벨이 100을 넘어가면 고생해서 구한 무기나 고가의 아이템을 잃어버리거나, 특정 스킬의 레벨이 떨어지거나…… 고약한 경우 스킬 자체가 사라질 때도 있다.

김현은 흥미를 가지고 투르카 던전과 관련해서 사람들이 적어 놓은 글을 읽었다.

투르카 던전은 지하 4층까지 존재한다.

1층에는 스켈레톤 몬스터와 다크울프, 2층에는 콤포와 게네헤드, 3층에는 슬라임과 블랙드워프 투룽이 있다.

각 층마다 유리한 파티 구성이 달랐다.

1층을 수월하게 돌파하려면 힐링 전문가인 시그나 신관과 화염 마법사가 필수였다.

2층은 솜씨 좋은 검객이 두 사람 있어야 했다. 게네헤드의 머리를 동시에 자르기 위해서였다.

3층은 빙계 마법사의 활약이 도드라진다. 슬라임은 얼릴 경우 방어력이 급속도로 낮아지기 때문이다. 물론 거대 두더지를 타고 다니는 블랙드워프 투룽을 죽이려면 대지의 마법사도 필요했다.

따라서 투르카 던전 지하 3층까지 단번에 내려가려면 시그나 신관, 화염 마법사, 두 명의 검객, 빙계 마법사, 대지의 마법사가 포함된…… 대규모 파티가 있어야 한다는 결론에 이른다.

김현은 그 분석을 본 후, 투르카 던전이 비록 레벨이 낮아도 들어갈 수 있지만 저렙만을 위한 던전은 아님을 깨달았다.

특히 지하 4층 밸런싱 던전은 아직까지 그 누구도 돌파한 적이 없다는 사실이 그 추측에 힘을 실었다.

"밸런싱 던전?"

김현은 밸런싱 던전이 무엇인지 검색했다.

답은 금세 나왔다.

모니터에 나온 내용을 김현은 천천히 읽었다.

왜 레벨 500을 넘긴 초고수가 탄생했는데도 초보자를 위한 던전이라 불리는 투르카 지하 4층이 돌파당하지 않았는지 그 이유를 알 수 있었다.

지하 4층에서는 1층, 2층, 3층에 나오는 몬스터들이 모두 튀어나온다. 문제는 놈들의 레벨이었다.

지하 4층에 들어선 파티의 레벨이 곧 몬스터의 레벨을 결정하는 게 밸런싱 던전의 특징이었다.

만약 500레벨의 게이머들로 구성된 파티가 지하 4층으로 내려가면, 평범한 스켈레톤 병사조차도 레벨 500과 맞서 싸울 만큼 강해진다. 어마어마한 능력치를 가진 아이템을 착용하면, 밸런싱 던전은 그에 걸맞도록 몬스터의 능력을 높인다.

그 때문에 레벨 50이 지하 4층으로 내려가서 겪는 어려움은 레벨 500이 느끼는 난이도와 거의 비슷했다.

룬트란 왕국 최강의 길드 중 하나로 손꼽히는 레드스타는 백여 명의 고렙 게이머를 모아서 투르카 던전 지하 4층 공략에 나섰다. 그게 작년 일이었다. 최초로 던전을 돌파할 때의 이익 때문이었다.

지하 4층 돌파에 성공하면 투르카 던전은 페플이 유지되는 한 레드스타 던전이라 불릴 것이다. 그로 인해 길드의 명성은 하늘을 찌를 터였다. 그 명성으로 인해 레드스타는 룬트란 국왕조차 무시하지 못하는 거대 조직으로 성장할 수 있을 것이다.

또한 던전의 주인, 즉 던전 로드가 되면 던전으로 들어오는 게이머에게 통행세 명목으로 돈을 거둘 수도 있고, 던전에서 구한 아이템 중 일정 비율을 길드 몫으로 가질 수도 있다.

그러나 던전 플레이 결과는 처참했다.

그 공략으로 인해 레드스타가 공중분해되었다.

서른네 시간 57분이라는 시간 동안 레드스타는 4층을 공략했지만, 모조리 다 죽고 말았다. 그들 모두 보스 몬스터를 만나지도 못하고 사망했다.

레드스타가 붕괴되어 사라진 결정적인 이유는 초고렙 유저들이 사망으로 잃은 아이템 때문이었다. 그중에는 경매장에 팔면 수십억에 달하는 초고가 아이템도 포함되어 있었다.

그 아이템에는 사망 시 드롭 확률 0.01%라는 옵션이 붙어 있었다. 그 희박한 0.01%의 가능성이 현실이 되자, 법적 책임을 묻는 분쟁이 발생했다.

"이런 일도 다 있구나."

김현은 신세계를 본 느낌이었다.

어쨌든 게네헤드 공략법을 알았으니, 문제는 3층이었다.

지하 3층에 출몰하는 슬라임은 물리적 타격으로는 힘들다. 물컹물컹한 형체 덕분에 충격을 흡수하기 때문이다. 그래서 몸을 얼려서 딱딱하게 만드는 빙계 마법사는 슬라임의 천적이었다.

"빙계 마법사라……."

아는 사람 중에 빙계 마법사는 없다.

지하 3층 보스인 블랙드워프 투룽을 잡으려면 대지의 마법사도 필요했다.

"이것 참 쉽지 않네."

김현은 소파로 가서 털썩 앉았다.

론투엘을 납치한 데스나이트를 상대하기 위해 애를 썼던 때가 생각났다. 당시에 페플 시스템 특유의 상성으로 고생을 했었다.

"상생과 상극."

화결과 중결을 익히기 위해 공부했던 상생, 상극은 페플의 상성과 그 맥이 같았다.

노바디는 상생을 떠올렸다.

목생화, 나무에서 불이 나온다.

화생토, 나무가 불에 타면 재가 남는다.

토생금, 금속은 흙에서 구할 수 있다.

금생수, 차가운 금속에 물이 맺힌다.

수생목, 물이 있어야 나무가 자란다.

다음은 상극.

목극토, 나무뿌리는 흙을 파헤친다.

토극수, 흐르는 물을 흙이 막는다.

수극화, 물이 불을 소멸시킨다.

화극금, 금속은 불에 의해 녹는다.

금극목, 금속으로 나무를 자른다.

페플은 여기에 빛과 어둠, 즉 생명과 죽음이라는 대립 관계를 집어넣었다. 바로 음양이다.

음양오행의 가르침은 상생 속에 상극이 있고 상극 속에 상생이 있음을 보여 준다.

무릎을 친 김현은 다시 컴퓨터 앞으로 가서 앉았다. 이번엔 다른 관점으로 공략법을 찾았다.

"역시 있어."

비록 빙계 마법사처럼 효과적이진 않지만 권법가나 검객도 아이템의 도움을 받는다면 충분히 슬라임을 죽일 수 있었다. 심지어 블랙드워프 투룽을 잡는 방법도 나와 있었다.

핵심은 아이템이었다!

공격에 빙계 속성을 더하는 반지를 여러 개 손가락에 끼우면 평범한 찌르기에도 슬라임은 맥을 못 춘다. 어떤 게이머는 대지 계열의 마법이 걸려 있는 장갑을 끼고 투룽을 잡았다.

원하는 아이템을 찾아낸 김현은 두근거리는 가슴을 진정시키며 페플 경매장 사이트에 접속했다.

"이, 이게 뭐야?"

프리케의 블루 링을 사려면 현금으로 500만 원이 필요했다.

놀란 김현은 경매장에 등록된 아이템을 살폈다.

할 말을 잃었다. 어마어마하게 비싼데도, 그 아이템을 사려는 사람들 사이에서 경쟁이 붙어 가격은 오르고 있었다.

눈에 익은 아이템이 보였다.

요곤의 반지.

"……800만 원?"

김현은 자신도 모르게 침을 꿀꺽 삼켰다.

킹자이곤을 죽이는 퀘스트 수행 보상으로 받은 요곤의 반지가 무려 800만 원이나 하다니!

레벨 제한이 없어서 초보자도 낄 수 있기 때문에 더 비싸다는 설명이 그 아래에 있었다.

마음을 가라앉힌 김현은 호기심이 동했다. 혹시나 해서 '사라겐의 비월'로 검색했다. 아무것도 나오지 않았다. 경매장을 통해 한 번도 거래된 적이 없다는 뜻이다.

'사라겐의 수부'로 했더니, 딱 세 개의 항목이 나왔다.

세 번 팔렸다는 의미였다.

첫 번째 경매는 200만 원에 낙찰되었다.

두 번째는 1,400만 원.

마지막 세 번째는 5,670만 원이었다.

가격은 천정부지로 뛰고 있었다.

마지막 거래 시기는 작년 4월이었다. 1년이 넘었으니, 더 비싸게 팔릴 것이다.

김현은 아무 말도 못 했다.

사라겐의 수부가 거의 6천만 원에 팔렸다면, 업그레이드로 형태까지 변한 사라겐의 비월은…… 1억을 넘길 수도 있을 것이다.

싱크

손이 떨렸다.

페플이 이토록 현실과 가까울 뿐 아니라 돈으로 연결되어 있을 줄은 상상도 못 했다.

김현은 용갑의 가격을 찾았다.

용갑도 등급에 따라, 혹은 걸려 있는 옵션에 따라서 가격이 천차만별이었지만, 아무리 허접해도 최하 700만 원이었다. 최고급 용갑은 5천만 원을 쉽게 넘겼다. 용갑과는 차원이 다른 용현갑은…… 역시 거래 기록이 아예 없었다.

김현은 순식간에 부자가 된 기분이어서 얼떨떨했다.

사라겐의 비월과 용현갑을 경매장에 내놓을 생각은 전혀 없지만, 이렇게나 가치가 있는 물건이라는 사실을 알게 된 것만으로도 왠지 모르게 마음이 뿌듯했다.

마지막으로 캐릭터를 잃은 대가로 받았던 공간 이동 스킬 현섬으로 검색했다.

"와아."

현섬을 익힌 캐릭터를 팔기 위해 경매에 내놓은 사람이 있었다.

레벨은 512, 다른 장비도 눈이 휘둥그레지도록 좋았다.

경매 시작가는 5억 원. 현재는 18억 4천만 원이었다.

김현은 왜 사람들이 기를 쓰고 레벨을 올리는지, 왜 좀 더 좋은 아이템을 얻기 위해 비열한 짓까지 가리지 않는지 알 것 같았다.

레벨은 곧 돈이었다.

아이템도 돈이었다.

캐릭터 자체도 팔 수 있었다.

요곤의 반지, 태희 누나에게 빌려주었다. 팔면 800만 원을 받을 수 있는 반지를 별생각 없이 건넸다.

그 반지를 팔아서 800만 원을 번다면, 엄마가 젊을 때부터 원했던 유럽 여행을 보내 드릴 수도 있을 것이다.

"연락해 볼까?"

생각은 해 봤지만 실제로 윤태희에게 전화를 걸지는 않았다. 갑자기 요곤의 반지를 돌려 달라고 말하려니 왠지 마음이 불편했다.

'언젠가 돌려주겠지.'

컴퓨터를 끈 김현은 소파에 누웠다.

팔베개를 한 채 천장을 올려다보는데, 실실 웃음이 흘러나왔다. 경매장 사이트에서 본 사라겐의 수부와 용갑의 가격 때문이었다.

"난 부자야."

벽 한쪽을 차지한 오피스텔 우편함에는 공과금 용지, 신용카드 미납 통지서, 지역 국회의원이 보낸 커다란 종이봉투

등이 꽂혀 있었다.

김현은 안진후가 알려 준 호수를 확인했다. 유달리 우편물
이 많았다. 일부는 튀어나와 있고, 몇 개는 바닥에 떨어져 있
었다. 그중 하나를 집어 든 김현은 '백정현'이라는 이름을 가
만히 내려다보았다.

엘리베이터를 타고 올라간 김현은 백정현의 오피스텔 방
앞에 섰다. 문에 치킨, 족발 등 야식 스티커가 열 장 가까이
붙어 있었다.

초인종을 눌렀지만 아무런 반응이 없었다.

김현은 관리실로 내려갔다.

관리실에서 일하는 사람은 중년에서 노년으로 접어드는
경비원이었다. 낡은 선풍기가 더위를 쫓고 있었지만 관리실
내부는 찜통처럼 더웠고, 그 열기를 참지 못한 남자는 위쪽
단추 세 개를 열어젖힌 것도 모자라 부채를 흔들고 있었다.

김현은 관리실로 들어서며 고개를 숙였다.

"안녕하세요."

"무슨 일이냐?"

"친구를 만나러 왔는데요, ○○○호에 사는 백정현이에요."

"거기 사는 학생? 꽤 오랫동안 집을 비운 모양이야. 우편
물도 쌓이는 걸 보면 말이야."

"어디로 갔는지 혹시 아세요?"

"전혀. 불량배들과 어울리던데, 어쩌면 사고가 났는지도

모르지."

경비원은 김현을 위아래로 훑었다. 그 건방진 녀석과 어울리지 않는 착한 학생 같아서 의외라고 생각했다.

"어디 연락할 곳은 없을까요?"

"가만있어 보자…… 그래, 부모 연락처가 있다. 잠깐만 기다려라."

경비원은 서류철을 꺼내어 한 장 한 장 넘기며 연락처를 찾기 시작했다.

"아무리 생각해도 난 이해할 수가 없다. 부모가 멀쩡히 살아 있는데 왜 혼자 나와서 사는 걸까? 그걸 허락한 부모도 문제야. 타고 다니는 차를 보면 꽤나 부자인데 왜 아들을 방관하는지 모르겠어. 아, 여기 있다!"

경비원은 전화번호를 읽어 주었다. 김현은 그 자리에서 외운 후에 고맙다고 다시 한 번 고개를 숙였다.

"학생은 그 녀석과 어울리지 않아. 웬만하면 친하게 지내지 마."

"친하지 않아요. 다만 받아야 할 빚이 있어서요."

"빚? 그런 거라면 어쩔 수 없지만, 기대하지 않는 게 좋을 거야."

오피스텔 밖으로 나온 김현은 바로 전화를 걸었다. 신호음만 갈 뿐이었다.

사실 큰 기대를 하고 이곳으로 찾아온 건 아니었다.

안진후는 그 놀라운 해킹 실력으로 오피스텔이 비어 있다는 것을 알아냈다. 김현은 그저 직접 두 눈으로 확인하고 싶어서 찾아왔던 것이다.

버스 정류장으로 가서 의자에 앉았다.

한낮의 여름 햇살에 달구어진 도로 위를 자동차들이 달렸다. 아지랑이 비슷한 것이 공기 중으로 올라가는 것 같았다.

백정현은 어디 있을까?

쉽게 알아보는 방법, 물론 있다. 이사형 황철호를 찾아가서 백정현에 대해 물어보면 된다. 문제는 왜 백정현을 찾는지 구구절절 설명해야 한다는 점이었다.

이해심 넓은 황철호라고 해도 NPC에 불과한 몬즈 마을 사람들의 죽음 때문에 백정현을 찾는다는 이야기를 들으면 황당한 표정을 지을 터였다.

버스가 왔다.

김현은 오랜만에 돈을 내고 버스에 올라탔다. 현섬이라는 이동 수단에 익숙해진 탓인지, 버스라는 교통수단이 어색하고 불편하게 느껴졌다.

뒤쪽 창가로 가서 앉은 김현의 눈에 가로수 너머로 오가는 사람들이 보였다. 교복을 입은 학생들도 여럿 있었다.

김현은 교복을 보자 가슴 한구석이 약간 아팠다. 잃어버린 시간이 교복 때문에 실감이 난 듯했다.

페플에 접속하면 현실을 깡그리 잊어버린다. 그 세계에 완전히 몰입하여 노바디로서 살아간다. 싱크 현상, 각성자 따위는 다 잊고, 던전 플레이에 깊이 빠져든다. 그러다가 접속을 끊고 커넥터 밖으로 나오면 노바디는 사라지고 김현으로서의 삶이 시작된다.

앞에 앉은 고등학생들의 목소리가 들렸다.

"너, 레벨 몇이야?"

"224."

"우와, 언제 그렇게 됐어?"

"괜찮은 파티에 참가해서 곤테나크 던전을 며칠 돌았거든. 경험치가 아주 짭짤했어."

"나도 끼워 주라."

"탱커는 꽉 찼어. 딜러도 마찬가지고. 힐러라면 딱 좋을 텐데."

"에이, 이럴 줄 알았다면 신관이나 될걸."

"네 성격에?"

"내 성격이 어때서?"

"존나 더럽잖아. 이기적이고. 신관은 희생적이어야 해. 아주 착해야 한다구."

"하하, 내가 좀 그렇긴 해. 개새끼, 넌 성격 존나 좋다고 생각해?"

"나도 한 성격 하잖아. 그러니까 친구지."

깔깔 웃으면서 서로를 짓궂게 찌르고 공격하는 고등학생

들의 대화가 계속 이어졌다.

김현은 충동적으로 인벤토리에서 사라겐의 비월을 꺼냈다.

공중에 둥실 떠 있는 커다란 양날도끼를 본 고등학생들의 초점이 일순간 흐려졌다. 그러다 곧 학교 담임선생님을 욕하기 시작했다. 그들 눈에 사라겐의 비월은 더 이상 보이지 않았다.

인벤토리에 양날도끼를 도로 넣으며 김현은 그 행동을 후회했다. 대체 왜 그랬는지 스스로도 알 수 없었다. 저들이 아는 세상은 아무것도 아니라는 사실을 확인하고 싶어서였을까?

- 이번 정류장은 천무관입니다. 이번 정류장은 천무관입니다.

버스 안내 방송을 들은 김현은 버스가 멈추자 재빨리 내렸다. 웅장한 분위기를 자아내는 천무관 정문이 눈에 들어왔다. 마음이 한결 편해지는 기분이었다.

"어?"

이제 막 정문을 통해 걸어 나오는 사람과 시선이 마주쳤다.

강도진은 김현을 못 본 척하려다 타이밍을 놓치고 말았다. 입술을 깨문 그는 김현 앞으로 다가왔다.

"소사숙을 뵙습니다."

마음이 어떻든 겉으로 드러나는 예절은 훌륭했다. 서열이 중시되는 천무관 특유의 분위기가 강도진의 몸에서 흘러나오고 있었다.

　김현은 어떤 말을 해야 할지 알 수가 없었다. 그러다 아로간타르를 떠올렸다. 왠지 아로간타르와 강도진은 성격과 분위기가 비슷했다.

　첫인상을 따지면 강도진이 훨씬 나빴다.

　김현이 영문도 모르고 이근상에게 이끌려 천무관에 온 날, 강도진은 '오십 고개'라는 입관 시험을 주도했다. 김현은 그들을 쓰러뜨렸을 뿐 아니라 감독관 자격으로 와 있던 강도진까지 무너뜨렸다. 김현은 패하고도 절대 인정하지 않던 강도진의 표정과 태도를 잊을 수 없었다.

　"나이 어린 사숙을 인정하기 어렵다는 거, 알아."

　"천무관에서는 실력이 중요합니다. 나이는 상관이 없습니다, 소사숙."

　단호한 강도진.

　"난 천무관에 대해서 잘 몰라. 앞으로 사질의 도움이 필요할 거야."

　"말씀하시면 도와 드리겠습니다."

　강도진은 차갑게 말을 할 뿐, 끝까지 미소 한번 짓지 않았다.

　"고마워."

　강도진과 헤어져 천무관 안으로 들어선 김현은 강도진과

는 친해지기 쉽지 않다고 생각했다. 아로간타르처럼 자존심이 세지만 아로간타르와 달리 진정으로 원하는 것을 위해 자존심을 꺾을 것 같지 않아서였다.

도복을 입고 현무장을 달리던 관원들이 김현을 보고는 다가와 고개를 숙였다.

"소사숙을 뵙습니다."

줄잡아 서른 명 남짓한 사람들의 인사에 당황한 김현은 그 관원들 중에서 이근상을 발견했다.

이근상을 데리고 계관 쪽으로 자리를 옮긴 김현은 한숨을 내쉬었다. 시선이 느껴졌다. 이근상이 빤히 김현을 쳐다보고 있었다.

"이근상?"

주위를 살핀 이근상이 입을 열었다.

"안 그래도 내가 사숙과 친하다는 소문이 나 있는데, 이런 식으로 훈련에서 빠지면 이상한 말이 나돌 거야."

"아, 맞다. 미안."

"무슨 일이야, 사숙?"

이근상의 눈은 웃고 있었다.

"백정현 알지?"

웃음기가 사라졌다. 그 자리를 공포가 차지했다.

"옛날 일 때문에 온 거 아니야. 얼굴 풀어. 진짜라니까."

"……그러면 왜?"

"최근에 적룡회 놈들과 충돌한 적이 있거든. 백정현이 적룡회 대장이라며? 한번 만나야 할 것 같아서. 알아봐 줄 수 있어?"

"그, 그럴게."

"난 사부님 좀 뵙고 갈게. 연락 줘."

"응."

아직도 표정을 풀지 못하는 이근상을 뒤로하고 무재로 향하며 김현은 실수를 곱씹었다.

많은 사람들이 보는 가운데 개인적인 일로 이근상을 불러낸 일은 변명의 여지가 없었다. 천무관의 노관장이자 계승자인 사부님의 제자라는 위치에 대한 이해 부족이었다.

현기명과 셀레스카르.

김현은 속으로 웃었다. 현실에서 최고의 무술가의 제자가 되었을 뿐 아니라 페플에서도 모두가 인정하는 하이엘프의 제자가 되었다는 사실이 재미있었다.

아쉽게도 사부님은 페플에서 시간을 보내고 계셨다. 홍유정은 외할아버지를 위해 페플에 접속한 상태였다.

"소식 들었어요. 축하해요."

홍유정의 어머니가 말했다.

"감사합니다."

"차 한잔 마시고 가요. 아버지하고 유정이가 요즘 페플에 푹 빠져서 혼자 있는 시간이 많거든요."

"아, 네."

식탁으로 가서 앉은 김현 앞으로 향이 좋은 차를 가져온 홍유정의 어머니는 활짝 웃으며 찻잔을 내밀었다.

"마셔 봐요."

"코 안이 시원해지는 느낌이에요."

"실은 할 말이 있어요."

"말씀하십시오."

김현은 어느 정도 짐작하고 있었다. 왠지 그냥 차 한잔하자고 붙잡은 것 같지 않았다.

"아주 침착하네요."

김현의 표정과 태도를 면밀히 살피던 어머니의 눈이 빛났다.

"그냥 둔해서 반응이 느릴 뿐입니다."

"겸손하기까지 하네요."

어머니는 웃음을 터트렸다.

김현은 가만히 기다렸다.

"아버지의 결정으로 천무관에 돌풍이 몰아치고 있어요. 바로 계승자 자리 때문이에요. 다들 강영준 관장이 아버지의 뒤를 이을 거라고 생각했는데, 강력한 경쟁자가 나타났으니까요."

"과찬이십니다."

"음, 돌풍이 아니라 태풍 같네요."

그 말을 듣는 순간, 김현은 몇 년 전에 한반도를 강타한 태풍을 떠올렸다. 강풍에 간판이 부서져 근처에 서 있던 자동차를 덮쳤고, 가로수는 뿌리까지 뽑혀 도로를 막아 버렸다. 아파트 베란다 쪽 유리 수백 장을 깨뜨린 태풍의 기억은 아직도 생생했다.

　'내가 천무관에서 그런 사람이라고? 정말 그럴까?'

　"사실 전 김현 학생에 대해 반대했어요. 아버지께 김현 학생을 제자로 삼지 말아 달라고 부탁까지 했으니까요. 김현 학생이 감당할 수 없는 짐이라는 게 내 생각이었어요."

　김현은 찻잔을 쥔 채 홍유정의 어머니를 바라보았다. 솔직한 고백이 놀라울 뿐 조금도 기분이 상하지 않았다. 진심이 느껴졌던 것이다.

　"직접 보니 아버지께서 왜 그런 결정을 내리셨는지 알 것 같네요. 이젠 학생이라고 부르면 안 될 것 같아요. 음, 김현 씨는 좀 딱딱하니까 미스터 김이라고 불러도 되겠죠?"

　"물론입니다."

　김현은 갑자기 어른이 된 기분이었다.

　불과 몇 년 전까지만 해도 하루라도 빨리 어른이 되어 자유를 누리고 싶었다. 하지만 막상 어른 대접을 받고 보니 그리 기쁘지 않았다. 오히려 뭔가 이상한 느낌이 강했다.

　고소공포증 같은 두려움과는 거리가 멀었다. 이제 막 출발 지점에 선 육상 선수의 긴장감과 유사한 감정이었다.

4년이나 방에 갇혔다가 페플을 통해 틀을 깨고 나온 지난 반년이 준비 기간이라면, 이제야말로 본격적으로 달려야 하는 시기라는 직감이 온몸으로 퍼져 나갔다.

"아낌없는 조언, 부탁드립니다."

김현은 부드럽게 웃으며 말했다.

돈을 벌어야 해

리무진이 호텔 정문 앞에 멈췄다.

한껏 멋을 부린 정장 차림의 백정현이 먼저 내렸고, 그 뒤로 이유정, 정문석이 따랐다. 이유정은 새하얀 드레스를 입었고, 정문석은 백정현처럼 턱시도에 나비넥타이를 했는데 몹시 불편한지 자꾸 손이 목으로 올라갔다.

"여기 왜 왔는지 아는 사람?"

백정현은 이유정, 정문석을 쳐다봤다. 표정만으로도 두 사람 역시 지시만 받았음을 알 수 있었다.

아카데미의 교육 일정은 제멋대로였다. 언제, 어디서, 무엇을 하는지 미리 알 방법은 없었다. 교관이 불쑥 찾아와 지시 사항을 나열하는 순간 또 다른 교육이 시작된다는 사실을 경험으로 알고 있을 뿐이었다.

"다른 사람들은?"

이유정이 물었다. 고승조, 엄명욱 그리고 윤태희는 다른 리무진으로 먼저 출발했다.

"저 안에."

정문석이 손가락으로 회전문 너머 화려한 호텔 로비를 가리켰다. 과연 거기 세 사람이 서 있었다.

회전문을 통과하면서 백정현은 그들 역시 호텔에 온 이유를 전혀 모른다는 사실을 깨닫고, 속으로 다행이라고 생각했다.

교육과정을 곰곰이 살펴보면 고승조, 엄명욱, 윤태희는 성적이 좋은 쪽이었다. 특히 윤태희는 각성자로서의 능력뿐 아니라 다른 분야에서도 단연 뛰어났다. 저널리스트로서 사회 경험이 풍부한 윤태희에 비하면 아직 미성년인 다른 동기생들의 대처 방식은 어설프기 짝이 없었다.

호텔 로비의 천장은 매우 높아서 시원한 느낌이 강했다. 두꺼운 기둥이 거의 10미터나 되는 천장을 떠받치고 있었고, 아래 대리석 바닥에는 호텔을 상징하는 문양이 정교하게 새겨져 있었다.

그때, 공지우가 나타났다. 공간 이동술 특유의 출렁임이 느껴졌다. 마치 보이지 않는 공간의 파도가 천천히 퍼져 나가는 느낌이었다.

"여기까지 오느라 수고했어. 오늘 여러분은 모네타 길드가 준비한 혜택을 직접 맛보게 될 거야. 우선 이 카드부터 받아."

공지우는 손에 들고 있던 카드를 한 장씩 나누어 주었다. 신용카드와 비슷하게 생겼지만, 카드 번호 대신 각자의 이름만 새겨져 있었다.

백정현은 그 단단한 카드를 살폈다. 감촉은 신용카드와 유사했다. 유효기간 따위는 없는 카드의 용도가 무척 궁금했는데, 공지우가 활짝 웃으며 설명을 시작했다.

"각성자 카드라고도 하고 A카드라고도 불려. 편한 대로 하면 돼. 이 카드를 이용하면 여러분은 지금 서 있는 이 호텔은 물론 대한민국에서 이름난 호텔의 서비스를 마음껏 이용할 수 있어. 룸서비스도 마찬가지고. 그뿐 아니라 백화점에서도 마음껏 카드를 사용할 수 있어."

"……모네타 길드원만 가능한 건가요?"

이유정이 물었다.

"아니. 여러분이 유니온의 일원이기 때문에 모네타 길드에서 제공하는 혜택이니까, 모네타 길드원일 필요는 없지."

"와아."

이유정은 카드를 만지작거리며 백화점에 가서 살 필요한 화장품 목록을 머릿속으로 떠올렸다.

"한도는 얼마죠?"

블랙 길드의 추천을 받고 아카데미에 들어왔던 정문석의

질문이었다.

"한 달에 1억."

웃으며 대답하면서, 공지우는 뒤쪽에 가만히 서 있는 윤태희를 보지 않으려고 애를 썼다. 그 액수에 백정현, 이유정, 고승조, 정문석은 물론 엄명욱까지 깜짝 놀랐다.

"세상엔 공짜가 없을 텐데요, 공지우 교관님."

윤태희였다.

"물론 완전한 공짜는 아니야. 자세한 이야기는 나중에 듣게 될 거야."

윤태희가 거슬리는 공지우는 억지로 미소를 유지했다.

각성자들은 예약된 방으로 올라갔다. 그들이 돈을 지불할 필요는 없었다.

푹신한 카펫, 고급스러운 소파, 올드하면서도 왠지 모르게 세련된 느낌마저 가미된 탁자 등이 한눈에 들어왔다. 백정현은 호텔 스위트룸이 이렇게 좋은지 이전엔 몰랐다.

냉장고에서 맥주를 꺼내어 마셨다. 시원한 맥주가 목을 타고 넘어가는 느낌, 기가 막혔다.

노크 소리가 들렸다.

문을 연 백정현은 정문석을 보고 속으로 실망했다. 윤태희가 찾아왔다면 얼마나 좋을까.

"물어볼 게 있어서."

"듣고 있어."

"엘루마에서 뭘 하고 있는 거지? 교관님이 따로 지시를 내린 건가?"

"그건 알아서 뭐하게?"

"······그냥 궁금해서."

"알았다. 왜 너한테 그 지시를 내리지 않았을까 궁금해서 날 찾아온 거지? 마스크 교관은 블랙 길드 출신이니까."

"······."

얼굴이 딱딱해진 정문석.

백정현은 한 걸음 뒤로 물러섰다. 정문석의 능력을 잘 알아서였다. 보이지 않는 손으로 상대의 목을 움켜쥘 수 있는 정문석이 흥분할지도 모른다는 생각 때문이었지만, 곧 자신감을 회복하고 활짝 웃었다.

"좋아, 솔직하게 말할게. 모네타 길드에 내가 설 자리는 없는 것 같아."

"윤태희 때문에?"

"오늘 카드를 나눠 준 공지우라는 여자의 스펙도 어마어마해. 유학파인 데다 페플 그룹 부장인가 봐. 아무튼, 모네타 길드는 금수저 집합소 같아. 나처럼 학교도 제대로 다니지 않은 놈이 낄 곳은 아니란 거지."

"설마, 블랙 길드로 오려는 거야?"

"왠지 거기가 더 편할 것 같아서."

"그렇다면야."

"도와줄 거지?"

"너 하는 거 봐서."

평소 냉정해서 찬바람이 부는 정문석의 입가에 미소가 스쳤다.

자기 방으로 가려던 정문석이 몸을 돌려 백정현을 쳐다보았다.

"나도 들은 얘긴데, 여기 온 이유는 파티 참석인 것 같아. 어떤 종류의 파티인지는 모르겠지만."

"엘루마로 간 이유는 암살 때문이야. 누구를 죽여야 하는지는 아직 전달받지 못한 상태고."

진실을 한 조각씩 주고받은 두 사람은 서로를 쳐다보다 동시에 몸을 돌렸다.

냉장고에서 시원한 맥주를 하나 더 꺼내어 마시면서 소파에 앉은 백정현은, 아직 100% 신뢰할 수는 없지만 그래도 이용 가치가 충분한 사람을 얻었다는 사실에 만족했다.

"파티? 음, 커리큘럼에 파티라니."

씁쓸한 기억 하나가 떠올랐다.

처음 파티에 참석했을 때 백정현은 호되게 당했고, 이후 두 번 다시 파티에 가지 않았다. 어릴 때부터 부족함 없이 자랐을 뿐 아니라 아버지의 지위와 재력 덕분에 오히려 주위 아이들을 쥐락펴락할 수 있었기에 그 충격은 더욱 컸다.

이름 하나가 기억났다.

싱크

안진후.

죽을 때까지 그 이름을 머릿속에서 완전히 지울 수는 없을 것이다. 그 새끼가 페플 그룹 회장의 아들이라는 사실을 알았을 때, 하늘 같았던 아버지가 허리를 굽히며 고개를 숙였다. 그 새끼 앞에서.

아들의 실수를 아버지가 빈 것이다.

이를 악물며 주먹을 움켜쥔 순간, 두 자루 칼이 항상 들고 다니는 가방을 뚫고 튀어나왔다. 쌍둥이칼로 유명한 독일제 헨켈 칼 두 자루는 주인의 관심을 원하는 애완견처럼 백정현 주위를 맴돌았다.

아홉 개의 별이 새겨진 두 자루 칼을 가볍게 쥔 백정현의 입가에 미소가 흘렀다. 왠지 모르게 이 칼을 쥐고 있으면 마음이 편해진다.

테이블에 올려놓은 핸드폰이 진동했다. 모이라는 지시였다.

백정현은 두 자루 칼을 공중에 띄운 채 복도로 나갔다. 공지우가 칼을 보고 지랄을 하면 그때 가서야 숨길 생각이었다.

30대 중반 메이드가 다가오다가 허공에 떠 있는 칼을 보고 멈칫했지만, 곧 정신을 차리고 생글생글 고객을 향한 가짜 웃음을 보여 주며 백정현 곁을 지나갔다.

시선이 느껴졌다.

천천히 돌아선 백정현은 또래의 소녀를 발견했다. 벽에 기댄 채 호기심 어린 눈으로 헨켈 칼을 바라보는 소녀는 붉은 드레스를 입고 있었다.

"백정현?"

"……누구?"

"그건 알 거 없고. 능력이 저건가 봐?"

소녀가 손가락으로 칼을 가리켰다.

천천히 고개를 끄덕이며 소녀가 누군지를 생각했지만 백정현은 아무것도 알아내지 못했다.

"학교 중퇴했지? 시간이 흐를수록 아카데미에 들어오는 학생의 질이 떨어져서 큰일이야."

"뭐?"

"너무 기분 나빠하지 마. 사실을 말한 것뿐이니까."

피식 웃은 소녀는 몸을 돌려 가 버렸다.

미친년 때문에 늦게 집합 장소에 도착한 백정현은 눈을 흘기는 공지우를 향해 고개를 숙였다.

공지우의 안내를 받아 들어간 곳은 파티 홀이었다. 왼쪽 모서리에는 호화로운 뷔페가 마련되어 있고, 맞은편 무대에서는 열 명 가까운 연주자들이 듣기 좋은 음악을 연주하고 있었다. 잘생긴 남자들이 들고 다니는 쟁반 위에는 샴페인 같은 술이 기다란 유리잔에 담겨 있었다.

파티 홀로 들어서는 아카데미 학생들을 본 사람들이 일제히 박수를 치기 시작했다.

공지우는 학생들을 데리고 무대로 올라가 한 사람씩 소개를 했다. 파티에 참석한 사람들이 누군지도 모르면서 학생들은 자기 이름이 불리면 앞으로 나가 고개를 숙였다.

마찬가지로 인사를 하던 백정현은 바로 앞에서 팔짱을 낀 채 쳐다보고 있는 그 소녀를 발견했다.

"유니온을 위하여!"

소개를 끝낸 공지우가 샴페인을 들어 올렸다.

"유니온을 위하여!"

사람들도 유리잔을 올리며 말했다. 백정현도 눈치를 보며 어색한 태도로 손에 든 유리잔을 위로 들었다.

건배가 끝나자 백정현은 정문석 옆으로 다가갔다.

"저 사람들, 뭐야?"

"가진 자들."

정문석의 눈이 이글거리고 있었다.

백정현의 시야에 아는 얼굴이 들어왔다. TV 뉴스에서나 볼 법한 사람을 이토록 가까운 곳에서 보게 될 줄이야. 바로 CRS 그룹 회장이었다. 그 사람 앞으로 다가가 인사하는 사람들 역시 유명한 기업 CEO였다.

그들은 백정현이 만났던 소녀 앞으로도 가서 조심스럽게 고개를 숙였다. 마치 왕에게 알현을 마친 신하가 공주를 찾아간 분위기 같았다.

"저 여자애는 누구야?"

"배혜진. CRS 회장의 손녀."

"……."

백정현은 할 말을 잃었다. 각성 과정을 거쳐 유니온 소속 아카데미에 들어갔을 때보다 더 정신이 없었다. 대한민국의 경제를 좌지우지하는 사람들이 눈앞에 있었다.

"저 사람들은 복용자야."

어느새 옆으로 다가온 공지우가 속삭였다.

백정현과 정문석이 공지우를 쳐다보며 설명을 기다렸다.

"적두, 혹은 혈두라 불리는 약을 복용하는 사람들. 그 약을 끊으면 보통 사람처럼 기억을 잃고 말겠지. 유니온은 혈두를 공급하는 대가로 저들에게 여러 가지 필요한 것들을 받아 내지. 일종의 거래야."

이유정, 고승조, 엄명욱이 공지우 옆으로 다가와 함께 설명을 듣고 있었다.

공지우는 그들을 천천히 훑은 후 말했다.

"자부심을 가져. 우리는 각성자니까. 하지만 현실에서 막강한 힘을 가진 복용자들의 미움을 사면 곤란해. 아직은 이용 가치가 있으니까 말이야."

윤태희가 이곳에 없다는 사실을 깨달은 공지우는 고개를 돌렸다.

윤태희는 CRS 그룹 회장과 이야기를 나누는 중이었다. 회장은 윤태희를 바라보며 껄껄 웃고 있었다. 이곳에 온 목적

싱크

을 알려 주지 않았는데도 윤태희는 어느새 누구보다 빠르게 움직이고 있었다.

"오늘 여러분이 해야 할 일은 인맥 쌓기야. 어렵진 않을 거야. 저 사람들은 각성자에 대해 관심이 많으니까. 저들의 목적은 바로 각성자가 되는 거니까."

그 말을 들은 각성자들은 즉시 흩어져 근처에 있는 사람들에게로 다가갔다.

샴페인을 두 잔째 비운 공지우는 재계 유명 인사들에게 둘러싸인 상태에서도 여유롭게 대화를 주도해 나가는 윤태희를 노려보며 속으로 생각했다.

'그냥 두면 안 되겠어.'

투르카 던전 지하 1층.

체리가 수류탄처럼 생긴 금속 구체를 앞으로 던졌다. 직접 개발한 은섬탄이었다. 몰려든 스켈레톤 병사들 사이에서 구체가 터지자 은빛의 가루가 사방으로 퍼져 나갔다.

죽음의 기운을 억누르는 은이 몸에 묻은 스켈레톤 병사들의 움직임이 느려지는 순간, 아로간타르가 마력이 주입된 검 토포레를 움켜쥔 채 앞으로 달려 나갔다. 검 면이 넓어진 토포레는 스켈레톤 병사들을 무로 되돌렸다.

아로간타르가 지칠 무렵 바마퉁이 사토르의 장갑에 걸려 있는 사토르 힐링을 펼쳤지만, 워낙 긴장한 탓에 실수를 하고 말았다.

힐링 마법이 완전히 펼쳐지기도 전에 손을 움직이는 바람에 바마퉁 자신은 물론 아로간타르 역시 타격을 입고 말았다. 둘 다 일순간 마비 상태가 된 것이다. 아로간타르는 아직 남아 있는 스켈레톤 병사들에게 둘러싸여 있었다.

노바디가 사라겐의 비월을 들고 앞으로 나섰다. 곰 얼굴이 양각으로 새겨진 양날도끼가 맹렬하게 회전하며 스켈레톤 사이를 날아다닐 때, 노바디는 익숙한 천무삼권으로 아로간타르에게 접근한 몬스터를 두들겼다.

"……미안해."

고개를 푹 숙인 바마퉁.

"그럴 수도 있지."

노바디는 씩 웃었지만 바마퉁은 그 얼굴을 마주 보고 웃을 수가 없었다.

투르카 던전 지하 2층.

시꺼먼 독화살이 쏟아졌다. 사라겐의 비월이 맹렬하게 회전하며 독화살을 쳐 냈지만 일부는 뒤로 날아와 체리와 바마퉁을 노렸다.

아로간타르가 토포레를 펜싱 검처럼 가볍게 휘둘러 독화

살을 막아 냈다.

앞으로 바람처럼 질주하는 노바디.

그 뒤를 그림자처럼 따르는 아로간타르.

체리는 석궁 세 대를 개조하여 제작한 그녀만의 무기 '트리플'을 움켜쥔 채 탁탁탁 연속으로 화살을 쏘고 있었다.

바마퉁만 불안한 얼굴로 뒤에 서 있었다. 언제든 필요해지면 사토르 힐링을 펼쳐야 하지만, 왠지 모르게 자신이 없었다. 또 실수를 할 것만 같았다.

투르카 던전 지하 2층 마지막 홀.

두 개의 머리를 가진 기괴한 몬스터 게네헤드.

체리가 트리플로 화살을 발사하며 게네헤드의 어그로를 끄는 동안, 사라겐의 비월을 손에 쥔 노바디는 벽을 타고 천장으로 올라갔다가 뛰어내렸다. 아로간타르는 마검 토포레를 쥔 채 게네헤드의 무릎을 딛고 어깨 위로 올라갔다.

두 사람이 동시에 도끼와 검을 휘두르는 순간, 두 개의 머리가 동시에 게네헤드의 몸에서 떨어져 나갔다.

그토록 끈질기게 재생되던 몬스터는 흐물흐물 가라앉더니 악취를 풍기는 액체가 되어 땅 아래로 스며들었다.

노바디와 아로간타르는 서로를 향해 걸어갔다. 그리고 하이 파이브를 했다.

체리와도 하이 파이브를 하는 노바디.

바마퉁은 멀찌감치 서 있을 뿐이었다.

그런 바마퉁을 향해 걸어간 사람은 아로간타르였다. 아로간타르가 손을 들자 바마퉁은 어색하게 하이 파이브를 했다. 이 자리에 있어서는 안 되는, 부적격이라는 느낌 때문이었다.

세 사람의 웃음이 바마퉁에겐 달착지근하게 들렸다.

투르카 던전 지하 3층.

몰려드는 슬라임들.

끈적거리는 젤리 형태의 몬스터를 노바디와 아로간타르가 시험 삼아 도끼와 검으로 공격했지만, 예상대로 그리 효과적이지 않았다.

노바디가 투르카 던전으로 내려오기 전 맡겨 놓았던 두루마리를 꺼낸 바마퉁이 들어 올리며 찢었다. 그 순간, 두루마리에 걸린 빙계 마법 '아이스 볼'이 펼쳐졌다.

그러나 아이스 볼은 슬라임이 아니라 노바디를 향해 날아갔다. 타깃 지정을 제대로 하지 않은 것이다.

노바디는 사라겐의 비월을 날아오는 아이스 볼을 향해 던지며 옆으로 몸을 피했다. 용현갑이 발동하여 어마어마한 냉기로부터 몸을 보호했지만 생명력의 40%가 그 자리에서 사라져 버렸다.

그사이, 아로간타르가 갑자기 몸놀림이 빨라진 슬라임들에게 포위당했다. 체리가 트리플로 화살을 쏴도 슬라임을 물리칠 수는 없었다.

팔다리가 하나씩 슬라임의 몸으로 빨려 들어간 아로간타르는 끔찍한 비명을 지르며 서서히 녹아내렸다.

"나, 나는 도저히 못 하겠어."

바마퉁은 노바디가 맡겼던 마법 스크롤을 체리에게 몽땅 건넸다. 거기에는 지하 3층 보스인 타락한 드워프 투룽을 상대하기 위한 대지 계열 마법 스크롤도 포함되어 있었다.

체리가 뭐라고 대답하기도 전에 바마퉁은 파티를 탈퇴했다. 던전 플레이를 끝낸 것이다.

냉기를 겨우 밀어내고 몸을 일으킨 노바디는 사라겐의 비월 대신 목검을 꺼냈다.

"뒤로 물러서 있어. 무슨 일이 벌어져도 가까이 오면 안 돼."

"알았어요."

체리는 노바디의 기세를 느끼고 고개를 끄덕였다.

타각과 좌각으로 몸 주위를 기로 가득 채운 노바디는 검을 든 채 슬라임이 다가오기를 기다렸다.

슬라임이 규검의 범위로 들어선 순간, 공간을 가득 채운 기운이 목검에 응축되었다. 목검은 살아서 움직이는 뱀처럼 슬라임을 가격했다.

물리적 충격을 쉽게 흡수하는 슬라임도 내부 깊숙한 곳까지 파고들어 거기서부터 터져 나오는 그 타격을 이겨 낼 수는 없었다. 잘 익은 홍시가 터지듯 퍽 소리가 나며 거대한 슬라임이 냄새 고약한 액체로 흘러내렸다.

레벨이 올랐다.

노바디는 그 메시지 창을 무시하며 또 다른 슬라임을 바라보았다.

동족의 죽음을 목격했음에도 슬라임은 몬스터의 본능을 이겨 내지 못했다.

스멀스멀 다가오는 슬라임을 보며 노바디는 규검을 준비했다. 움직이면 공간을 채운 기가 흩어지기 때문에 실전에는 무용지물이라 생각했던 규검이 이 순간 빛을 발하고 있었다.

슬라임 서른 마리를 해치운 후, 노바디는 벽에 기댄 채 쉬었다. 체리가 다가왔다.

"나가 봐야 하지 않을까요?"

"바마퉁 때문에?"

"자책하고 있을 것 같아요."

"시간이 필요할 거야. 바마퉁은 꽤 오랫동안 혼자 지냈거든. 이렇게 다 같이 손발이 딱딱 맞아야 하는, 조금이라도 실수하면 문제가 생기는 전투는 처음이라서 힘겨워하는 것뿐이야."

"알고 계셨군요."

"그냥 두면 방법을 찾아낼 거라고 생각해."

"믿는 건가요?"

"바마퉁을 잘 아니까."

노바디는 몸을 일으켰다.

투르카 던전 지하 3층 마지막 홀.

거대한 홀의 바닥은 폭탄이라도 터진 것처럼 곳곳에 커다란 웅덩이가 움푹 들어가 있었다. 깊이는 5~7미터여서, 빠지면 쉽게 나올 수 없을 듯했다.

겨우 블랙드워프 투룽이 지키는 장소에 이른 노바디는 진동을 느꼈다. 아래에서 무언가 거대한 것이 다가오고 있었다.

체리와 함께 뒤로 물러선 노바디는 땅을 뚫고 올라온 거대한 두더지를 볼 수 있었다. 두더지가 벌린 입에서 새까만 갑옷을 입고 자기 몸보다도 큰 도끼를 쥔 드워프가 걸어 나왔다.

노바디가 체리를 보며 고개를 끄덕였다.

체리는 즉시 대지 계열의 마법 스크롤을 찢었다.

스크롤에서 흘러나온 황갈색 빛이 바닥으로 스며들자, 웬만한 코끼리보다 몇 배나 큰 두더지 주변의 땅이 마법으로 딱딱하게 굳었다. 두더지는 포효하며 몸을 버둥거렸지만 마법으로 인해 아래로 내려갈 수도 없고 위로 올라올 수도 없었다.

블랙드워프는 그 모습을 보고도 전혀 동요하지 않았다. 이런 공격에 익숙한 듯했다.

노바디는 사라겐의 비월로 무기를 바꾸었다. 그 양날도끼를 본 블랙드워프의 눈이 탐욕으로 빛났다. 그러나 곧 투룽은 고개를 흔들며 침을 탁 뱉었다.

"너, 약하다. 죽여도 도끼를 빼앗을 수 없다."

레벨 100 이하의 유저는 아무리 죽여도 레벨 하락 이외의 페널티는 없다.

노바디는 씩 웃으며 투룽을 향해 달려들었다.

트리플 탄창을 새것으로 모두 교체한 체리는 두더지 쪽으로 뛰었다.

투르카 던전 대기실.

부루퉁한 표정으로 기다란 의자에 앉아 있던 아로간타르는 이제 막 나타난 노바디와 체리 쪽으로 달려갔다.

"바마퉁은 말도 없이 가 버렸습니다, 대사형."

고자질하는 아이처럼 일러바치는 아로간타르.

"그냥 둬."

노바디는 잠시 출구를 바라보았다.

바마퉁이 얼마나 괴로워할지 잘 알기에 따라가고 싶지만, 지금은 참아야 한다는 사실 또한 누구보다 잘 알았다. 모두가 실수를 하며 성장한다는 말, 지금은 별로 소용이 없을 터였다.

몸을 돌린 노바디가 아로간타르와 체리를 바라보았다.

"지친 건 아니지?"

"치료술사가 없으면 던전으로 들어갈 수 없잖습니까."

아로간타르였다.

"구하면 돼. 시그나 신관 중에 아는 사람 없어?"

노바디는 체리를 쳐다봤다. 엘루마의 귀족 가문에서 태어나고 자란 체리라면 신관 한두 명은 잘 알고 있을 것 같았다.

"잠깐만 기다리세요."

체리는 이미 움직이고 있었다.

투르카 던전 지하 3층 마지막 홀.

노바디는 숨을 헐떡거렸다.

끝내 투룽을 죽였다!

투룽은 자신이 던진 도끼에 당했다. 그 날카로운 도끼가 가슴을 파고들었다. 도끼는 기세를 잃지 않고 투룽을 벽에 박아 버렸다.

체리가 데려온 시그나 대신전의 신관 테르툰은 투룽이 던진 도끼를 피하려다 거대한 두더지 포디웅에게 밟혀서 죽었다. 지하 3층까지 내려오는 데 커다란 역할을 했지만 마지막을 버티지 못한 것이다.

아로간타르가 오른쪽 팔을 늘어뜨린 채 노바디 곁으로 비틀거리며 다가왔다. 투룽이 휘두른 도끼를 토포레로 막았다가 뼈가 부러졌다.

"전 더 이상 싸우기 힘들 것 같습니다, 대사형."

"수고했어."

망가진 무기 트리플을 살피던 체리는 고개를 흔들며 걸어와 노바디 옆에 주저앉았다.

"새로 만들어야 해요."

"돈은 마음대로 써."

"그럴 생각이에요."

그 당당한 말투에 노바디는 키득키득 웃었다. 아로간타르와 체리 모두 웃음을 터트렸다.

하나가 된 느낌. 아무리 비밀을 이야기해도 이를 수 없는 친밀한 관계. 노바디는 생사를 건 전투에서만 설명이 불가능한 관계에 이를 수 있다고 속으로 생각했다.

몸을 일으킨 노바디가 체리, 아로간타르를 내려다보며 말했다.

"두 사람은 대기실로 돌아가 있어. 난 저 아래 구경 좀 하고 갈 테니까."

둘 다 순순히 응했다. 지금 상황에서 같이 가 봐야 짐만 된다는 사실을 알았던 것이다.

파티 마스터이자 NPC 마스터로서 체리와 아로간타르를 던전 입구의 홀로 돌려보낸 노바디는 4층 밸런싱 던전으로 내려가는 계단 앞에 섰다.

묘한 긴장감이 느껴졌다.

"내려가 볼까?"

노바디는 심호흡을 하며 계단을 내려갔다.

투르카 던전 지하 4층.

밸런싱 던전이라고 해서 특별한 곳은 아니었다. 계단이 끝난 곳은 종유석이 천장에 주렁주렁 매달린 동굴 입구였다. 바닥은 울퉁불퉁했지만 그렇다고 불편할 만큼 엉망은 아니었다.

스켈레톤 병사 하나가 시꺼먼 검을 들고 다가왔다. 고개를 까딱거리는 행동이 꽤나 건방져 보였다.

노바디는 목검을 꺼냈다.

'스켈레톤이라면 지하 1층에 나왔던 몬스터인데. 저 안으로 들어갈수록 점점 더 강한 놈이 등장하는 건가?'

그때, 5미터 가량 떨어져 있던 스켈레톤 병사가 단숨에 거리를 줄이며 다가와 검을 앞으로 찔렀다.

놀란 노바디는 목검을 휘두르지도 못하고 옆으로 몸을 날려 겨우 그 예리한 공격을 피했다.

이어지는 스켈레톤 병사의 연속 공격.

노바디는 가슴이 서늘해지는 그 맹렬한 공격에 계속 뒤로 밀릴 수밖에 없었다. 저 해골은 쉽게 죽일 수 있는 언데드 계열 몬스터가 아니었다. 조금만 방심해도 틈을 뚫고 들어와 약점에 검을 찔러 넣는…… 실력자였다.

텅!

겨우 스켈레톤 병사와 거리를 벌린 노바디가 타각을 펼쳤다. 땅을 울리며 뻗어 나간 충격력을 스켈레톤 병사는 한 자루 검을 이리저리 휘둘러 막아 냈다. 그 시꺼먼 검이 세차게 떨릴 뿐이었다.

노바디는 할 말을 잃었다.

다시 고개를 까딱거리는 스켈레톤.

목검을 넣고 사라겐의 비월을 꺼낸 노바디가 앞으로 달려가자 스켈레톤 병사 역시 검을 앞세우며 달려왔다.

거대한 양날도끼에 담긴 힘에 정면으로 부딪치는 대신 부드럽게 받아넘기며 섬뜩한 각도로 검을 찔러 넣는 스켈레톤 병사의 검술에, 노바디는 더 이상 눈앞의 몬스터를 얕볼 수 없었다.

실력으로 압도할 수 없는 몬스터라니.

노바디는 일부러 약점을 노출했다. 방어가 열린 겨드랑이를 놓치지 않고 공격하는 스켈레톤. 그러나 용현갑이 발동하여 검을 튕겨 낸 순간, 노바디는 맹렬하게 사라겐의 비월을 휘둘러 스켈레톤의 어깨를 부쉈다.

와르르 무너지는 스켈레톤 병사.

한숨을 내쉰 노바디는 땀을 닦으며 달그락거리는 뼈를 조각으로 만들었다. 그러고도 불안해서 체리가 건넨 은섬탄을 터트렸다. 은빛 가루가 뼈에 달라붙자 더 이상의 움직임은

싱크

없었다.

노바디는 주저앉았다. 스켈레톤 병사 하나를 없애는 데 이렇게나 힘이 들 줄이야.

그때, 발소리가 들렸다.

스켈레톤 병사들이 어둠을 뚫고 나타났다. 하나, 둘, 셋……모두 일곱이었다.

노바디는 침을 꿀꺽 삼켰다.

땀으로 범벅이 된 채 커넥터 밖으로 나온 김현은 바로 욕실로 향했다. 차가운 물속에 서 있었지만 몸은 여전히 짜릿한 느낌에 사로잡혀 있었다. 오랜만에 마음껏, 후회가 남지 않을 만큼 싸운 것 같았다.

몸을 닦고 방으로 돌아온 김현은 컴퓨터 앞에 앉아서 밸런싱 던전으로 검색을 했다. 밸런싱 던전에 대해 좀 더 자세히, 좀 더 깊이 알고 싶어서였다.

밸런싱 던전에 도전했다가 되돌릴 수 없는 피해를 입은 유저들의 이야기가 곳곳에 실려 있었다.

죽음으로 인한 레벨 하락은 오히려 작은 문제였다. 아이템 분실과 스킬 삭제야말로 진짜 피해였다.

노바디는 불평과 짜증으로 가득한 글을 읽으며 피식피식

웃었다. 투르카 던전 지하 4층에서 그 자신 역시 엄청나게 고생을 했기 때문에 공감할 수 있었다.

결론은 달랐다. 대다수의 유저들은 두 번 다시 밸런싱 던전에 내려가지 않겠다고 선언했지만, 노바디는 반대였다. 밸런싱 던전이야말로 감각이 곤두서는, 그래서 살아 있다는 느낌이 생생해지는 곳이었다.

소수에 불과하지만 밸런싱 던전에 도전하고 또 도전하는 사람들도 있었다. 그들의 목적은 한계 극복이었다. 그로 인한 쾌감이었다.

"수많은 게이머들이 파티를 이루어 캉트 던전으로 내려갔는데도 아직까지 에렌시아가 발견되지 않았다면, 그 보물은 분명히 지하 4층 밸런싱 던전 어딘가에 있을 거야. 휴우, 레벨을 올려서 캉트 던전 출입이 가능해진다고 해도 밸런싱 던전을 제대로 공략할 수 없다면 에렌시아를 찾아낼 수는 없겠지. 지금보다 훨씬 더 강해져야 돼. 그건 그렇고, 용준이는 괜찮을까?"

붉은 소파에 누워 던전 플레이를 복기하던 김현은 박용준이 염려되어 안진후의 거실로 이동했다.

고스트 커넥터와 연결된 노트북 화면을 들여다보던 안진후가 고개를 돌려 이제 막 나타난 김현을 쳐다봤다. 안진후는 입술에 손을 올리며 눈짓을 했다. 김현은 안진후를 따라서 쥐구멍으로 들어갔다.

문을 조심스럽게 닫은 후에 안진후가 입을 열었다.

"욕실에 들어간 지 두 시간이 넘었어. 던전에서 무슨 일이 있었던 거야?"

김현은 사실 그대로 털어놓았다.

"음, 그런 일이 있었구나. 용준이 녀석, 부끄러워서 못 나오는 거야. 용준이는 내게 맡겨. 지금은 너보다 내가 나을걸. 너, 오늘은 그냥 가는 게 좋겠다."

고민 끝에 안진후의 의견에 따르기로 한 김현은 현섬을 펼쳐 방으로 돌아왔다.

숨소리가 크게 들릴 만큼 주위는 고요했다.

서서히 잠의 세계로 빠져들려는 순간, 핸드폰 벨 소리가 멀리서 들렸다. 엄마에게 전화가 온 것이다.

김현은 시계를 확인했다. 새벽 1시 30분이었다.

이 시간에 누가 엄마에게 전화를 했을까? 혹시 엄마에게 남자가 생겼을까? 이혼했으니 멋진 남자를 만나지 말란 법은 없다.

'음, 엄마가 재혼을 한다면 난 어떻게 하지?'

갑자기 불안해진 김현은 청명에 마음을 집중했다. 곧 안방에서의 대화가 또렷하게 들렸다.

"이 시간에 무슨 일이야?"

엄마의 목소리에서 긴장감이 느껴진다. 야밤에 전화를 건 이유를 예감했을까.

─윤자야, 미안한데…… 돈이 필요해.

여자 목소리였다.

김현은 안도의 한숨을 내쉬었다.

"돈? 갑자기 무슨 일이라도 생겼어?"

─그이 회사가 어려운가 봐.

"아, 그래. 얼마나 필요해?"

─3천.

"그렇게나 많이?"

─실은 더 필요해. 많을수록 좋은가 봐.

"나도 여력은 별로 없어. 이번에 급히 이사하느라 무리해서 대출을 받았거든."

─그럼, 얼마나 가능……해?

절박한 마음이 담긴 목소리는 점점 가늘어졌다.

"일단 300만 원 정도는 가능해. 더 구할 수 있는지는 내일 알아볼게."

─그거라도 고마워. 다, 다른 친구들은 핑계만 댈 뿐 아무도 도와주지 않았는데.

울먹이는 목소리.

엄마는 친구를 달랬다. 화창한 날만 계속되지는 않는다, 소나기가 퍼부을 때도 있다, 그러니 마음 단단히 먹고 중심을 잡으라는 이야기였다.

전화를 끊은 엄마가 한숨을 내쉬었다. 더 도와주고 싶지만 힘이 없는 사람의 마음이 느껴졌다.

김현은 어느새 일어나 앉아 있었다.

대출은 처음 듣는 이야기였다.

집으로 찾아온 사채업자들을 김현이 쓰러뜨려 병원에 입원시켰기 때문에 이사는 불가피했다. 김현은 그 일로 엄마가 빚을 졌으며, 아들 몰래 갚아 나가고 있다는 사실을 상상도 못 했다.

엄마 혼자 현실에서 고생하고 있었다. 그동안 아들은 페플이라는 가상현실에서 자기만의 즐거움을 추구했다.

김현은 자신에게 화가 났다.

마음 같아서는 당장이라도 사라겐의 비월과 용현갑을 경매장에 등록하고 싶었다. 만약 두 아이템이 겔란드 대사형, 셀레스카르 사부님과 관련이 없는, 오로지 노력으로 얻은 것이라면 실행에 옮겼을지도 모른다.

엄마의 기침 소리가 유난히 크게 들렸다.

"돈을 벌어야 해."

김현이 낮게 말했다.

그 순간, 진후와 용준에게 각각 하나씩 줬던 반지가 떠올랐다.

지배의 반지 도미니움!

다시 일어나 컴퓨터를 켰다. 그리고 경매장으로 가서 도미니움의 가격을 알아봤다.

도미니움에도 급이 있었지만, 가장 싼 놈도 무려 1,300만 원에 팔렸다.

입을 쩍 벌린 김현은 모니터를 노려보았다.

당시에 진후는 지배의 반지가 얼마나 비싼지 알려 주었다. 모른 척하고 꿀꺽 삼킨 게 아니었다. 진후가 받을 수 없다고 했을 때 바보 취급하며 설득한 사람이 바로 김현 자신이었다.

"……내가 바보였어. 대체 왜 그랬지?"

진후는 어마어마한 부자다. 혼자 그 비싼 페플파크에 살 만큼이나. 은행 통장에는 수십억이 꽂혀 있을 터였다. 훨씬 비싼 아이템도 마음껏 구입할 수 있는 녀석에게 선물로 그 귀한 반지를 주다니.

엄마가 학교에서 일하면서 받는 월급은 대략 300만 원이 었다. 1년으로 따지면 3,600만 원이다.

지배의 반지 두 개를 경매장에 올려서 팔았다면 못해도 2,500만 원을 받았을 테고, 그 돈을 엄마에게 드렸으면 얼마나 기뻐하셨을까.

물론 김현은 자신이 왜 그 귀중한 반지를 진후와 용준에게 줘 버렸는지 알고 있었다. 혼자만의 힘으로 반지를 얻었다면 주지 않았을지도 모른다.

도저히 잠이 오지 않았다. 친구에게 줘 버린 지배의 반지 가 아까워서가 아니라, 왜 지금까지 아이템을 팔아서 돈을 벌 수 있다는 사실을 모르고 지냈을까 바로 그 점이 후회되고 짜증이 났다.

페플에 집중하느라 엄마를 잊고 있었다!

사자의 귀환 퀘스트에 전념하느라 엄마가 얼마나 힘든지 까맣게 모르고 지냈다!

김현은 투르카 던전 관련 정보를 훑었다. 목표는 그 던전에서 나오는 값비싼 아이템이었다.

저렙 던전이라 눈에 띄는 아이템은 없었다. 기껏해야 30만 원에 팔리는 활이나 칼 따위가 전부였다.

밸런싱 던전인 4층까지 내려가면 이야기는 달라진다. 또한 캉트 던전처럼 입장 제한이 있는 곳으로 가면 몬스터를 죽였을 때 떨어지는 아이템의 질이 높아진다.

김현은 4년 만에 처음으로 공책을 꺼냈다. 연필도 가져왔는데, 멀쩡한 놈이 없어서 칼로 연필을 정성스럽게 깎았다.

"더 이상 엄마의 짐이 될 수는 없어."

김현은 모니터를 들여다보며 공부를 시작했다. ·

화창한 하늘엔 뭉게구름이 피어오른다. 한낮의 여름 햇살이 내리쬐는 거리는 새하얗게 빛나는 느낌이다.

금은방이 다닥다닥 붙어 있는 귀금속 거리에서도 역사와 전통을 자랑하는 보운당의 셔터를 밀어 올린 이윤섭은 오늘도 알짜배기 손님이 오기를 바라며 기지개를 켰다.

그 순간 도로 건너편 가로수 옆에 서 있는 사람을 발견했다. 고등학생으로 보였다.

지금은 대략 10시 30분, 정상적인 학생이라면 등교했을 시간인데.

"……설마."

이윤섭은 며칠 전 사건을 떠올렸다.

코너를 돌아가면 눈에 띄는 커다란 간판 명문당. 친구이자 라이벌이 운영하는 금은방에 도둑이 들었다. 비록 새벽이지만 대담하게도 망치를 동원하여 정면 유리를 부수고 안으로 들어와 목걸이, 반지 따위를 훔치려던 놈들은 10대였다.

다행히 신고를 받은 경찰이 출동하여 놈들 중 하나를 잡고 나머지는 관내 수색을 통하여 체포했다는 이야기를, 이곳을 담당한 경찰관으로부터 바로 어제 들었다.

그 경찰관에 따르면 10대 고등학생들이 낮에 어디를 털지 미리 와서 살펴봤단다.

이윤섭은 건너편에서 이쪽을 쳐다보는 놈도 그런 부류가 아닐까 의심했다.

'신고할까?'

소용없다는 사실은 누구보다 그가 잘 알았다. 대한민국 경찰은 사건이 터진 후에야 기민하게 움직인다.

에어컨을 작동시켰다. 눅눅한 공기가 서늘하게 바뀌자 기분까지 좋아졌지만, 이윤섭은 아직도 자동차가 오가는 길 너머에서 이쪽을 관찰하는 놈을 의식했다.

그때, 놈이 길을 건넜다.

'대담한 놈일세.'

이윤섭은 그제야 놈이 가방을 메고 있음을 알아차렸다. 혹시 저 가방 안에 망치라도 들어 있을까.

놈은 보운당으로 곧바로 다가왔다.

놈보다 먼저 금은방으로 들어온 사람이 있었다. 바로 승복을 입은 스님이었다.

"조카 입학 선물로 팔찌를 생각 중인데, 추천 좀 해 주시겠습니까?"

스님의 묵직하면서도 부드러운 목소리를 듣자 이윤섭은 마음이 놓였다. 제아무리 막나가는 10대라고 해도 스님이 있는데 망치를 꺼내지는 못할 터였다.

놀랍게도 그 녀석은 백팩을 멘 채 금은방으로 들어와 벽에 걸린 시계와 유리로 된 진열장 내부 귀금속을 살피기 시작했다.

이윤섭은 스님에게 요즘 잘나가는 팔찌를 보여 주고 설명하면서도 놈을 힐끔거렸다.

놈도 이쪽을 쳐다봤다. 그 순간, 시선이 공중에서 얽혔다. 이윤섭은 화들짝 놀라며 스님 쪽으로 눈길을 옮겼다.

"조카한테 괜찮은지 물어보고 싶은데, 핸드폰으로 사진

좀 찍어도 될까요?"

"그러세요."

스님은 핸드폰을 꺼내 이윤섭이 추천한 팔찌 서너 개를 찍기 시작했다.

"잠시만 보고 계세요."

놈의 수상한 행동에 신고해야겠다고 마음먹은 이윤섭은 뒷문으로 나왔다.

그때, 소리가 들렸다.

"도둑이야!"

깜짝 놀란 이윤섭이 금은방으로 들어가자, 그 의심스러운 10대가 손가락으로 밖을 가리켰다.

스님은 빠르게 길을 건너 맞은편 골목으로 사라졌고, 이윤섭이 보여 주었던 팔찌는 물론 유리 진열장 안에 있어야 할 귀금속도 없어진 상태였다.

"저 사람이 가져갔어요."

"너, 너도 한패지?"

"네?"

"틀림없어! 너 이 새끼!"

이윤섭은 핸드폰을 꺼내어 경찰에 신고했다.

그 말을 들은 김현은 할 말을 잃었다. 그리고 곧 자신이 어떤 취급을 받게 될지 깨달았다.

가방을 내려놓은 김현은 금은방에서 사라졌고, 길 건너편 골목 입구에서 나타났다. 현섬이었다.

벽을 차고 주택 옥상으로 올라간 그는 눈을 감고 마음에 힘을 집중시켰다. 청명을 펼쳐 스님으로 위장한 도둑이 어디로 달아났는지 알아내기 위해서였다.

담배를 많이 피워서 그럴까? 도둑은 그리 멀리 가지 못하고 숨을 몰아쉬는 중이었다.

김현은 주택과 주택 사이의 공간을 몇 번 건너뛰면서 도둑이 있는 곳으로 다가갔다.

난간에 서서 아래를 내려다보니, 승복을 입은 도둑이 벽에 기대앉아 훔친 팔찌와 귀금속을 살피는 중이었다.

"운이 좋았어. 승복만 입으면 안심하는 멍청한 자식 덕분이야."

김현은 가볍게 그 앞으로 뛰어내렸다.

"뭐, 뭐야?"

도둑은 반사적으로 칼을 꺼냈다.

"칼 버려요."

김현은 부드럽게 웃었다.

"너!"

"맞습니다. 아까 그 금은방에 있었어요. 아저씨 덕분에 제가 좀 곤란해질 것 같아서 따라왔어요."

"죽고 싶지 않으면 꺼져."

"휴우."

김현은 앞으로 한 걸음 내디뎠다.

도둑은 반사적으로 칼을 내밀며 휘둘렀다.

김현이 들어 올린 손이 기이한 각도로 꺾이면서 도둑의 손목에 달라붙었다. 화결의 묘리가 펼쳐진 순간, 도둑은 세상이 뒤집힌 느낌을 받았다. 하늘이 땅이 되고, 땅이 하늘이 되었다.

어느새 칼을 빼앗긴 도둑은 바닥에 누워 있었다. 몸을 일으킬 힘이 없었지만, 왠지 모르게 침대에 누워 있는 것처럼 편안했다.

"미안합니다."

김현이 다가와 목덜미를 치자 도둑은 기절했다.

김현은 도둑의 어깨를 잡고 현섬을 펼쳤다.

도둑과 김현이 금은방에 나타나자, 근처 보석점 주인들이 몰려와 소란스러웠던 보운당 내부가 조용해졌다.

그들은 귀신을 본 것처럼 김현과 승복 입은 도둑을 바라보며 상식적으로 자기들이 본 것을 설명하려고 애쓰는 중이었다. 그러다가 한두 사람씩 자리를 떴다.

주인 이윤섭만 남았다.

"너, 일당이 아니었구나."

이윤섭이 말했다.

"이제 아셨어요?"

속으로 다행이라고 생각하는 김현.

경찰이 왔다. 이윤섭은 평소 잘 아는 경찰관에게 저 학생이 도둑을 잡았다고 설명했다.

김현은 도둑과 함께 경찰서로 가야 했다. 이윤섭도 잠시 주위 사람들에게 가게를 맡기고 동행했다. 조사는 그리 오래 걸리지 않았다.

이윤섭은 자기 차로 김현을 데려왔다.

"고맙다. 네가 없었다면 손해 볼 뻔했어."

"그렇게 어려운 일은 아니었어요."

"배고프다. 뭐 좀 먹자. 가지 말고 거기 있어."

이윤섭은 중국집에 전화를 걸어 탕수육, 팔보채, 양장피 등 평소와는 다른 메뉴를 주문했다.

건장한 체격의 도둑을 쉽게 제압한 김현은 진열장 안에 놓인 보석을 들여다보고 있었다.

"합기도 같은 걸 배운 거야?"

이윤섭은 시원한 꿀 차를 가져와 소파 앞 테이블에 내려놓았다. 김현이 와서 앉았다.

"천무관에서 조금 배웠어요."

"천무관? 그 유명한 천무관?"

"네."

"역시."

이윤섭은 고개를 끄덕이며 이토록 바른 학생을 도둑으로 의심한 자신을 부끄러워했다.

경찰서에서 보여 준 김현의 태도와 행동은 이윤섭에게 매우 낯설었다. 고 3 딸과 고 1 아들을 둔 아버지의 눈으로 볼 때, 김현은 아무리 생각해도 고등학생 같지 않았다. 아마도 천무관에서 몸과 마음을 단련했기 때문이리라.

"그런데 무슨 일로 온 거니?"

"실은 보여 드릴 게 있어서요."

김현은 보석점에 두고 간 가방에서 조그만 상자를 꺼냈다. 종이 재질의 상자였지만, 김현이 뚜껑을 열자 흙이 잔뜩 묻은 금화가 나왔다.

"이게 뭐지?"

"산에서 발견했어요. 진짜 금인지, 금이라면 팔 수 있는지 알고 싶어서요."

"음, 알았다."

금화를 하나 집어 든 이윤섭은 색깔, 경도와 강도 등을 자세히 살폈다.

석 달 전 어떤 남자가 손가락에 끼고 있던 반지를 금은방에 판 적이 있는데, 꼼꼼하게 감정을 했는데도 나중에서야 가짜라는 사실이 밝혀졌다. 은반지에 도금을 한 제품으로, 보석점 주인조차 속은 것이다.

비록 직접 당하진 않았지만 이윤섭 역시 그와 같은 업계 사정을 알았기 때문에 산에서 발견했다는 금화에 큰 기대를 걸지는 않았다.

그러나 감정 결과는 의외였다.

순도 99.99%의 금이었다!

"이, 이걸 어디서 찾았다고?"

"야산에서요. 가끔 산에 올라가는데, 땅에 묻혀 있더라구요."

김현은 최대한 무심한 척했지만, 마음은 그렇지 않았다.

페플 인벤토리 창에 가득 쌓여 있는 금화를 이곳 현실에서 현금으로 바꿀 수 있다면 돈에 대한 고민은 완전히 사라질 터였다.

"이건 금이야. 진짜 금이라고."

이윤섭은 흥분을 감추지 못했다.

"아, 그런가요?"

"경찰에 신고부터 해야겠다. 주인을 찾아야지. 하지만 주인은 나타나지 않을 거야. 누군지 몰라도 산에 숨겨 놓은 걸 보면 불법적인 금일 가능성이 높아. 만약 주인이 찾아가지 않으면, 이건 네 것이 될 거야."

침을 튀기며 핸드폰을 향해 손을 뻗던 이윤섭이 작동을 멈춘 로봇처럼 얼어붙었다.

김현은 그 행동이 무엇을 의미하는지 잘 알았다.

'역시 안 되는구나.'

페플의 금화는 이곳에서 통용될 수 없다. 아무리 순금이라고 해도 이 세계의 의지가 허락하지 않는다. 평범한 사람이라면 페플 세계의 물건을 받아들일 수 없다는 뜻이다.

정신을 차린 이윤섭이 김현을 빤히 쳐다봤다.

"너, 누구니?"

금화를 챙긴 김현은 몸을 일으켰다.

"시원한 꿀물 주셔서 감사합니다."

고개를 숙인 김현은 보석점 밖으로 나갔다.

중국집 배달원이 양손으로 철가방을 든 채 보운당 안으로 들어가는 게 보였다.

청력이 좋은 김현의 귀에 주문한 적 없다는 이윤섭과 분명히 요리를 주문했다는 배달원 사이의 다툼이 들렸다.

김현은 한숨을 내쉬며 길을 건넜다.

절대자

침대에 누웠는데도 다리가 아팠다.

아로간타르는 신음을 흘리지 않기 위해 이를 악물었다. 이 여관은 겉만 번지르르해서 작은 소리도 벽을 통과한다. 겔란드, 가쿨라, 콜마 같은 사람들이 앓는 소리를 듣는다면 오래지 않아 대사형도 알게 될 터였다.

'그럴 수는 없지.'

무극심법의 수련법은 무식하기 짝이 없었다.

죽기 직전에 이를 때까지 마보를 취하라니.

처음엔 대사형이 무극심법을 가르쳐 주기 싫어서 심술을 부린다고 착각했다. 그러나 대사형이 바로 옆에서 마보 자세로 무려 다섯 시간이나 평온한 얼굴로 버티고 있자, 그 말을 믿지 않을 수가 없었다.

"노바디는 그걸 10년 넘게 했어."

오랜만에 본 벨란데르가 지나가다가 한마디 하는 소리에 더 이상 불신할 수 없게 되었다.

아파서, 지겨워서 그만두고 싶은 수련법이지만 아로간타르는 절대 포기할 수 없었다.

녹색날개 일족의 미래가 자신의 어깨에 달려 있다. 뮬란도르의 숲을 노리는 사악한 놈들로부터 녹색날개 일족의 안전을 확보하려면 앞으로 족장이 될 자신이 강해져야 한다. 한계가 느껴질 때마다 그 생각을 하면서 버티고 또 버텼다.

그러나 밤이 되면 낮에 축적된 통증이 봇물 터지듯 한꺼번에 몰려왔다.

"윽!"

아로간타르는 베개를 꽉 물었다.

그때, 침대 바로 옆으로 대사형이 나타났다. 볼 때마다 신기한 공간 이동술 현섬이었다.

"뭐 하냐?"

노바디가 물었다.

"……대사형?"

"욕구불만?"

노바디의 눈에는 베개를 물고 빠는 것처럼 보였다.

"……아닙니다!"

벌떡 일어서며, 아로간타르는 신음을 내지 않기 위해 죽을 힘을 다했다.

"혹시 말이야, 투굴에 대해서 알아?"

노바디는 의자를 가져와 침대 옆에 놓고 앉았다.

"소탕 작전이 완료된 던전 아닙니까?"

"투굴을 운영하는 게 전사 길드라면서?"

"보통은 그렇죠."

"이방인이 전사가 되려면 투굴을 찾아가야 한다는데, 그 것도 사실이야?"

"그럴 겁니다."

아로간타르는 왜 갑자기 대사형이 투굴에 대해서 묻는지 짐작도 할 수 없었다. 그래서 여기저기서 들은 이야기를 두서 없이 쏟아 냈다. 그중 한 가지라도 대사형에게 도움이 되면 덜 무식한 방식으로 수련할 수 있지 않을까 기대한 것이다.

투굴의 역사, 소탕 작전에서 희생된 전사 길드의 피해, 전사 길드 가입 절차 등 다양한 내용을 노바디는 귀를 쫑긋 세워 들었다. 그러다가 한 부분에 이르자 눈을 반짝거렸다.

"명운의 블런트?"

"엘루마의 투굴 청유에 인간으로서 최강의 경지에 올랐다고 알려진 명운의 훈련용 검이 보관되어 있다는 이야기를 아버지…… 아니, 족장님으로부터 들은 적이 있습니다."

"그러면 아주 비싸겠네?"

"값을 따질 수 없는 보물이죠."

"그래?"

입가에 미소까지 어린다.

"그런데 왜 갑자기 투굴에 대해 궁금하신 건지요?"

"고마워."

노바디는 그 자리에서 사라졌다.

아로간타르는 고개를 갸웃거렸다. 그 순간 통증이 허벅지를 움켜쥐고 흔들어 댔다. 아로간타르는 다시 베개를 물고 버티기 시작했다.

먹구름으로 뒤덮인 엘루마 전역에서 비가 내리고 있었다. 마차가 지나가면 물이 튀어 오가는 사람들을 덮칠 정도로 강수량이 많았다.

"여깁니다, 손님."

기름을 발라서 방수 처리를 한 가죽 모자를 푹 눌러쓴 마부가 말했다.

노바디는 돈을 내고 마차에서 내렸다.

한때는 살아 있는 몬스터가 출몰했으나 끈질긴 노력 끝에 소탕에 성공한 던전의 입구가 눈앞에 있었다. 던전 양옆에는 더 이상 빛나지 않는 그라티아 스톤이 우뚝 서 있었다.

건장한 체격의 사내들이 투굴 '청유'로 드나들고 있었다.

잠시 비를 맞고 선 채로 투굴을 바라보던 노바디는 청유로 들어섰다.

4차선 도로처럼 넓은 통로 끝에는 거대한 홀이 있었다. 솜씨 좋은 건축가에 의해 지어진 그 홀 곳곳에 갑옷과 검, 창, 방패 등 다양한 무구가 장식되어 있었다. 과연 투굴이었다.

운동장처럼 광활한 홀 벽 쪽에는 열 군데가 넘는 술집이 차려져 손님들을 유혹했고, 붉은 불꽃이 열기를 뿜는 대장간도 세 곳이나 되었다. 무기점도 두 곳이나 들어서 있었다.

노바디는 홀 중앙에 서서 주변을 둘러봤다. 그가 원하는 곳은 입구 맞은편에 있었다.

직업은 페플에서 굉장히 중요한 요소라는 사실을 노바디는 늦게 깨달았다. 대사형 겔란드가 전수해 준 수라부월공과 사부 셀레스카르의 무극심법을 익히느라 여념이 없었기 때문에 페플 세계가 돌아가는 방식에 대해서는 관심을 가지지 않았던 것이다.

직업은 일찍 선택할수록 성장에 이익이었다. 직업 자체가 주는 보너스 혜택 덕분이었다. 길드 역시 성장에 큰 도움이 된다. 쌓이는 경험치가 10%나 증가하기 때문이다.

노바디는 직업도 정하지 않았고 길드 역시 가입하지 않고 그동안 페플에 접속했다. 별로 불편함은 없었다. 레벨 자체를 그리 중시하지 않았기 때문이다.

이제 와서 직업에 관심을 가진 이유는 단 하나, 아이템이었다. 경매장에서 고가로 팔리는 아이템을 얻기 위해서는 직업을 가지는 게 유리했다.

"전사가 되기 위해 왔습니다."

노바디는 투굴 청유의 관리소로 들어가며 말했다.

양손검을 쥔 채 무게중심을 살피던 사내가 몸을 돌려 노바디를 쳐다봤다.

"누구나 전사가 될 수 있지만, 아무나 전사의 영예를 누리진 못한다."

"알고 있습니다."

노바디는 이미 인터넷 검색을 통해 전사 길드 가입 절차를 확인했다.

"목표는?"

"……절대자입니다."

잠시 망설였지만 노바디는 마음속에 있는 답을 입으로 토해 냈다.

사내는 들고 있던 검을 놓쳤다.

바닥으로 떨어진 검은 가드가 분리되면서 자루에 꽂혀 있던 뾰족한 부분, 즉 슴베가 드러났다. 불량품이었던 것이다.

눈살을 찌푸린 사내가 노바디를 노려보다가 껄껄 웃음을 터트렸다.

"이방인들은 포부가 대단해. 저쪽으로 가게."

둘로 나뉜 검을 발로 걷어차며 사내가 말했다. 검은 구석에 처박혔다.

노바디는 그 남자가 가리킨 곳으로 걸어갔다. 작은 문을 열자 어두컴컴한 통로가 나왔다. 벽에는 야명석이 붙어 있어 완전히 깜깜하진 않았다.

걸어가면서 괜히 그런 이야기를 했나 싶었다.

절대자는 전사라는 직업이 도달할 수 있는 최고의 경지를 뜻한다.

기본적으로 전사는 레벨 50이 되면 병사, 용병, 검투사, 헌터, 무인 등으로 전직이 가능하다.

병사는 십부장, 백부장, 천부장 등으로 승급이 가능한데, 엄격한 테스트를 통해 기사로 전직할 수 있으며, 기사단 소속이 되면 근위기사단, 즉 국왕을 보호하고 왕실을 수호하는 기사단의 단장으로 올라갈 수 있다.

용병 계열의 최종 목표는 용병대장을 거느리는 용병왕이고, 검투사는 검투단장이 될 수 있으며 원한다면 용병이나 기사 등으로의 전직도 가능하다.

무인은 룬트란 왕국뿐 아니라 대륙 곳곳에 흩어져 있는 무문이나 무가에 입문함으로써 택할 수 있는 직업이다. 무문과 무가가 보여 준 탁월한 무공을 익힐 수 있기 때문에 인기가 많은 직업이기도 했다.

자객이 되기 위해서도 반드시 전사라는 직업을 거쳐야 했다. 자객 길드는 초보자를 데려다가 가르치진 않았다.

병사 계열은 최고사령관, 기사 계열은 근위기사단장, 검투사 계열은 검투왕, 용병 계열은 용병왕, 헌터 계열은 그랜드마스터 헌터, 무인 계열은 검성이나 도제 그리고 권왕, 자객 계열은 살왕이 최고 경지였다.

절대자는 그들 모두를 제압하는 최강의 경지, 즉 페플에 접속하는 유저들의 30%가 택하는 직업의 꼭대기였다. 아직 각 계열의 최고 경지에 이른 유저도 탄생하지 않은 상태여서 절대자는 게이머들의 꿈에 불과했다.

'이왕 시작한다면 최고를 목표로 하는 게 좋으니까.'

통로 끝에 도착한 노바디는 손잡이를 쥐고 돌려서 문을 열었다.

화살이 날아왔다.

만약 미리 정보를 입수하지 않았다면 여기서 어이없게 죽고 말았을 터였다.

옆으로 가볍게 피한 노바디는 몸을 숙이며 앞으로 움직였다. 커다란 방 저 끝에 서 있는 여자가 활을 들고서 빠르게 화살을 쏘고 있었다.

궁수는 기본적으로 전사와 다른 기본 직업이다. 그래도 물리적인 힘을 이용한 싸움 방식이라는 면에서 궁수와 전사는 비교적 가까운 편이었다. 둘 다 마법사를 질색한다는 점에서 공통점을 가졌던 것이다.

싱크

"절대자가 목표라면서?"

여자가 비웃으면서도 손이 보이지 않도록 빠르게 활을 쏘아 댔다.

"무기를 써도 됩니까?"

노바디는 이미 입문 시험이 시작되었음을 깨달았다.

"맘대로."

씩 웃던 여자는 노바디가 인벤토리에서 사라겐의 비월을 꺼내자 표정을 굳혔다.

노바디는 날아오는 화살을 양날도끼로 쳐 내며 빠르게 다가왔다.

"너, 뭐야? 초보 맞아?"

여자는 뒤로 물러서면서도 화살 쏘기를 멈추지 않았다. 이번에는 한꺼번에 세 대의 화살을 쏘았다.

화살 하나는 정면, 나머지 두 개는 측면으로 휘어지며 노바디를 노렸다. 화살 세 개는 동시에 가슴, 옆구리, 어깨로 날아들었다.

사라겐의 비월을 앞으로 던진 노바디는 두 손을 뻗어 좌우로 날아온 화살을 가볍게 받았다. 그리고 이미 차올린 발로 가슴을 노리는 화살을 걷어찼다.

위로 날아간 화살은 천장에 박혔다.

"악!"

사라겐의 비월은 맹렬하게 회전하면서 날아가 겨우 옆으

로 피한 여자의 붉은 머리카락을 싹둑 잘랐다. 그것도 모자라 들고 있던 활을 두 동강 내고 시위까지 끊어 버렸다.

"……네가 이겼어."

여자가 속삭였다.

그 말을 들은 노바디는 손을 내밀었다. 공중을 빙글빙글 돌던 사라겐의 비월은 착한 강아지처럼 그 손에 쏙 들어왔다.

"내 활……."

여자는 반으로 쪼개진 활 앞에 주저앉았다.

고개를 홱 돌린 그녀는 노바디를 쏘아보았다. 마치 두 눈으로 보이지 않는 화살을 쏘는 듯했다.

"당신, 정체가 뭐야?"

"전사가 되려고 왔습니다만."

"레벨 얼마야? 200 넘었지? 아니, 이기어부술을 보면 최소 300일 거야. 아니, 400대 고렙일지도 몰라."

"레벨 57인데요."

"……말도 안 돼. 식별 마법을 펼칠 테니까, 수락해. 내가 직접 봐야겠어."

몸을 일으킨 여자는 맹렬한 기세로 다가왔다.

노바디는 식별 마법을 받아들이겠냐는 메시지 창을 보고 허락했다.

"저, 정말이잖아."

여자는 기운이 빠져 뒤로 물러섰다.

노바디는 검색을 통해 투굴이나 마탑에서 일반 유저들이 돈을 받고 일할 때도 있음을 알았지만, 실제로 보리라고는 생각도 못 했다.

정신을 차린 여자가 노바디 앞으로 다가왔다.

"난 스로칸의 연궁대 대주 유설아야."

"……노바딥니다."

"노바디? 어디서 들어 본 이름인데 기억이 안 나네. 아무튼, 당신 대체 정체가 뭐야? 레벨 57이 이기어부술을 펼쳐? 그게 말이 된다고 생각해?"

"이기어부술이 아닙니다. 이 도끼가 특별한 거라서요."

"아, 그래?"

노바디가 도끼를 놓자 사라겐의 비월은 저절로 두 사람 주위를 날아다녔다.

유설아의 눈이 빛났다. 그녀도 스스로 날아다니는 검이나 도에 대해 들은 적이 있었다. 어마어마하게 비싸기 때문에 군침만 흘렀다.

"스로칸이라면 혹시?"

"맞아. 룬트란 왕국 7대무문 중 하나야. 근데, 동작을 보면 무공을 이미 익힌 것 같은데?"

유설아의 눈이 가늘어졌다.

전사 직업을 가지지 않아도 기회가 닿으면 무공을 배울 수 있다. 다만, 전사가 되었을 때보다 성장 속도가 느릴 뿐이다.

"수라부월공을 배웠습니다."

"수라부월공? 처음 들어."

고개를 갸웃거리는 유설아.

대놓고 무시하는 태도였음에도 노바디는 전혀 기분 나쁘지 않았다. 오히려 수라부월공을 아는 사람이 없다는 사실에 기분이 좋았다. 수많은 사람들이 마음껏, 쉽게 익힐 수 있다면 실망했을지도 모른다.

노바디는 다음 방으로 가는 문을 찾았지만 보이지 않았다.

"태천문에서 배운 거야? 그 수라 머시기라는 거 말이야."

태천문 역시 7대무문 중 하나였다.

"아닙니다."

"그럼 어디서 배웠어?"

유설아는 심문하듯 물었다.

상대가 유저라는 사실을 아는 순간부터 저 반말과 오만한 태도가 거슬렸다. 노바디는 입문 시험을 위해서 잠시 참았을 뿐이다.

"다음 방은 어디로 가야 돼?"

"오호, 성격이 있다 이거지? 다음 방으로 가고 싶으면 내 질문에 대답해야 할걸. 그 도끼는 어디서 났어? 혹시 샀어? 경매장에서 돈 주고 구입한 거야?"

노바디는 가만히 있었다. 일부러 상대의 오해를 유도한 것이다.

"역시 그랬구나. 그래서 강한 거였어. 돈으로 아이템을 처발랐단 말이지. 너, 돈 되게 많은가 봐. 아빠가 사장이라도 되는 거야? 아, 기분 나빴어? 그런 표정 짓지 마. 마음 풀어. 뭐라고 하는 거 아니야. 나도 돈을 주고 샀거든. 휴우, 이걸 고치려면 또 100만 원은 깨지겠다."

유설아는 부러진 활을 두 손으로 든 채 말했다.

노바디는 깜짝 놀랐다.

"고치는 데 그렇게 돈이 많이 들어?"

"그나마 난 스로칸 소속이라서 적게 드는 거야. 대장간 길드와 계약을 맺어서 싸게 수리를 맡길 수 있거든. 그리고 네메시르의 블랙보우 신품을 그냥 사려면 못해도 2천만 원은 줘야 해."

"우와."

노바디는 그 비싼 활을 반 토막 낸 사람이 바로 자신이라는 사실을 뒤늦게 깨닫고 미안한 표정을 지었다.

"그렇게 미안하면 그 도끼를 내게 주면 돼. 호호, 농담이야, 농담."

노바디의 얼굴이 딱딱하게 굳자, 유설아는 쾌활하게 웃었다.

"문은 이쪽에 있어."

유설아는 벽으로 가서 손을 올렸다. 손바닥이 벽에 닿자 복잡한 문양이 그려지더니 숨겨진 문이 나타났다.

"정말 절대자가 목표야?"

"전사가 되는 유저들 모두 절대자가 목표잖아."

"마음속으론 그렇게 생각해. 개인 블로그에도 그런 식으로 적기도 하지만, 실제로 페플에서 절대자를 추구한다고 말하진 않아. 난 처음 들었어, 절대자가 목표라는 이야기."

"그래?"

"다음 방은 쉽지 않을 거야. 아이템을 사용할 수 없거든. 그리고 생각 있으면 스로칸으로 와. 너라면 스로칸의 유연함이 잘 어울릴 것 같아."

"생각해 볼게."

노바디는 문을 열고 안으로 들어섰다.

이번에도 긴 통로가 펼쳐져 있었다.

통로 끝에 다다른 노바디는 금속 특유의 차가운 감촉을 느끼며 문을 열었다.

습격은 없었다.

커다란 방 중앙에 한 사람이 가부좌를 한 채로 앉아 있었다. 가까이 가 보니, 중년 남자는 눈을 감고 있었다.

"저……."

"이곳으로 들어선 후보생, 오랜만이야."

남자가 눈을 떴다. 예리한 안광이 뿜어져 나왔다.

"그래?"

노바디는 예의를 버렸다. 왠지 이곳에서는 존경이 별로 대접을 못 받는 느낌이었다.

"초면에 말을 놓겠다? 재미있군. 아주 화끈해서 좋아. 장비는 모두 옆으로 내려놓도록. 훔쳐 갈 사람은 없으니까 염려 말고."

유설아의 충고는 사실이었다. 노바디는 용현갑을 벗어서 내려놓고 그 위에 사라겐의 비월을 올렸다.

"목걸이와 반지도."

사내가 말했다.

고개를 끄덕인 노바디는 영혼의 목걸이와 기령환까지 사라겐의 비월 옆에 두고 다시 사내 앞으로 향했다.

"내 공격을 세 번 막아 내면 합격이다."

"막아 내기만 하면 다음 방으로 갈 수 있어?"

"그건 나를 이길 때에나 가능하다. 허나, 자네에겐 그럴 가능성이 없어 보이는군. 하긴 최근 몇 년 동안 나를 통과한 사람은 한 명도 없었으니."

그 말이 끝나는 순간, 사내가 다가왔다.

물 흐르듯 군더더기가 없는 몸놀림이 인상적이었다. 발이 바닥에서 떨어지지 않고, 미끄러지면서 노바디 바로 앞까지 접근했다.

붕.

주먹이 공기를 갈랐다.

노바디는 천무삼권 중 제2초 불욕이정으로 물러섰다. 바람에 밀려나는 깃털처럼 그 동작에서는 조금도 억지가 느껴지지 않았다.

주먹은 노바디의 가슴에 미치지 못했다.

"오호."

사내의 눈이 빛났다.

바닥을 딛고 공중으로 떠오른 사내의 몸이 회전했고, 뻗은 다리의 발목과 뒤꿈치가 얼굴 옆면을 노리고 빠르게 다가왔다.

노바디는 천무삼권 제3초 시위현동을 펼쳐 오히려 앞으로 접근했다. 고개를 숙여 가볍게 다리 공격을 피한 후, 상대의 배후로 돌아간 것이다.

"좋구나."

사내는 뒤를 보지도 않고 팔꿈치로 후려쳤다. 어찌나 빠른지 검을 휘두른 느낌이었다.

노바디는 그 팔꿈치 공격이 예사롭지 않음을 알아차렸다. 오정목의 천무삼권처럼 하나의 공격에서 수십 개의 변형이 뿜어져 나왔다.

어디로 피해도 얻어맞을 수밖에 없는, 치명적인 공격이었다.

노바디는 두 다리에 힘을 주고 몸의 중심을 낮추며 중결과 화결의 묘리를 동시에 펼쳤다. 두 손으로 상대의 팔꿈치를 감싸는 동시에 다른 방향으로 힘을 흘린 것이다.

"어?"

바나나 껍질을 밟은 것처럼 미끄러져 벽에 이른 후에야 멈출 수 있었던 사내는 깜짝 놀랐다.

"세 번의 공격이 지났어."

"제법 대단하구나."

"이제 내 차례야."

"뭐?"

"간다."

단번에 5미터를 줄이며 도약한 노바디는 즉시 무극심법의 타각을 펼쳤다.

탕!

바닥이 출렁거리며 충격이 앞으로, 사내를 향해 뻗어 나갔다. 사내는 화들짝 놀라며 위로 뛰어올랐으나 한발 늦었다. 이미 타각의 기운이 발로 스며들어 다리를 마비시킨 것이다.

노바디는 다가가는 속도를 이용하여 팔꿈치를 사내의 명치에 꽂았다.

퍽.

마지막 순간에 노바디가 힘을 뺀 덕에 사내는 벽에 처박혔으나 기절하지는 않았다. 100%의 공격력을 퍼부었다면 사내는 죽고 말았을 터였다.

겨우 몸을 일으켰지만 다시 넘어지고 말았다. 타각과 중결의 묘리가 남긴 충격 때문에 사내는 일어날 수 없었다.

"난 콘빅토르의 클라크다."

"노바디."

"너, 이방인 맞지?"

"맞아."

"이상해. 아주 이상해. 이방인 같지 않단 말이야. 그 몸놀림…… 너무나 유연해."

고개를 갸웃거리는 클라크.

"다음 방으로 가고 싶은데."

"잠시 기다려. 내가 일어서야 문을 열어 줄 수 있으니까."

짜증을 내는 클라크.

투굴을 찾아서 전사가 되려는 이방인들 대부분 입문 시험 대신 편한 방식을 택한다. 누구도 패배를 좋아하지 않기 때문에 열에 아홉은 그냥 전사라는 직업을 얻는 것에 만족한다.

입문 시험은 도전을 즐기는 자, 자신의 한계를 알고 싶은 자들의 무대였다. 실패하더라도, 고개를 들지 못할 만큼 깨지더라도 도전을 택하는 자들에게는 능력에 상응하는 대가가 주어진다.

겨우 일어선 클라크, 다리가 후들거렸다.

"이거 체면이 말이 아니로군."

노바디는 넘어지려는 클라크의 팔을 꽉 잡았다. 화결로 힘의 방향을 바꾸자 클라크는 균형을 회복했다.

"날 이 지경으로 만든 이방인은 자네가 처음이야."

"그런가?"

"자넨 콘빅토르에 어울리겠어. 어떤가?"

"생각을 해 봐야겠어."

콘빅토르 입문 퀘스트가 메시지 창으로 떴지만, 노바디는 정중하게 거절했다. 현재 맡은 퀘스트를 완료하는 게 급선무라고 판단했다.

클라크는 벽에 손을 올려서 문을 드러냈다.

노바디가 문 안으로 들어서는 순간, 클라크가 눈을 크게 뜨며 다가왔다.

"자네 이름이 노바디라고 했나?"

"어."

"······설마 그 노바디는 아니지? 셀레스카르 님의 수제자 말이야. 맞아, 그럴 리가 없어. 셀레스카르 님의 제자가 왜 이런 곳에 오겠어? 그렇지?"

노바디는 클라크의 의문을 풀어 주지 않고 문 너머 통로로 들어섰다.

세 번째 방에서 노바디를 기다리는 건 사람이 아니었다. 거대한 뿔이 머리 위로 솟아 있는 몬스터 미노타우로스였다.

그리스신화에 등장하는 미노타우로스는 PC 온라인 게임 시절에도 단골손님처럼 등장했다.

코에서 허연 연기가 흘러나왔다. 눈꺼풀이 올라가자 붉은 눈이 드러났다.

미노타우로스는 네발로 달려왔다.

성난 황소처럼 돌진하는 몬스터를 옆으로 살짝 피한 노바디는 주위를 살폈다. 이 몬스터를 쓰러뜨리면 네 번째 방으로 갈 수 있을까? 아니면 다른 조건을 만족시켜야 할까?

'일단 저놈을 제압하자.'

사라젠의 비월을 꺼낸 노바디는 미노타우로스의 이마를 노리고 내리쳤다.

탕!

단단한 투구에 튕겨 나온 양날도끼.

그사이 미노타우로스의 어깨가 노바디를 날려 버렸다. 용현갑이 발동되어 그 충격을 흡수했음에도 생명력의 40%가 사라졌다. 사라젠의 비월을 이토록 간단하게 막아 낸 몬스터는 처음이었다.

"그놈은 두개골이 굉장히 단단해. 입고 있는 투구와 갑옷은 오크 대장장이가 제대로 만든 거고."

목소리는 위에서 들렸다.

몸을 일으키면서 고개를 든 노바디는 천장에 발을 붙이고 박쥐처럼 거꾸로 매달린 남자를 발견했다. 포니테일로 묶은 금발 머리카락 아래 뾰족한 귀가 살짝 드러났다.

그 남자는 엘프였다.

"난 루네람의 마르스야. 넌 노바디지? 그 유명한 셀레스카르의 수제자?"

노바디는 가만히 서서 마르스를 바라보았다. 루네람이라면 7대무문 중 하나로 쾌, 즉 굉장한 속도를 추구하는 집단이었다.

"이 방을 통과하려면 저놈을 죽이면 돼. 아주 간단하지? 하지만 쉽지 않을 거야. 미노타우로스는 외골격이 견고해서 물리적 충격으론 잡기 어렵거든. 보통은 이런 경우에 마법사가 필요하니까."

노바디는 사라겐의 비월을 손에서 놓았다. 거대한 도끼는 공중에 둥실 떠 있었다.

콧김을 뿜으며 달려오는 미노타우로스.

노바디는 서늘한 뿔을 잡으며 화결과 중결의 묘리에 흡결을 섞었다. 어마어마한 돌진력의 방향을 바꾸자, 미노타우로스가 자랑하는 뿔이 뿌리까지 뽑히며 머리에서 떨어져 나갔다. 노바디의 힘이 아니라 미노타우로스의 힘이 뿔을 뽑은 것이다.

데굴데굴 앞으로 구른 미노타우로스는 몇 번 몸을 일으키려다 축 늘어졌다.

노바디는 그 검은 뿔을 인벤토리에 챙겼다. 미노타우로스의 뿔이 꽤 고가에 팔리는 아이템이라는 사실이 기억났던 것이다.

'역시 사람은 공부를 해야 돼. 몰랐다면 그냥 두고 갔을 테니까.'

놀라서 할 말을 잃은 마르스.

손을 뻗어 사라겐의 비월을 잡은 노바디는 죽은 미노타우로스의 몸을 해체하여 깊숙한 곳에 박혀 있는 성질석을 찾아냈다. 다양한 효능을 품은 돌 성질석 역시 경매장에 올리면 날개 돋친 것처럼 팔려 나가는 상품이었다.

'이놈은 작으니까 대략 15만 원쯤 하겠다.'

노바디의 입가에 미소가 걸렸다.

마르스는 벽을 타고 아래로 내려왔다.

"내가 잘못 본 모양이군."

"네 번째 방으로 가려면 어떻게 해야 하지?"

"다음 방은 없어. 여기가 마지막이야."

마르스는 폭이 좁고 긴 검을 뽑았다. 아로간타르의 녹색검 토포레와 외형이 유사했다.

"그럴까?"

"그렇게 될 거야."

마르스가 사라졌다.

본능적으로 몸을 옆으로 비튼 노바디는 어깨를 덮은 옷이 찢어지는 광경을 볼 수 있었다. 용현갑의 발동은 느려서, 금발 엘프가 찌르는 검의 속도를 따라잡지 못했다.

"어때?"

어느새 뒤로 돌아간 마르스가 펜싱 선수처럼 검을 앞으로 내밀고 있었다.

노바디는 사라겐의 비월을 던졌다. 그러나 마르스는 이미 사라지고 없었다.

위험을 감지한 노바디가 옆으로 몸을 날린 순간, 예리한 검이 옆구리를 스쳤다. 이번에는 피부에 상처가 났다. 피가 송골송골 맺혔다.

"우와, 두 번이나 피할 줄이야. 셀레스카르 그 늙은이가 뭘 가르치긴 가르친 모양이네."

그 목소리는 위에서 들렸다. 마르스는 천장에 발을 붙인 채 노바디를 내려다보고 있었다.

눈썹 끝이 위로 올라가고 눈에 힘이 들어갔다.

노바디는 지금까지 사부 셀레스카르를 저런 식으로 폄하하는 사람은 보지 못했다. 왕세자는 물론 고위 귀족이나 자존심 센 마법사까지도 셀레스카르를 공대했던 것이다.

그 순간, 녹색날개 엘프와 사이가 매우 나쁜 엘프 일족이 떠올랐다. 그 사실 역시 인터넷 검색으로 알아낸 것이었다.

"황금잎사귀?"

"영 바보는 아니네. 맞아. 난 황금잎사귀 출신이야."

가볍게 아래로 뛰어내린 마르스는 검을 들어 노바디의 미간을 겨누었다.

"이번엔 피하지 못할걸."

씩 웃는 마르스.

"불공평해."

"······뭐?"

"난 널 죽일 수 있는데, 넌 날 죽일 수 없잖아. 이건 공정한 결투가 아니야."

"······."

마르스의 얼굴에서 웃음기가 사라졌다. 냉혹한 검사의 강인한 성격이 고스란히 드러났다.

"난 널 죽이지 않겠어. 죽일 가치도 없으니까."

노바디가 그 말을 한 순간, 얼굴이 일그러진 마르스는 사라졌다.

어마어마한 속도로 공기를 가르며 노바디를 죽이려고 검을 찌르던 마르스는 당황했다. 노바디 역시 시야에서 감쪽같이 사라졌던 것이다.

왼쪽에 놈의 잔상이 보였다.

오른쪽에도.

앞에도. 그리고 뒤에도.

마르스의 눈이 커졌다.

잔상이 아니었다. 넷 다 실체였다. 넷 다 완전히 다른 동작으로 다가오고 있었다.

"부, 분신!"

마르스는 발로 바닥을 굴러 안전한 천장으로 올라가려 했으나, 네 명의 노바디가 발을 구르자 거기서 흘러나온 진동파가 보이지 않는 손처럼 다리를 타고 올라와 몸 곳곳으로 퍼져 나갔다.

"윽!"

피를 토한 마르스는 목숨처럼 아끼는 검을 놓쳤다.

그 검이 목에 닿았다.

숨을 헐떡거리는 노바디의 손에 검이 쥐여 있었다.

"……죽여라."

눈을 감는 마르스.

"안 죽인다고 했잖아."

검을 내던진 노바디는 그 옆에 주저앉았다. 무극심법 제3문 파위는 한 번만 펼쳐도 체력이 극심하게 소모되는, 아직은 미완의 스킬이었다.

튕기듯 일어나며 검을 쥔 마르스는 노바디를 죽이려 했지만, 몸이 말을 듣지 않았다. 결국 검을 놓치고 신음을 흘리며 쓰러지고 말았다.

"당분간은 누워서 지내는 게 좋을 거야. 어쩌면 의사를 찾아가서 처방을 받아야 할지도 모르고."

천천히 일어선 노바디는 몸을 돌려 왔던 문으로 걸어갔다.

"바, 반드시 갚아 주겠어!"

"맘대로 해."

노바디는 투굴 청유의 관리소로 나왔다. 세 번째 관문까지 돌파당했다는 소식이 들렸는지 홀에 있던 사람들 모두가 그 앞으로 몰려와 노바디를 기다리고 있었다.

처음 들어갈 때 만났던 소장이 다가왔다.

"당신은…… 투굴 청유가 생긴 이래 처음으로 입문 시험을 세 번째 관문까지 통과한 분입니다. 명예로운 전사의 호칭이 부여됩니다. 당신은 전사 길드가 인정하는 용사로 불릴 겁니다. 노바디 님은 투굴 청유가 보유한 무기 중 하나를 택할 수 있습니다."

소장의 말이 끝날 무렵 메시지 창이 나타났다.

−전사가 되셨습니다.

−용사 호칭을 얻으셨습니다.

−명성이 50 올랐습니다.

−레벨이 올랐습니다.

"이곳에 명운의 블런트가 있다고 들었습니다만."

"……."

소장의 눈이 커졌다.

노바디는 가만히 이곳을 책임지는 사내를 바라보았다.

처음부터 그 유명한 무기를 얻기 위해서 세 개의 관문에 도전했다는 사실을 상대에게 굳이 알리고 싶지는 않았다.

명운은 전설적인 무문 그레아트가 배출한 최강의 무인 중 한 명으로, 당대에 상대할 사람이 없을 만큼 강했다. 제2차 몬스터대전에서 수백 마리의 타이탄을 홀로 전멸시킨 이야기는 음유시인에 의해 노래로 만들어질 만큼 유명했다.

블런트는 뭉툭한 검으로, 보통은 훈련용으로 사용된다. 그러나 명운은 한 자루 새까만 블런트를 들고 다니며 대륙을 발아래 두었다. 그 무거운 블런트는 명운 이후 제대로 쥐고 휘두를 사람이 없다고 알려져 있었다.

"……알겠습니다."

소장은 안으로 들어가서 잔뜩 녹이 슨 기다란 쇠막대를 가지고 나왔다. 혼자 들어 올릴 수 없는지, 무려 일곱 명이 쇠사슬을 연결하여 함께 들었다.

그 외형에 실망했지만 노바디는 상대가 이 많은 사람들이 보는 가운데 헛짓을 하지는 않으리라 생각했다.

쇠막대를 받으려는 순간 메시지 창이 나타났다.

명운의 블런트

절대자에 가장 가깝다고 알려진 명운이 평소 가지고 다니던 훈련용 검. 무거워서 쉽게 휘두를 수 없지만 자유자재로 다룰 수만 있다면 그 파괴력은 상상을 초월합니다.

요구 조건 : 힘 1,000, 지혜 1,000
무게 : 100kg+레벨당 1kg
효과 : 미확인

노바디는 블런트를 놓쳤다.

떨어진 블런트는 바닥에 푹 박혔다. 마치 두부에 박힌 낡은 못처럼.

들 수가 없어서 손에 쥔 채로 인벤토리로 옮겼다.

"셀레스카르의 제자가 명운의 블런트를 받았다!"

홀에서 이쪽을 쳐다보던 사람들 중 하나가 외쳤다.

"셀레스카르!"

"명운!"

사람들이 따라서 소리치기 시작했다

노바디는 캐릭터 창을 열었다.

캐릭터 이름 : 노바디
직업 : 전사
호칭 : 용사
레벨 : 58

노바디는 씩 웃으며 투굴을 나섰다. 밖에서는 여전히 비가 쏴아 내리고 있었다.

사람들은 셀레스카르의 제자 노바디에 대해 이야기를 하며 술을 마셨다.

며칠째 엘루마에 비가 내리고 있었다. 어디를 가든 비에 몸이 축축해져, 사람들은 화창한 날씨를 기대하며 비가 빨리 그치기를 바랐다.

비로 인해 바닥이 거울처럼 회색빛 하늘을 머금은 테페오 광장으로 접어든 노바디는 내공을 부드럽게 움직였다. 배 속에서 꿈틀거린 기운은 사타구니를 거쳐 등 쪽으로 솟구쳤다.

걸어 다니면서도 소주천이 가능하다면 내공 증진에 도움이 될 것 같아서 시도했는데, 의외로 쉽게 성공했다. 뛰지 않는다면, 지나치게 흥분하지 않는다면 소주천을 하면서 걸어 다닐 수 있었다.

'강해져야 밸런싱 던전에 내려갈 수 있어. 소주천에 익숙해지면 발을 내디딜 때마다 타각과 좌각을 동시에 펼칠 수 있는지 시험해 봐야겠다.'

그때, 귀에 익은 발소리가 들렸다. 갑자기 화가 치솟았다.

소주천을 즉시 중단한 노바디는 고개를 돌려 따라오는 아로간타르를 쏘아보았다.

"여관에 남아 있으라고 했을 텐데."

"……대사형, 제가 잘못한 게 있다면 말씀해 주십시오. 바로 고치겠습니다."

아로간타르는 갑자기 싸늘하게 자신을 대하는 노바디 때문에 전전긍긍했다.

"보물이라고?"

"네?"

"돌아가 있어. 꼴도 보기 싫으니까."

"……네."

아로간타르는 축 처진 어깨로 돌아섰다.

노바디는 그 모습에 마음이 좋지 않았지만, 고생해서 얻은 명운의 블런트를 생각하니 다시 기분이 상했다.

아이템 경매장에 명운의 블런트를 올려놓은 지 이틀이 지났지만 누구 하나 입찰하지 않았다. 입질조차 없었다.

몇 명이 댓글을 남겼을 뿐인데, 말도 안 되는 요구 조건 때문에 저 쇠막대를 휘두를 수 있는 사람은 없다는 게 다수의 의견이었다.

노바디는 왜 그럴까 생각하며 요구 조건에 대해서 알아봤다. 그리고 곧 이유를 알아냈다.

현재 페플 최강의 게이머의 레벨도 600에 이르지 못했다.

아이템으로 힘, 지혜 같은 속성을 올릴 수도 있지만 기본적으로 레벨이 올라야만 속성도 같이 증가한다. 따라서 순수하게 힘 속성만 올라간다고 가정해도 레벨 1,000이 되어야 힘 속성도 1,000이 될 수 있다.

물론 유저의 행동 방식에 따라서 좀 더 빨리 증가할 수도 있지만, 그 효과는 보장된 것이 아니라서 오히려 특정 행동으로 인해 불이익을 당할 수도 있었다.

게다가 지혜 속성도 1,000을 넘겨야 명운의 블런트를 사용할 수 있다.

한마디로 명운의 블런트는 그림의 떡이었다.

어떤 사람은 대장장이 스킬을 가진 유저가 장난삼아 만든

검이라고 말했다. 대장장이 스킬이 높아지면 특정한 조건으로 무기를 만들 수 있었던 것이다.

실제로 그와 같은 '가짜' 아이템이 경매장에 올라왔다가 물의를 일으킨 적이 있었기 때문에 많은 사람들이 명운의 블런트 역시 대장장이 스킬을 가진 유저의 장난이라고 댓글을 남겼다.

또 다른 사람은 드래곤이나 휘두를 수 있는 '페이크' 검이라고 비아냥거림을 댓글로 남겨 놓았다.

그런 분위기에서는 누구도 명운의 블런트에 관심을 가지지 않을 터였다.

"어디 불편하세요?"

체리가 조심스럽게 물었다.

"속이 쓰려."

로또에 당첨됐다고 확신했건만 그게 사실은 가짜 복권이라면 얼마나 마음이 쓰라릴까.

"시청엔 무슨 일로 가시는 거예요?"

"길드 등록."

노바디는 시계탑이 우뚝 선 시청을 향해 계단을 오르기 시작했다.

직업 다음은 길드.

노바디의 계획이었다.

길드에 등록하면 경험치 보너스뿐 아니라 여러 가지 이익이 주어진다. 기본적으로 세금이 줄어든다. 페플에서의 경제 활동, 즉 매매 행위에는 세금이 포함되는데, 길드를 통하면 비교적 싼값에 살 수 있고 비싸게 팔 수 있다.

무엇보다도 길드를 만들면 길드 전용 퀘스트를 받을 수 있는데, 거기서 얻을 수 있는 아이템이 꽤 짭짤했다.

"요즘 변하신 것 같아요, 노바디 님."

"아마도 그럴 거야."

노바디는 씩 웃으며 시청 안으로 들어갔다.

몇 번을 물어서 길드 등록을 맡은 곳에 도착한 노바디는 처음 길드를 만들 때는 다섯 명의 동의가 필요하다는 설명을 들었다.

그 과정을 알아봤기 때문에 미리 생각해 둔 사람들이 있었다. 벨란데르, 바마퉁 그리고 토르, 스칼렛, 마지막으로 최근에 페플을 시작해서 푹 빠진 사부님이면 딱 다섯 명이었다.

연락을 해 둔 상태여서, 그들에게 길드 등록을 위한 동의서를 요청하자 불과 10분도 되지 않아 다섯 개의 동의서가 되돌아왔다.

"이름은 뭘로 하시겠습니까?"

담당자가 물었다.

"섬바디."

길드명 역시 고민 끝에 정해 두었다.

노바디가 보잘것없는 사람이라는 뜻이라면, 섬바디는 대

단한 사람이라는 의미였다. 노바디는 누구든 길드로 들어오면 섬바디가 되기를 바라면서 그 이름을 택했다.

"노바디 님이 길드 마스터, 맞나요?"

"네."

"……혹시 그 노바디 님이세요?"

셀레스카르의 제자 노바디에 대한 소문은 엘루마 곳곳으로 퍼졌다. 뮤카멘 백작가의 콧대를 꺾었다는 이야기는 믿지 않는 사람들도 많았지만, 목격자가 많은 투굴 청유에서의 사건은 부풀려져 떠돌고 있었다.

노바디는 살짝 어색하게 웃었다. 아니라고 굳이 거짓말을 하긴 싫었다.

"그럴 리가 없겠지요? 자, 등록 과정이 끝났습니다. 룬트란 왕국을 위해 힘을 써 주세요."

담당자는 꽤 친절했다.

시청에서 나오는데 채팅 창이 떴다.

스칼렛 : 축하해. 길드를 만든다고 해서 좀 놀랐어. 넌 길드 같은 건 별로 관심 없다고 생각했거든.

스칼렛은 천무관의 노관장이자 천무도의 현 계승자인 현기명의 외손녀 홍유정이었다. 길드 전용 채팅 창이라서 그런지 좀 더 고급스러운 느낌이 묻어났다.

토르 : 난 요즘 바빠서 페플에 자주 못 들어올 거야. 이해해 줘. 하지만 길드 퀘스트엔 참가할 거니까 꼭 알려 주고.

토르는 천무관에 입문하여 기숙사 천무거에서 살고 있는 이근상이었다.

바마퉁 : 드디어 나도 길드원이 됐어! 고마워, 정말 고마워!

역시 바마퉁다운 채팅이었다.
다행히 바마퉁은 그날의 실수에도 불구하고 명랑한 태도를 유지했다. 의기소침하기보다 어떻게든 파티에 도움이 되려는 노력을 택한 것이다.
다음은 벨란데르였다.

벨란데르 : 무슨 바람이 분 거야? 던전 플레이에 전사가 되더니, 이젠 길드 등록까지 말이야. 난 요즘 고스트 커넥터 때문에 바빠서 신경 쓸 겨를이 없어. 아무튼 축하한다.

노바디는 모두에게 고맙다고, 앞으로 잘해 보자는 메시지를 보냈다.
홍유정으로부터 다시 채팅이 왔다.

싱크

스칼렛 : 할아버지께서 엘루마로 가겠다고 고집을 부리셔. 아무래도 마르세르로 갔다가 와이번을 타고 엘루마로 갈 것 같아. 할아버지는 하이엘프 셀레스카르를 꼭 만나고 싶은 모양이야. 내가 네 이야기를 할아버지께 해 드렸거든.

노바디는 현실의 사부님과 페플의 사부님이 한자리에서 만나면 어떨지 생각하며 기대된다고 답장했다. 속으로는 셀레스카르가 펼치는 무극심법을 현기명 노관장이 직접 보면 어떤 반응을 보일지 조금 궁금했다. 어쩌면 그 수수께끼가 풀릴지도 모른다.

길드 창을 열자 소속 유저들이 나타났다. 그들의 레벨과 직업까지는 볼 수 있지만, 구체적인 속성과 장비 그리고 스킬은 장본인이 허락하지 않는 이상 잠겨 있었다.

그 아래에 소속 NPC 목록이 있었다. 체리와 아로간타르가 거기 있었다. 두 사람도 경험치 보너스 등 길드 등록으로 인한 혜택을 받는다는 뜻이었다.

"노바디 님."

체리는 옆에 서 있었다.

노바디는 고개를 돌려 체리를 바라보았다.

체리의 눈은 고요하게 가라앉아 있지만, 거기엔 무언가 강렬한 것이 숨겨져 있었다.

"노바디 님을 보면 솔직히 헷갈릴 때가 많아요."

"무슨 뜻이야?"

"어떨 때는 이방인이라고 믿기 힘든 행동을 하시잖아요. 정말 여기서 태어나고 자란 사람 같아요. 하지만 요 며칠은 누가 봐도 이방인이었어요. 다른 이방인들은 왜 여기 있는지 금세 알 수 있어요. 그들은 즐기기 위해 이 세계로 왔어요. 하지만 노바디 님은…… 솔직히 모르겠어요."

"난 여기 사람은 아니지만, 여기 사람도 나와 다를 바 없다고 생각해."

"이방인과 달리 우리에겐 불사의 능력이 없어요."

차분하면서도 비애 섞인 목소리는 추적추적 내리는 빗소리와 어울렸다.

"우리도 마찬가지야."

"네?"

"우리도 우리 세계에선 죽으면 끝나는 존재야. 이곳에서만 죽어도 되살아나는 거니까."

"……처음 들어요."

체리의 눈이 커졌고, 이내 흔들렸다.

"불사의 능력, 과연 좋은 걸까?"

"이방인이 그 무서운 몬스터를 외진 산악 지대로 몰아낼 수 있었던 원동력은 바로 그 능력이에요."

"아, 좋은 방법이 생각났다."

"뭔데요?"

체리는 약간 심드렁했다. 다른 이방인들에게서 느낄 수 없는 감정이 노바디 앞에서는 지나칠 만큼 생생하고 크게 느껴졌다. 저 남자 때문에 예민해진다는 사실 자체가 싫었다.

"지금 넌 죽어도 되살아나잖아."

"그야 노바디 님과 계약을 했으니까요."

"여기 사람들 모두와 내가 계약을 한다면?"

"……."

체리는 할 말을 잃었다.

"재미있겠지?"

"진심은 아니시죠?"

정색하는 체리.

"농담이지만 그렇다고 완전히 망상은 아니라고 생각하는데."

"계약의 내용을 잘 모르시는 모양이에요, 노바디 님."

체리는 싸늘하게 말했다.

"계약 내용이라니?"

"불사의 능력을 얻는 대가로 전 노바디 님께 제 목숨을 드린 거랍니다."

"……뭐?"

"확인해 보세요."

노바디는 얼른 NPC 창을 띄웠다.

거기에는 '삭제'라는 단어가 포함되어 있었다. NPC가 제멋대로 행동할 경우, 즉 인공지능 시스템의 일부가 오작동할 경우에 택할 수 있는 수단인데, 삭제는 NPC에게 곧 죽음이었다.

노바디는 깜짝 놀랐다. 이런 조건이 계약에 포함되어 있을 줄이야.

"이걸 알고도 계약했단 거야? 그만큼 결혼이 싫었던 거야?"

"역시, 노바디 님도 제 의도를 알고 계셨네요."

"문제는 그게 아니잖아. 내가 널 죽일 수도 있어. 그래도 좋아?"

"노바디 님은 절 죽일 수 없어요. 제 어리석은 선택이 절 죽일 수는 있겠죠."

체리는 노바디가 했던 말을 흉내 내어 돌려주었다.

"믿을 수가 없네."

고개를 흔드는 노바디.

"전 뮤카멘 백작가의 딸이에요. 정상적인 사고방식의 소유자라면 절 죽일 리가 없다고 판단했어요. 뮤카멘의 일원을 해치고도 살아남을 이방인은 없으니까요. 되살아나도 계속 죽일 테니까요."

자신만만한 체리.

노바디는 그 태도를 보고 피식 웃고 말았다. 역시 보통 여자가 아니었다. 시녀 취급을 당해도 저런 자존심이 있으니 오히려 더 당당할 수 있으리라.

계단을 딛고 내려오면서 광장을 바라보았다. 비에 젖은 광장은 텅 비어 있었다.

"또 거기 가실 건가요?"

"확인해 봐야지."

"노바디 님은 참 끈질겨요. 절대 적으로 삼아선 안 될 사람 같아요."

"칭찬이지, 그거?"

"마음대로 생각하세요."

몸을 돌려 광장을 가로지르는 체리.

노바디는 그 뒷모습을 바라보았다. 웬만한 모델 뺨치는 몸매에 얼굴까지 예쁜 여자라는 사실이 새삼 크게 다가왔다.

페플 관련 정보를 검색하다가 읽은 이야기가 생각났다. 어떤 유저는 홍등가에서 기녀를 '구입'하여 데리고 다녔다. 그 NPC의 역할은 욕구 총족이었다.

"내가 무슨 생각을 하는 거야? 정신 차려!"

노바디는 광장을 벗어나 골목으로 접어들자마자 벽을 차고 지붕으로 올라갔다.

스노빈

대나무를 잘 짜서 만든 욕통 가득 뜨거운 물이 채워져 있었다.

스노빈은 한쪽 발을 슬며시 욕통에 넣었다. 발가락 끝이 온천수에 닿자 몸에 전율이 흘렀다. 어릴 때는 이 쾌감을 알지 못했다. 나이 마흔을 넘긴 후에야 '시원하다'는 말이 저절로 나왔다.

기분 좋게 미소 지은 그는 욕통 안으로 몸을 넣었다.

"으아, 이제 좀 살 것 같다."

스승 파르소겐의 명령 때문에 황금 버섯 골드팡구스를 찾기 위해서 스코덴 산맥을 쥐 잡듯 뒤졌다.

몇 번이나 죽을 뻔했는지 기억조차 나지 않는다. 브레크 용병대를 그 험준한 산악 지대에서 우연히 만나지 않았다면 실제로 죽었을지도 모른다.

"우연히?"

스노빈은 피식 웃었다.

스승 파르소겐은 우연이라는 단어 자체를 믿지 않는다. 모든 일에는 원인이 존재하며, 우연은 단지 무수한 원인이 드러나지 않은 상태라는 게 파르소겐의 주장이었다.

"브레크 용병대는 왜 스코덴 산맥 깊숙한 곳으로 들어왔을까? 용병대는 으레 혈향이 진동하는 전쟁터에 있어야 하는데 말이야."

스노빈의 눈이 빛났다. 호기심을 자아내는 의문에 사로잡혔다는 뜻이다.

김이 모락모락 피어오르는 온천수를 손으로 내리친 스노빈은 생각의 방향을 돌렸다. 브레크 용병대보다 백배는 중요한 문제가 코앞에 있었다.

"대체 스승님은 어디 계신 거야? 설마 또 공동묘지로 가신 건 아니겠지? 아닐 거야. 아니어야 해."

대현자 파르소겐의 기행은 이미 룬트란 왕국을 넘어 중명 제국에까지 알려질 만큼 유명했다.

죽음의 땅이라 알려진 벤도프 공동묘지!

죽었으나 영면에 들지 못한 자들이 배회하는 곳!

파르소겐은 단신으로 좁은 해협을 건너 벤도프 공동묘지

로 향했다. 벌써 4년 전 일이었다.

몇 명의 무모한 목격자들의 증언으로 당시의 사정이 알려졌다.

빛의 마탑 투스텔라 소속 마법사들이 죽음의 성질석을 얻기 위해 벤도프 공동묘지로 들어섰다가 종자, 수련사를 몽땅 잃고 몸만 겨우 빠져나왔는데, 그들은 대현자 파르소겐이 혼자 좀비 수천을 상대하면서도 밀리지 않았다고 침을 튀기며 말했다.

마법사와 현자는 만물의 근원을 다루는 방식이 달랐다. 둘 다 자존심이 강하기 때문에 웬만해서는 서로를 인정하지 않았다. 아무리 명성이 높고 실제로 강해도 오히려 폄하할 때가 많았다. 그 마법사들의 증언에 힘이 실린 이유다.

파르소겐이 이끄는 현자 집단 호지센도 그 일로 덩달아 유명해졌다.

스노빈은 파르소겐이 왜 혼자 그 위험천만한 죽음의 땅으로 들어갔는지 알고 있었다. 가까운 친구에게도 털어놓을 수 없는 비밀이었다.

파르소겐은 어느 날 제자 스노빈 앞에서 푸념을 늘어놓았다.

"좀비는 평소 무슨 생각을 할까?"

"글쎄요."

스노빈은 '콘센치오'를 익히느라 스승의 말을 그냥 넘겼다.

"아무래도 궁금해서 참을 수가 없구나. 앞으로 네가 호지 센을 이끌어라."

기다란 의자에 비스듬히 누운 채로 포도를 한 알씩 입에 넣으며 오물거리던 파르소겐은 몸을 일으키더니 시시각각 색깔이 바뀌는 호지센의 인장 반지를 빼내어 제자에게 던졌다.

"네?"

얼떨결에 반지를 받은 스노빈.

"너와의 인연은 오늘로서 끝이구나. 이 부족한 스승은 새로운 삶을 시작하기로 결심했다."

"스승님?"

"벤도프에서 날 닮은 좀비를 보거든, 아무리 미친 듯이 달려들어도 한 번쯤은 그냥 보내 주거라."

"……그게 무슨 말씀이세요?"

"다음 생에서나 보자구나."

파르소겐은 그길로 호지센에서 사라졌다.

스승을 벤도프 공동묘지에서 봤다는 마법사들의 이야기를 들은 후에야 스노빈은 그 대화를 기억해 냈다. 평소 엉뚱한 소리를 잘하는 스승이 벤도프 공동묘지로 간 이유를 누구보다 잘 알았지만, 도저히 입 밖에 꺼낼 수가 없었다.

무사히 호지센으로 돌아온 후에도 파르소겐은 상상을 초월하는 기행을 일삼았다.

스승은 어디로 튈지 예상할 수 없는 사람이었다.

그런 사람이 대현자라니.

"임시 회주님, 심보각주께서 드셨습니다."

묵직하게 깔리는 목소리.

"잠깐만 기다리라고 해."

스노빈은 투덜거리며 몸을 닦은 후, 도제 과정을 밟는 어린 제자가 미리 가져다 놓은 옷을 입었다.

임시 회주?

맞는 말이긴 하지만, 어딘지 모르게 불편한 호칭이었다. '임시'를 떼 버리고 싶을 만큼이나. 대체 언제까지 임시 회주라고 불릴까.

수건으로 머리를 털며 응접실로 나간 스노빈.

거구의 사내가 몸을 일으키며 허리를 굽혔다. 그 사내가 바로 심보각주 붕효였다.

"앉아요. 급한 일인 모양이죠?"

힐난하는 듯한 말투.

"회주님을 찾아온 사람 중에 특별한 인물이 있어서 급히 달려왔습니다."

"나를 찾아온 사람 중에?"

"대현자님을 찾아온 사람입니다."

"아, 그렇군요."

스노빈은 호칭 문제를 서둘러 정리해야겠다고 속으로 생각하면서 얼굴이, 특히 뺨이 붉어지지 않기를 바랐다.

"셀레스카르 님에 대해서는 임시 회주께서도 아시리라 생각합니다."

"그 하이엘프를 모르는 사람을 찾는 게 더 어렵지 않을까요?"

스노빈은 그 유명한 하이엘프가 나타난 게 아닐까 싶어서 살짝 기대했다. 그와 친분을 쌓을 수만 있다면 현자 집단 호지센의 명성은 하늘을 찌를 터였다.

"셀레스카르 님께서 근래에 제자를 네 명이나 들이셨습니다."

"……놀랍네요. 누굽니까?"

스노빈의 얼굴이 살짝 굳었다.

셀레스카르는 대현자 파르소겐보다 연배가 높았다. 적어도 수백 년을 살아왔고, 앞으로도 수백 년을 살아갈 하이엘프였기 때문이다.

현재 살아 있는 인간 누구도 셀레스카르 앞에서 당당할 수는 없다. 드래곤 헤라와의 친분을 무시한다고 해도 셀레스카르의 항렬은 어마어마하게 높았던 것이다.

바로 거기에 문제가 있었다.

"녹색날개 일족의 후계자 아로간타르가 셀레스카르 님의 마지막 제자가 되었습니다."

"음."

스노빈은 천천히 고개를 끄덕였다.

엘프가 엘프를 제자로 삼는 일은 지극히 자연스럽다. 오히려 늦은 감이 있다고 해야 정상이다.

"셀레스카르 님은 왕세자 론투엘 저하를 세 번째 제자로 삼으셨습니다."

"확실한 정보인가요?"

스노빈의 귀가 쫑긋 섰다. 해석하기에 따라서 어마어마한 가치를 가질 수 있는 정보였다.

"제가 누굽니까?"

붕효의 눈에 힘이 들어갔다. 심보각주로서의 자존심이 상했다는 뜻이다.

"미안합니다. 셀레스카르 님이 그런 애송이를 제자로 삼았다는 게 믿기지 않아서요."

스노빈은 왕세자를 직접 본 적이 있었다. 그런 인물을 제자로 삼았다면 셀레스카르도 과대평가의 사례가 될 터였다.

"저도 그런 마음이었습니다만, 다른 두 명의 제자가 누군지 아시면 오히려 왕세자 저하에 대해서는 잊으실 겁니다."

"말씀해 보세요."

"수제자는 물론 두 번째 제자까지 이방인입니다."

"……."

스노빈은 할 말을 잃었다.

배신감에 몸이 떨릴 지경이었다. 룬트란 왕국은 물론 마룬타 대륙의 사정을 누구보다도 잘 아는 셀레스카르가 이방인을 제자로 삼다니!

"수제자 노바디가 며칠 전부터 회주님을 찾고 있습니다. 하루도 빠지지 않고 이곳으로 와서 근황을 확인합니다. 심보각은 호지센에 관심을 가지는 인물의 배경을 탐색하는 중에 그 사실을 알아냈습니다."

"그 이방인이 스승님을 찾고 있다? 이유는?"

"직접 만나 보시면 알 수 있으리라 생각합니다."

붕효는 스노빈을 정면으로 쳐다보았다.

그 눈빛의 의미를 스노빈은 즉시 알아차렸다. 아직은 당신을 회주로 인정할 수 없다, 능력을 보여 준다면 그에 따라 태도를 정하겠다, 뭐 이런 뜻이었다.

"좋습니다. 만나 보죠."

스노빈은 셀레스카르가 처음으로 들인 제자의 면상을 직접 확인해 보고 싶었다.

비를 머금어 무거워진 우의를 한쪽 옆에 내려놓은 노바디는 여관 1층 안쪽으로 들어섰다.

호지센 현자들이 묵는 여관 '지혜의 숲'은 견고하면서도 아담해서 편안한 느낌을 자아내는 숙소였다. 영웅회 참석을 위해 도착한 현자들은 자유롭게 1층 식당에서 음식을 먹으며 이야기를 나누는 중이었다.

"인베티오 하나 주십시오."

노바디는 다가온 점원을 보고 주문했다.

인베티오는 버펄로보다 몸집이 세 배나 크고 매우 유순한 가축인 베탄의 고기로 만든 스테이크 요리였다.

마음 같아서는 직접, 커넥터를 거치지 않고 접속해서 맛보고 싶지만, 지금은 그럴 때가 아니라서 아쉬웠다. 커넥터를 통하면 풍미가 제대로 느껴지지 않는다.

점원이 가져온 시원한 차를 홀짝거리며 귀를 열었다. 청명으로 예민해진 귀에 현자들이 소곤거리는 대화가 들렸다. 만약 대현자 파르소겐이 도착했다면 밥 한 끼 먹는 동안 그 사실을 알아낼 수 있을 터였다.

"여관 주인 딸 봤어? 아주 몸매가 끝내줘."

"플라도르 새끼들이 얼마나 오만한지, 나 거기서 토할 뻔했다니까."

"바젠 후작의 행보가 어딘지 모르게 수상해. 지나치게 이방인들과 가까워진 것 같아. 세븐 길드에 대해 들어 봤어? 요즘 뜨는 길드 이름이야. 그 길드를 이끄는 길드 마스터의 미모가 끝내준다는데."

그들의 관심사에 대현자 파르소겐은 없었다.

'아직 엘루마에 도착하지 않았구나. 대체 대현자는 어디 있는 거지? 다들 그를 기다리고 있는데.'

노바디는 날뛰려는 마음을 심호흡으로 다독였다. 급한 마음에 서둘러 봐야 좋을 것 없다는 사실은 경험을 통해 알고 있었다.

하루라도 빨리 희귀한 아이템을 팔아서 엄마를 돕고 싶지만, 사자의 귀환 퀘스트와 몬즈 마을 학살 사건을 치워 버릴 수는 없었다.

노바디에겐 모두 중요한 일이었다. 어느 한쪽에 마음을 완전히 빼앗겨 되돌릴 수 없는 실수를 저지르지 않으려면, 매 순간 집중하면서도 평정을 잃지 말아야 할 터였다.

직감은 노바디가 선택하기 힘들 때, 내비게이터처럼 가야 할 방향을 알려 주는 굉장한 안내자였다.

지금 뭘 할까 생각하던 노바디는 인벤토리 창에서 공책을 꺼내어 펼쳤다. 이방인이 선택할 수 있는 직업의 목록과 그 조건에 대한 내용을 직접 써 넣은 공책이었다.

'이렇게나 열심히 공부한 적은 없어. 엄마가 이걸 보면 얼마나 놀랄까?'

노바디는 씩 웃었다.

공책에는 다양한 직업이 수록되어 있었다.

전사, 궁수, 마법사, 신관, 상인, 도둑, 현자, 대장장이, 재단사, 세공사, 화가, 약초사, 요리사 등 기본 직업 목록과 그 설명만으로도 몇 페이지를 가득 채웠다.

기본 직업은 레벨이 올라갈수록 세분화된다.

레벨 20에 이르면 누구나 전사가 될 수 있다.

레벨 50에 이르면 군에 입대하여 병사가 되거나, 검투단에 가입하여 검투사의 길을 걸을 수 있다. 헌터가 되려면 헌터 길드 가입이 필수적이다. 용병 역시 전사가 된 후에야 택할 수 있는 직업이었다.

꼭 단계를 밟아서 올라갈 필요는 없었다. 까다롭지만 시험을 통과하면 바로 용병대 십부장, 혹은 기사단 소속 기사가 될 수도 있었다.

노바디는 엘루마에 이르러서야, 던전 플레이를 경험한 후에야 자신이 얼마나 페플 세계에 무지했는지 깨달았다. 아이템이 고가에 팔리는 경매장은 그에게 어마어마한 충격으로 다가왔다.

페플은 생각보다 훨씬 복잡하면서도 매력적인 곳이었다.

희망도 없이 조그만 방에 처박혀 하루하루 버티면서 살았던 김현에게 가상현실 페플은 새로운 기회의 땅이었다. 거기서 만난 겔란드와 사형들은 그에게 한 줄기 빛이자 구원의 손길이었다.

그들에게 누가 되지 않으려고, 그들에게 피해를 입히는 사람이 되지 않기 위해서 수련을 시작했었다. 강해지기 위해 겔란드를 찾아갔었다.

노바디는 라마간의 광장에서 만난 게임 매니저를 기억해 냈다. 그가 한 말도 생생하게 떠올랐다.

－너로 인해 칠건파가 다칠 수도 있다.

그 경고는 노바디의 마음 깊숙이 새겨졌고, 지금까지 쉬지 않고 수련하도록 만드는 추진력 역할을 톡톡히 했다. 강해지기 위해 끊임없이 몸부림을 치다가 셀레스카르의 제자가 되었다.

오랫동안 잊고 지냈던 단어 하나가 생각났다.

무극지체.

처음 겔란드 사형으로부터 무극지체에 대해 들었을 때, 무협 소설에 자주 등장하는 칠음절맥, 구음절맥 같은 특이한 체질과 비슷해서 아주 뿌듯했다. 학교에 적응하지 못해 스스로 방에 갇힌 실패자에게 특별함은 기적이었다.

지금 생각하면 왜 겔란드 대사형이 셀레스카르에게 자신을 맡겼는지 알 것 같다.

무극지체는 어마어마한 잠재력을 지니고 있지만, 그만큼 깨지기 쉬운 그릇이었다. 만약 손바닥에 올려놓은 씨앗을 발아시키는, 또는 죽어 가는 화초에 생명을 불어 넣는 그 장난을 즐겼다면 몸은 빠져나가는 힘을 버티지 못하고 부서지고 말았을 것이다.

무극심법 제1문 축현, 제2문 쌍각을 거쳐 제3문 파위에 이르기까지 상상을 초월하는 수련을 쌓았을 뿐 아니라 수라부월공과 천무삼권, 중결과 화결 그리고 흡결, 마지막으로 광현칠검보의 묘리를 통해 얻게 된 안목 덕분에 노바디는 자신이 얼마나 좁고 위험천만한 길을 통과했는지 알 수 있었다.

잠시만 방심해도 추락하는 절벽으로 난 길이었다. 위에서는 언제든 산사태가 일어날 수 있는 곳이었다. 물러설 수 없는, 앞으로만 가야 하는 길이기도 했다.

한 걸음, 한 걸음 쉬지 않고 내디뎠다. 디월드 뎁스 파이브의 세계에서도 멈추지 않았다. 왜 자신에게 이런 일이 벌어지는지 의문을 갖는 대신 몸으로 행동했다.

인고의 시간이 흘렀다.

밤이 지나고 새벽이 다가왔다. 어느새 험준한 계곡을 뒤로하고 봉우리에 오른 것이다.

그 무엇으로도 흔들 수 없을 만큼 튼튼한 기초가 쌓였다. 이제 무극지체는 노바디에게 약점이 아니었다. 한계가 없는 잠재력이었다. 겔란드 대사형을 비롯한 팔건파 사형들과 셀레스카르 사부님 덕분이었다.

깊고 험한 골짜기를 통과해서 올라선 봉우리 너머엔 또 다른 봉우리들이 넘실거리는 파도처럼 펼쳐져 있었다.

사자의 귀환 퀘스트는 노바디가 하루라도 빨리 오르고 싶은 산봉우리였다. 그 무거운 짐에서 조금이라도 일찍 해방되고 싶었다.

잊고 있었던, 어쩌면 조금은 알지만 깊게 알기는 싫어서 외면했던 현실 문제에도 눈을 떴다. 바로 혼자 고군분투 힘

겹게 살아가는 엄마의 하루하루가 이제야 시야에 들어온 것이다.

그 너머엔 거대한 산맥이 우뚝 솟아 있었다. 노바디는 이방인을 향한 토착민의 감정이 얼마나 뿌리 깊고 강렬한지 최근에서야 깨달았다.

대한민국 사람이라면 누구나 일제강점기를 수치로 여긴다. 이곳 사람들에게 이방인은…… 침략자나 다를 바 없었다.

그 때문에 구조적인 갈등과 충돌은 쉽게 해결할 수 없는, 어쩌면 이방인인 노바디로서는 절대로 풀 수 없는 문제일지도 몰랐다.

주문한 요리 인베티오가 나왔다.

복잡한 생각은 사라지고, 절로 입안에 침이 고였다.

뼈에 붙어 있는 고기는 겉은 바삭하고 속은 촉촉했다. 그 증거로 칼로 살짝 자르자 그 사이로 육즙이 주르르 흘러내렸다. 토마토를 닮은 야채도 고기와 함께 구운 상태로 나왔는데, 식감이 끝장이었다. 고기와 야채를 입에 넣고 씹는 순간 입안 가득 맛의 향연이 펼쳐졌다.

거기에 소금에다 무슨 짓을 했는지 몰라도 짭조름하면서도 달콤한 맛까지 얼핏 풍기는 소스 역시 기가 막혔다.

노바디는 이미 김현으로 인베티오를 맛봤기 때문에 커넥터로 인해 그리 세밀하지 못한 맛에도 몸은 제대로 반응하고 있었다.

고기를 반밖에 먹지 않았는데도 벌써 배가 불렀다. 이곳 페플의 인심은 대단히 후했다. 아마도 몸을 쓰는 전사들이 많기 때문에 음식량도 충분한 듯했다.

그때, 시선이 느껴졌다. 고개를 든 노바디는 다가오는 덩치 큰 남자를 볼 수 있었다.

'기세가 대단하다.'

눈썹이 위로 치솟아 강렬한 기운을 뿜어내는 중년 사내는 노바디 앞에 멈춘 후 정중한 태도로 고개를 숙였다.

"노바디 님, 호지센의 임시 회주께서 뵙고 싶어 하십니다."

"저를 아시는군요."

"매일 이곳에 들르시니 모를 수가 없지요."

심보각주 붕효라고 자신을 소개한 남자를 따라서 여관 3층으로 올라간 노바디.

"임시 회주라고 하셨습니까?"

"대현자님의 제자 스노빈 님이 현재 임시 회주를 맡고 계십니다."

"아, 그렇군요."

노바디는 파르소겐이 어떤 인물인지 떠올리며 고개를 끄덕였다.

페플은 남녀노소 모두에게 최고로 인기가 있는 주제여서, 웬만한 정보는 검색만 해도 쉽게 찾을 수 있었다. 대현자 파르소겐도 예외는 아니었다.

파르소겐은 기행을 일삼는 사람이었다.

서른다섯 살에 대현자가 된 천재 파르소겐은 신분을 숨기고 빛의 마탑 투스텔라로 들어가 마법을 배웠다. 1년도 못 되어 그를 알아본 고위 마법사에 의해 들키고 말았지만, 파르소겐은 거기서 멈추지 않고 무문 콘빅토르에 입문하여 태연히 무공을 익혔다. 만약 파르소겐이 반복되는 수련을 지겨워하지 않았다면 불과 10년 안에 콘빅토르의 문주 자리에 올랐을지도 모를 만큼 탁월한 성취를 보였다.

결혼을 금지하고 정신 수양을 강조하는 호지센의 규율을 비웃기라도 하듯 마음에 드는 여자가 보이면 노골적으로 추근대는 등 파르소겐은 그야말로 자기 방식대로 살아가는 사람이었다.

'제자라는 사람도 파르소겐과 비슷할까?'

노바디는 왠지 모르게 가슴이 두근거렸다.

임시 회주가 묵는 방은 작고 아담했다. 마탑 플라도르의 화려한 응접실과는 거리가 멀었다.

노바디가 들어서자 스노빈이 몸을 일으켰다. 스노빈의 옷은 낡았지만 깨끗했다.

"나는 잠시 호지센을 맡은 스노빈이네. 자네가 그 유명한 노바디인가?"

자네?

노바디는 그 호칭을 무시할 수 없었다.

파르소겐에 대해 조사하면서 셀레스카르에 대해서도 알아보았다. 그 결과에 노바디는 깜짝 놀랐다.

셀레스카르의 명성은 단순한 존경심과 거리가 멀었다. 왜 다들 셀레스카르를 칭송하고 우러러보는지 노바디는 인터넷 검색을 통해서 좀 더 깊이 알 수 있었다.

셀레스카르는 두 번의 몬스터대전에 참전하여 혁혁한 공을 세운 영웅이자, 역사학자로부터 대륙의 운명을 바꾼 인물로 평가받는 전설적인 하이엘프였다.

드래곤과 일부 하이엘프를 제외하면 셀레스카르의 항렬은 어마어마하게 높았다. 룬트란의 국왕조차도 셀레스카르 앞에서는 예의를 갖출 정도였다. 오히려 룬트란을 건국한 태왕 카보르탄보다도 위였다.

페플에서 항렬은 보이지 않는 서열이자 계급이었다. 항렬을 범하면 예의를 모르는 자라는 오명을 뒤집어쓸 뿐 아니라, 심할 경우 소속 길드나 조직에서 쫓겨날 만큼 사람들은 항렬을 중시했다.

이방인의 도래로 항렬이 무시되기도 하지만, 철저하게 이방인이 관련되었을 경우뿐이다. 페플의 방식과 전통에 대해 무지한 이방인을 향한 일종의 배려였다.

스노빈은 이방인이 아니다. 그 위치상 항렬의 가치를 잘 아는 사람이었다. 노바디는 만나자마자 '자네'라고 부른 스노빈의 속내를 알 것 같았다.

"저는 지금 이방인으로서 찾아온 게 아니라 사부님의 제자로서 찾아온 겁니다."

"그래도 자네는 이방인이 아닌가? 설마 여기서 태어나고 자란 사람이라는 말은 아니겠지?"

빙긋 웃는 스노빈.

눈앞의 현자가 내버려 두면 머리 꼭대기까지 올라가서 명령을 내리고도 남을 사람이라는 사실을 확신한 노바디는 얼굴에서 웃음기를 싹 지웠다.

"지혜를 원하면 호지센을 찾아가라는 말을 들었는데, 허명이었군. 언제부터 호지센이 이렇게나 오만을 떨게 되었을까? 아무래도 왕국의 법도에 대해 잘 아는 셋째 론투엘에게 물어봐야겠어."

노바디는 일부러 강하게 나갔다. 사부님의 명예를 위해서 가만히 있을 수 없었다.

셋째 론투엘, 왕세자의 이름을 듣는 순간 바로 얼굴이 하얗게 질린 스노빈이 억지로 입을 열었다.

"……하하, 농담이었소, 농담."

"역시. 그럴 줄 알았네. 자네처럼 지혜로운 현자가 그런 망발을 할 리는 없지."

노바디는 사극을 떠올리며 일부러 굵고 무거운 목소리로 말했다.

텔레비전으로 보기만 했을 뿐 실제로 사용해 본 적 없는

싱크

말투라서, 스스로 느끼기에도 어색했다. 말하는 중에 몇 번이나 웃음이 터져 나올 뻔했다.

"……."

스노빈의 눈에 힘이 들어갔다. '자네'와 '망발'에 충격을 받은 것이다.

"어디 불편한가, 자네?"

노바디는 '자네'를 강조했다. 기 싸움에서 밀리면 안 된다. 오히려 압도해야 한다.

"……아닙니다."

물러난 스노빈.

"앉지."

마치 이 방의 주인처럼 먼저 의자에 앉으면서 말하는 노바디.

눈치를 살피던 붕효는 형세를 판단한 후, 복도로 나가며 문을 닫았다.

분노를 가라앉히며 스노빈은 천천히 노바디 맞은편에 앉았다.

"날 만나자고 한 이유는?"

"매일 이곳으로 오신다는 이야기를 듣고 가만히 있을 수 없었습니다."

"왜 찾아오는지 알고 싶다?"

"제가 할 수 있는 부분이라면 도와 드리고 싶습니다만."

스노빈은 어느새 여유를 되찾았다.

그 빠른 태도 변화에 노바디는 크게 놀랐다. 건방지긴 해도 역시 호지센의 현자였다.

"대현자님을 뵙고 싶네."

평소처럼 말하고 싶지만, 일단 기선을 잡기 위해서라도 당분간은 사극 톤을 유지할 수밖에 없었다.

"안타깝게도 스승님은 이곳에 계시지 않습니다. 솔직히 말씀드리면, 스승님이 엘루마에 도착하셨다는 것은 분명합니다. 하지만 지금 어디 계신지 도저히 알 수가 없습니다. 스승님……의 행동에 대해서는 노바디 님도 알고 계시겠지요?"

스노빈은 조심스럽게 말했다.

"알고 있네."

팔짱을 끼고 고개를 끄덕이는 노바디.

"노바디 님께서 도와주십시오."

스노빈이 그 말을 한 순간, 노바디는 눈앞에 나타난 퀘스트 창을 볼 수 있었다.

대현자 파르소겐 찾기
대현자 파르소겐을 찾아서 이곳으로 데려오십시오.
힌트 : 롭시스 국수
보상 : 호지센의 안약

싱크

노바디는 그 자리에서 퀘스트를 수락했다. 누구보다 대현자 파르소겐을 빨리 만나고 싶었다.

"감사합니다. 역시 셀레스카르 님의 제자분답습니다. 스승님은 롭시스 국수를 매우 좋아하십니다. 만약 스승님을 모시고 이곳으로 오신다면 호지센이 자랑하는 안약을 드리겠습니다."

"반드시 모셔 오겠네."

노바디는 롭시스 국수에 대해 알아보기 위해 서둘러 복도로 나갔다.

혼자 남은 스노빈의 입가에 미소가 걸렸다.

"스승님이 어디 계신지 알아내려면 롭시스 국수를 국물까지 비워야 할 텐데, 네깟 놈에겐 불가능한 일이지. 이방인 따위가 감히."

스노빈은 이방인을 수제자로 삼은 셀레스카르의 정신 상태를 의심하며 콧노래를 흥얼거렸다.

빗줄기가 오락가락하고 있었다. 오전에는 곧 그칠 것 같더니, 시간이 흐를수록 가랑비는 소나기를 거쳐 폭우 쪽으로 옮겨 가고 있었다. 먹구름이 잔뜩 몰려와 엘루마는 이미 어둠에 잠기는 중이었다.

우의에 달린 후드를 쓴 노바디는 이제 막 마차에서 내려 우산을 펴는 체리, 바마퉁 그리고 그냥 내리는 아로간타르를 발견했다. 노바디가 손을 흔들자 그들이 다가왔다.

"갑자기 국숫집엔 무슨 일이야?"

바마퉁이었다.

"대현자 파르소겐."

"그 사람이 여기 있어?"

"여기에 그 단서가 있어."

노바디는 바마퉁, 체리 뒤에 선 채로 비를 홀딱 맞는 아로간타르를 보지 않을 수 없었다.

체리를 힐끔 쳐다봤다. 체리가 아로간타르에게 약간의 조언을 해 줬을 것 같았다.

텅.

노바디가 두 발을 동시에 구르자, 타각과 좌각의 힘이 균형을 이루며 반경 3미터에 달하는 반구의 공간을 차지하면서 빗줄기를 밖으로 밀어냈다.

갑자기 비가 내리지 않자 바마퉁, 아로간타르 그리고 체리까지 고개를 들어 위를 쳐다봤다. 빗방울이 탕탕 투명한 막을 때리고 있었다.

아로간타르가 반응했다.

"감사합니다, 대사형."

"어서 들어가기나 해."

"네, 대사형!"

아로간타르는 바마퉁, 체리와 함께 허름한 건물로 들어섰다. 기다란 지붕 아래쪽엔 이미 사람들로 긴 줄이 만들어져 있었다.

노바디가 움직이자 기로 가득한 공간이 무너지며 비가 쏟아졌다.

"꽤 기네요."

체리였다.

빛의 도시 엘루마에서 매우 독특한 향신료 롭시스를 취급하는 곳은 딱 한 군데뿐이었다.

롭시스 국수

150년의 전통을 자랑하는 국숫집으로, 줄을 서야 먹을 수 있는 맛집이었다.

"기다리는 동안에도 저는 수련을 하겠습니다."

금세 원기를 회복한 듯, 아로간타르는 마보 자세를 취한 채로 말했다. 쏟아지는 사람들의 시선도 개의치 않았다.

"허리를 좀 더 아래로."

"네, 대사형."

그 진지한 태도에 웃음이 터진 노바디는 줄을 서는 대신 앞으로 가서 점원 앞에 섰다.

"혹시 이곳에 대현자 파르……."

"뒤로 가서 서세요."

"음식을 먹으려는 게 아니라 대현……."

"뭘 하시려든 간에 뒤로 가서 차례를 지키세요. 여기 차례를 기다리는 분들 안 보이나요?"

졸린 표정의 점원은 예의를 차렸음에도 왠지 모르게 듣는 사람을 기분 나쁘게 만드는 능력의 소유자였다.

노바디는 시선을 감지했다. 줄을 선 사람들이 노바디를 노려보고 있었다.

줄을 선 이들 중에 엘프, 드워프 심지어 뱀파이어도 있음을 알고 깜짝 놀랐다. 그렇게 서로를 배척하고 싫어하건만, 음식 앞에서는 그런 감정도 사라지는 듯했다.

노바디는 셀레스카르의 수제자라는 명성을 내세우는 대신, 뒤로 가서 줄을 섰다.

"대사형, 제가 해결할까요?"

아로간타르는 손가락 관절을 꺾어 우두둑우두둑 소리를 냈다.

"여관으로 돌아갈래?"

"……얌전히 있겠습니다."

고개를 푹 숙인 아로간타르는 체리를 쳐다봤다.

잠자코 지켜보던 체리가 나섰다.

"노바디 님."

"호지센의 임시 회주 스노빈에게 들은 거야. 이곳에 오면 대현자 파르소겐을 만날 수 있다고."

"혹시 그 현자를 기분 나쁘게 하셨어요?"

"……조금."

노바디는 이 여자가 어떻게 알았을까 생각했다.

"당하셨어요."

"내가? 뭘?"

"여기 대현자님이 계시다면 스노빈이라는 현자가 먼저 달려왔을 거예요. 파르소겐 님이 나타나지 않는 바람에 호지센도 입장이 곤란하거든요."

"설마."

"이곳 주인은 괴팍해요. 음식 솜씨가 아주 좋아서, 평범한 국수인데도 그 맛이 기가 막혀요. 하지만 주인에게 무언가를 물어보거나 부탁하려면 롭시스 국수를 먹어야 해요. 국수를 먹기만 하면 어떤 부탁도 들어준대요. 안타깝게도 지금까지 롭시스 국수 한 그릇을 비운 사람은 한 명도 없어요. 저도 시도해 봤지만…… 한 젓가락도 넘기지 못했어요."

끔찍한 경험인지 체리의 얼굴이 구겨졌다.

"그 정도야?"

"고문에 사용된 적도 있는 음식이에요. 국물 한 모금에 고문은 끝났어요. 중명 제국이 염탐을 위해 보낸 첩자가 진실을 털어놓았으니까요."

"스노빈이 날 골탕 먹이기 위해서 이곳으로 보낸 거다?"

"제 생각엔 그래요."

체리는 똑똑한 여자였다. 근거 없는 추측으로 사람의 마음을 흔들지는 않는다.

노바디는 스노빈의 얼굴을 떠올렸다. 상대를 깔아뭉개려다 정반대로 뒤집혔는데도 금세 표정을 되찾은 스노빈은, 롭시스 퀘스트를 줄 무렵엔 입가에 미소까지 어려 있었다.

'일부러 날 엿 먹이려고 퀘스트를 준 거야.'

노바디는 고개를 들어 체리를 바라보았다.

"호지센을 이끄는 현자가 거짓말은 하지 않겠지?"

"그럴 거예요. 주로 진실의 일부만 말하는 방식으로 사람을 속이니까요."

"아무래도 이 기회를 이용해야겠어. 계속 기다리기만 하다가는 대현자의 그림자도 못 볼 테니까."

"무슨 말씀이에요?"

고개를 갸웃거리는 체리.

노바디는 아로간타르를 쳐다봤다.

"할 일이 있다."

"말씀만 하십시오, 대사형."

노바디는 아로간타르의 귀에 대고 구체적인 내용을 알려주었다. 몸을 일으킨 아로간타르는 즉시 빗속으로 달렸다.

"뭘 하신 거예요?"

체리가 물었다.

"너도 할 일이 있어."

노바디는 체리의 귀에 대고 속삭였다.

금세 모든 것을 이해한 듯 눈을 빛내던 체리는 계획의 허점을 찾아냈다.

"일을 꾸민다고 해서 대현자님이 이곳에 나타난다는 보장은 없지 않나요?"

"호기심 때문에라도 올 거야. 안 되면 어쩔 수 없지만, 시도는 해 봐야지."

"아, 그렇겠네요. 다녀올게요."

"서둘러."

"네, 노바디 님."

체리가 밖으로 사라지자 바마퉁이 궁금한 눈으로 노바디를 바라보았다.

"두고 봐. 재미있을 거야."

노바디는 팔짱을 끼고 느긋하게 차례를 기다렸다.

"뭐?"

초밥을 입에 넣고 오물거리던 스노빈은 어린 제자 타렌의 말에 눈살을 찌푸렸다.

"큰스승님께서 나타나셔서 사람들이 거기로 몰려가고 있습니다."

"위치는?"

스노빈은 몸을 일으키며 물었다.

"롭시스 국숫집입니다."

"……말도 안 돼."

"플라도르를 비롯한 마법사들, 여러 무문 소속 무인들은 물론 뮤카멘 백작가와 바젠 후작가의 사람들까지 대현자를 만나기 위해 그 국숫집으로 가고 있습니다."

그 말을 듣고도 고개를 흔들던 스노빈은 덩치에 어울리지 않게 바람처럼 다가오는 심보각주 붕효를 보고는 결정을 내렸다.

"우리도 간다."

"네, 임시 회주님."

붕효는 몸을 돌려 부하들에게 명령을 내리기 위해 2층으로 올라갔다.

'저놈의 임시 소리! 거슬려, 정말 거슬려. 한데, 정말 스승님이 롭시스 국숫집에 나타나셨을까? 일이 공교롭게 됐어. 재수 없는 이방인 새끼에게 뜨거운 맛을 보여 주려 했더니 오히려 도와준 꼴이 됐잖아.'

짜증이 난 스노빈은 외출복을 가져온 제자 타렌의 뺨을 후려쳤다.

싱크

타렌은 옷을 놓고 나가떨어졌지만, 재빨리 일어섰다. 신음 하나 내지 않았다.

"동작이 굼뜨다."

"죄송합니다, 스승님."

타렌은 외투를 들어 올렸다.

"가자."

채비를 갖춘 스노빈은 여관을 벗어나 대기 중인 마차에 올라탔다. 비에 젖은 어깻죽지가 마음에 들지 않았다. 옷을 갈아입으려다 참았다.

"출발."

"출발!"

붕효가 복창하자 일렬로 서 있던 다섯 대의 마차가 움직이기 시작했다.

"서두르게."

플라도르 마탑의 화품관 마누게트는 이미 채찍을 여러 번 휘둘러 말 궁둥이를 내리친 마부를 재촉했다.

마부는 고개만 살짝 숙였다. 속으로는 이보다 더 빨리 달렸다가는 황천행이라고 생각했다.

"정말 그분이 롭시스 국숫집에 있을까요?"

수련사 루티오가 조심스럽게 물었다. 루티오는 지난번 플라도르 마탑으로 찾아온 셀레스카르의 수제자 노바디를 알아보지 못했던 그 수련사였다.

"뮤카멘 백작가의 기사단이 움직였어. 프롱리크는 멍청하기 짝이 없지만 기사단 전체를 움직일 권한은 없어. 특히 엘루마 내에서 말이야. 그러니까 이번 명령은 백작이 내린 거야. 확실한 정보라는 거지."

마누게트는 무릎에 올린 손가락을 까딱거렸다.

"외람된 질문을 해도 될까요?"

"호기심은 마법사의 기본 자질이지."

"감사합니다. 왜 화품관님께서는 대현자를 만나러 가시는 겁니까?"

"그 소문, 알고 있나?"

마누게트가 목소리를 낮추었다.

길에 고인 물을 마차 바퀴가 거칠게 헤치며 가느라 시끄러워서 아무도 듣지 못할 상황인데도 마누게트가 조심스럽게 행동하자, 루티오 역시 덩달아 긴장해서 속삭였다.

"어떤 소문요?"

"플레멘타스 님의 실종."

"……그게 사실인가요?"

"쉬쉬하고 있지만 사실일 가능성이 높아. 마르세르의 본탑에 있는 친구들 말에 따르면, 타워 마스터 플레멘타스 님이 갑자기 사라진 지 적어도 두 달은 지난 모양이야. 서브 마스터 제벨 님께서 중심을 잡으려 애를 쓰고 있지만, 점점 실종 사실이 퍼지고 있는 거지."

"대체 타워 마스터님은 어디로 가신 걸까요? 왜 아무 말씀도 하지 않고 가셨을까요?"

"납치됐을 가능성도 배제할 순 없지."

"에이, 말도 안 돼요. 누가 6서클 마스터인 플레멘타스 님을 납치할 수 있을까요?"

"빛의 마탑 투스텔라의 타워 마스터도 실종되었다는 사실은 알고 있나? 7대무문 중 하나로 손꼽히는 스로칸의 문주도 사라졌다더군."

"······."

루티오는 할 말을 잃었다. 그저 눈만 껌벅껌벅 떴다 감았다 할 뿐이었다. 그가 감당할 수 없는, 소화할 수도 이해할 수도 없는 이야기였다.

"대현자 파르소겐은 뭔가를 알고 있어. 그래서 여기 영웅회에 오는 거고. 파르소겐을 먼저 만나야 돼. 그가 무엇을 알고 있는지 알아내야 돼. 그러면 내게도 이 지긋지긋한 엘루마를 벗어나서 수도 마르세르의 본탑으로 올라갈 수 있는 기회가 올지도 모르니까. 바로 그 때문에 널 데려온 거다."

"······네? 저를요?"

"롭시스 국수, 먹어 봤지?"

"억만금을 준다고 해도 못 먹을 국수예요."

"오늘, 넌 그걸 먹어야 해."

"……."

루티오의 얼굴이 새하얗게 질렸다.

"그걸 먹어야 파르소겐을 만날 수 있으니까."

"그, 그걸 왜 제가……?"

"롭시스 국수를 먹으면 넌 나와 함께 마르세르로 올라간
다. 네 앞날은 내가 보장하지."

"……못 먹으면요?"

"징계위원회를 열어야지."

"네?"

"셀레스카르 님의 수제자에게 그런 무례를 범하고도 무사
할 거라고 생각했나?"

"아……."

"마탑에서 쫓겨나고 싶지 않으면, 그 국수를 몽땅 먹어 치
우는 게 좋을 거야. 국물도 남겨선 안 돼. 넌 할 수 있어. 넌
근성이 있는 놈이니까. 내가 평소 널 지켜봤거든. 내가 보장
해. 알겠지?"

마누게트는 이글거리는 눈으로 루티오를 바라보았다.

루티오는 자신도 모르게 고개를 끄덕였다.

여섯 필의 말이 끄는 금빛 마차가 거리를 질주했다. 갈라진 물이 파도처럼 길 양쪽 인도로 걷는 사람들을 덮쳤지만, 마차 내부에는 조금도 흔들림이 없었다.

유리잔에 든 진홍색 포도주를 한 모금 마신 아레스가 꼰 다리를 바꾸었다. 늘씬한 각선미가 드러났지만 커다란 마차에 탄 사람들 누구도 거기에 눈길 한번 주지 않았다.

"정말일까?"

아레스는 유리잔을 다른 손으로 옮기며 물었다.

"가 봐야 알 수 있겠지."

배가 불룩 튀어나와 두꺼비처럼 보이는 샤일록이 대답했다.

"공명, 넌 어떻게 생각해?"

아레스는 부채를 쥐고 천천히 흔드는 남자를 꼭 집어서 물었다.

"가짜입니다."

"근데 왜 우리는 거기로 가고 있지?"

"다른 놈들이 거기로 가고 있으니까."

등을 기댄 채 독주를 마시던 남자가 가슴을 앞으로 내밀며 끼어들었다.

"맞습니다."

공명은 남궁현도를 보며 가볍게 고개를 끄덕였다.

"거기서 어떤 일이 벌어질 것 같아요?"

아레스는 검제라 불리는 사내를 바라보며 애교 섞인 말투로 물었다.

"피바람이 불 거야."

"어떻게 그걸 아세요?"

"요즘 지루해서 말이야."

남궁현도가 씩 웃자, 아레스는 물론 샤일록과 공명까지 흠칫 몸을 떨었다.

세 사람은 서로 시선을 교환했다. 남궁현도가 날뛰지 않도록 막아야 한다는 점에서 그들은 의견이 일치했다. 시간과 돈을 투자하여 일궈 낸 길드 세븐을 한 사람의 경거망동으로 무너뜨릴 수는 없다.

아레스가 공명을 바라보며 눈짓했다. 어떻게든 남궁현도를 말리라는 뜻이었다.

"어제 미국에 있는 친구로부터 이상한 이야기를 들었습니다."

"어떤 이야기?"

아레스가 능청스럽게 물었다.

"택현 형님을 뉴욕에서 봤다더군요."

"택현? 설마 안택현?"

남궁현도가 즉시 반응했다.

싱크

"네."

공명은 부채로 손을 가렸다. 가볍게 떨렸던 것이다.

"자세히 말해 봐. 그 새끼가 왜 뉴욕에 있대? LA에 있어야
할 놈인데."

남궁현도는 바로 안형준, 실수를 빌미로 동생 안택현을
LA로 보내 버린 장본인이었다.

"그냥 관심이 생겨서 알아봤더니, 택현 형님이 북미 가상
현실위원회를 이끄는 제프리 잭슨을 만난 모양입니다. 왜 만
났는지는 저도 알 수가 없었습니다."

"그걸 왜 이제 말해?"

몸을 일으킨 남궁현도.

"사소한 일 같아서……."

"앞으로 그 새끼에 대한 일은 뭐든 다 알려 줘. 정보료는
후하게 쳐줄 테니까."

"알겠습니다."

"바빠서 먼저 간다. 나중에 보자."

남궁현도는 즉시 접속을 끊었다.

약 3초의 침묵이 흘렀다.

"풋."

아레스가 먼저 웃음을 터트렸다. 뒤이어 샤일록, 공명이
깔깔 웃어 댔다.

"너, 대단하다."

샤일록은 공명을 보며 엄지를 척 세웠다.

"휴우, 떨려서 죽는 줄 알았어."

"근데 사실이야?"

"응. 거짓말을 했다가 뒷감당을 어떻게 하려고?"

공명은 소매로 땀을 닦았다.

"택현 오라버니 일은 어떻게 알았어?"

아레스의 얼굴엔 어느새 웃음기가 지워지고, 악동기 가득한 호기심이 자리 잡았다. 공명은 아차 싶었다.

"우연히."

"감시하고 있었구나. 그렇지?"

아레스의 말에 공명의 눈빛이 흔들렸다.

"……아니야."

"했네. 아, 그러면 우리도 감시하고 있겠다. 그렇지?"

"마, 말도 안 돼."

더듬는 공명.

샤일록도 더 이상 웃을 수 없었다. 아레스가 지적하지 않았다면 공명이 현실에서도 사람들을 풀어서 중요한 정보를 입수하고 있다는 사실을 몰랐을 터였다.

"그럼, 너 안진후가 뭘 하고 있는지도 알고 있겠네?"

아레스의 목소리에 서늘한 바람 기운이 담겼다. 설레는 여자의 마음이었다.

"진후?"

공명은 샤일록의 매서운 시선을 못 본 척하며 아레스 쪽으로 몸을 돌렸다.

"내가 무척 좋아했잖아. 아니, 지금도 아주 좋아해. 첫사랑이라서 그런가, 잊을 수가 없어."

"그 싸가지? 폐인 된 지 오래잖아."

샤일록은 공명에 대한 생각은 다음으로 미루기로 했다.

그 말에 아레스가 천천히 고개를 돌려 샤일록을 죽일 듯 노려보았다. 말은 하지 않고, 하얀 손가락을 올려 입술에 댔다. 그리고 차갑게 웃었다.

"조, 조심할게."

샤일록은 아레스가 한번 화가 나면 얼마나 무서운지 누구보다 잘 알았다.

"자, 말해 봐, 진후가 요즘 뭘 하는지."

아레스는 공명을 쳐다봤다.

"진후는 요즘……."

그때, 마차가 멈췄다.

"아쉽네. 나중에 얘기해 줘."

아레스는 무려 2억이라는 거금을 주고 구입한 검 '퀘르'를 손에 쥐고 마차에서 내렸다. 지금 판다면 못해도 20억은 받을 수 있는 검이었다.

불쾌한 냄새에 저절로 표정이 굳었다.

"뭐야, 이 냄새?"

샤일록이었다.

마지막으로 내린 공명은 부채를 펴서 부칠 뿐이었다.

"길드 마스터!"

뚱보가 뒤뚱거리며 다가왔다. 바젠 후작이었다.

아레스는 홍보용 미소를 지으며 바젠 후작 앞에 섰다.

"대현자, 찾았습니까?"

"그게, 여기 주인이 뭔가를 아는 모양인데, 롭시스 국수를 먹어야 알려 준다고 고집을 부리는 터라……."

"국수요?"

아레스는 기가 막혔다.

마음 같아서는 이 멍청하고 무식하며 능력도 없는 후작의 몸을 반으로 잘라 버리고 싶었다. 퀘르를 가볍게 흔들기만 해도 이 후작은 몇 개의 조각으로 나뉘고 말 터였다.

하지만 그랬다가는 공을 들인 프로젝트가 박살 나며 공중 분해될 것이다.

"돈으로도 안 되나요?"

"워낙 강직한 사람이라서……."

난색을 표하는 바젠 후작.

아레스는 입술을 깨물었다. 현실에서는 상상할 수도 없는 일이다. 항상 따라다니는 비서에게 간단히 몇 마디만 하면 불협화음 하나 없이 해결된다. 돈이 전부인 세상에서 돈의 주인이 된 사람은 세상의 주인이 된다.

롭시스 국숫집 앞은 인산인해였다.

아레스는 낯익은 얼굴들을 발견했다.

시청의 제2급 서기관, 뮤카멘 백작가의 프롱리크 기사단장, 페르제피 마탑의 엘칸, 플라도르 마탑의 마누게트, 태천문의 도호단 단주 위강, 브레크 용병대의 실력자인 거츠까지.

그 외에도 자잘한 인물들이 대거 롭시스 국숫집 주위를 가득 채우고 있었다.

그때, 산적처럼 구레나룻을 기른 사내가 가게 입구로 나와 말했다.

"대현자께선 내게 말씀하셨소. 롭시스 국수 한 그릇을 깨끗이 비우는 사람에게만 전하라는 말씀이었소. 그러니, 만약 여기로 몰려오신 여러분 중 누구라도 롭시스 국수를 한 그릇 먹는다면, 난 그가 누구든 상관없이 대현자의 말씀을 전하겠소이다."

그리 큰 목소리가 아닌데도 흐트러지지 않고 또렷하게 퍼져 나갔다.

'고수다.'

아레스는 보통 인물이 아님을 깨닫고 샤일록, 공명을 쳐다봤다. 둘 다 고개를 저었다. 롭시스 국숫집에 대한 정보가 전혀 없다는 뜻이었다.

구레나룻 사내의 말이 끝난 순간, 아레스는 반투명한 퀘스트 창을 볼 수 있었다.

아레스는 사람들의 표정을 살폈다.

'원주민'은 모두 난감해하는, 피할 수 있으면 피하고 싶어
하는 얼굴이었다. 반면에 퀘스트를 위해 이곳으로 몰려온 이
방인들은 전혀 두려워하지 않는, 대담한 모습을 보였다.

아레스는 샤일록을 바라보았다.

샤일록은 천천히 고개를 끄덕였다.

"내겐 비싼 아이템이 없어."

롭시스 주인은 가게 주변을 돌아다니며 자격이 되는 사람
들을 골랐다. 그 두툼한 손가락은 샤일록을 건너뛰고 아레스
를 가리켰다.

퀘스트 창이 떴다.

–퀘스트를 수락하시겠습니까?

거절하면 영영 대현자를 만나 볼 수 없을 것이다. 이곳에
서는 돈으로 안 되는 일이 의외로 많았다.

아레스가 퀘르를 인벤토리에 넣으려는 순간, 롭시스 주인
이 고개를 저었다. 이럴 줄 알았다면 마차에서 내리기 전 퀘

르를 넣어 뒀을 텐데.

'하자. 퀘르를 잃으면…… 다시 사면 돼. 수단과 방법을 가리지 않고.'

아레스는 가게 안으로 들어섰다. 또 다른 지원자들이 따라서 들어왔다. 절반 이상이 원주민이었다.

아레스에게 이곳 페플 사람들은 인디언이나 아프리카 부족민 같은 느낌의 원주민이었다.

한 사람이 눈에 띄었다. 커다란 인형 탈을 쓴 듯한 남자는 당연히 유저였다. 옷차림만으로는 왜 여기 들어왔는지 알 수가 없었다.

고약한 냄새와 함께 롭시스 국수가 나왔다. 점원이 들고 온 쟁반에 시꺼먼 면과 국물이 담긴 그릇들이 놓여 있었다. 국수가 앞에 놓이자 냄새는…… 참기 힘들 만큼 역했다.

아레스가 반지에 걸려 있는 마법으로 공기의 막을 치려는데, 롭시스 주인이 입을 열었다.

"몸에 걸친 갑옷, 반지, 목걸이, 귀걸이, 팔찌, 구두, 장갑 모두 벗어 주었으면 좋겠소. 대현자께서는 물건의 힘을 빌리는 걸 몹시 싫어하시오. 만약 그게 싫다면 포기한 걸로 간주하겠소. 지금이라도 나가시오."

그 황당한 말에 먼저 반응한 사람은 그 인형 탈을 쓴 유저였다. 그냥 허름한 옷을 입었다고 생각했는데, 안에서 거무스름한 갑옷이 나왔다.

'용갑이잖아. 아니야, 색깔이 달라. 디자인도. 저 갑옷은 대체 뭐지? 뮤카멘의 문장이 그려진 걸 보면 용갑이 분명한데.'

아레스도 입고 있던 최고급 용갑을 벗으면서 그 유저를 노려보았다.

두 사람이 고개를 흔들더니 밖으로 나갔다. 면발을 입에 대기도 전에 퀘스트를 포기한 것이다.

다행히 그들은 롭시스 국숫집 주인에게 물건을 빼앗기진 않았다. 아예 시도조차 하지 않았기 때문이다.

아레스는 반지 일곱 개, 목걸이 세 개, 팔찌 네 개 등 어마어마한 양의 아이템을 테이블 옆에 내려놓았다. 각종 마법 저항과 속성 효과가 걸린 아이템을 벗자 롭시스 국수의 악취가 몇 배나 강렬해졌다.

'대체 뭘로 만든 거야?'

중요한 퀘스트가 아니라면 벌써 포기하고 나갔을 것이다.

아레스는 고개를 돌려 그 유저를 살폈다. 역시 괴로운 얼굴이었다.

'나만 힘든 건 아니야.'

"자, 시작합니다. 행운을 빕니다."

롭시스의 주인이 웃었다. 사악한 미소였다.

아레스는 젓가락으로 면발을 들어 올려 입에 넣었다. 그 순간, 냄새와 맛만으로도 사람이 죽을 수 있음을 깨달았다.

생명력의 15%가 날아가 버렸다! 급히 생명력 회복 속도를 세 배로 올리는 마법을 사용하지 않았다면 큰일이 날 뻔했다.

옆에 있던 또 다른 유저는 그 자리에서 죽어서 사라졌다. 접속이 끊어진 것이다.

인형 탈을 쓴 듯한 그 유저는 꿋꿋하게 버티고 있었다.

'나도 질 수 없어.'

아레스는 억지로 면발을 입안으로 밀어 넣었다.

롭시스 국수

스노빈은 눈물을 닦을 수 없었다. 소매를 들었다가는 겨우 밀어 넣은 면발이 목구멍 위로 솟구쳐 입 밖으로 토하고 말 것 같았다.

태어나서 이렇게 울어 본 적은 없다. 전쟁으로 인해 고아가 되었을 때도 먹먹했을 뿐이다. 대체 왜 이런 짓을 하고 있나 자괴가 들 만큼 고통스러웠다.

롭시스 국수의 악명은 오래전부터 들어서 알고 있었다. 마르세르에도, 문두크에도 롭시스 국숫집이 있었다. 도시에 딱한 군데 인내의 한계를 시험하는 요리를 만드는 음식점이 있었던 것이다.

스노빈은 롭시스 국수의 정체도 알고 있었다. 스승 파르소겐 덕분이었다.

롭시스 국수의 숙수는 바로 7대무문 중에서도 최강으로 알려진 그레아트의 무인이었다. 그레아트는 전통적으로 신체 단련뿐 아니라 요리를 통해서도 강해지는 법을 추구하는데, 그 결과물이 향신료 롭시스였다.

정상인이라면 한 방울의 롭시스 국물도 마시지 못하지만, 그레아트 무인들은 그 요리를 억지로 참고 먹으면서 강해졌다. 그레아트가 자랑하는 고수들 모두 롭시스 같은 특별한 향신료가 추가된 요리를 복용했다.

반대로 말하면, 그레아트 특유의 내공심법과 단련술을 익히지 않은 평범한 사람들에게 롭시스 요리는 독약이나 다를 바 없었다. 일단 몸 내부로 들어가면서 식도를 태우고 위장을 녹여 버릴 가능성도 배제할 수 없었다. 또한 몸에 롭시스 성분이 오랫동안 남아 있으면서 정상적인 활동을 방해할 가능성이 매우 높았다.

롭시스는 그 생성 과정을 고려하면 극약으로 분류해야 할지도 몰랐다.

스노빈은 콘센치오를 펼치며 버텼지만 한계가 느껴졌다. 롭시스 국수는…… 점점 늘어나고 있었다.

'1단계로는 안 되겠구나.'

숨을 길게 내쉰 스노빈은 콘센치오를 2단계로 끌어 올렸다.

상단전에서 뿜어 나온 기에 이끌려 국숫집 낡은 기둥 속에 있던 망량이 다가왔다.

망량은 도깨비와 비슷하나 좀 더 사악했다. 크게 보면 정령에 속하지만, 망량은 기본적으로 소환의 대상은 아니었다. 눈에 보이지 않을 뿐 이미 이 세계의 일부로 존재하는 것이다.

붉은 눈의 망량이 스노빈 주위를 맴돌았다.

스노빈은 그 시선을 피하지 않았다. 다른 사람의 눈에는 보이지 않는, 오직 현자만이 볼 수 있는 망량을 얼마나 잘 다루느냐에 따라서 현자의 급이 달라진다.

-너, 뭐야?

망량이 마음으로 속삭였다.

'옛 계약에 의지하여 도움을 청하노라. 너, 이 국수를 먹어라. 그러면 네가 원하는 것을 주마.'

-내가 원하는 것? 그게 뭔데?

망량은 스노빈 옆으로 와서 입을 벌렸다. 예리한 어금니가 드러났다.

'아이의 깨끗한 피.'

-흐흐흐, 좋아.

망량이 스노빈의 몸속으로 스며들었다.

스노빈의 몸은 여전히 롭시스 국수를 먹고 있지만, 실은 빙의된 망량의 행동이었다.

스노빈은 한숨 돌릴 수 있었다. 콘센치오 2단계로 데려온 망량으로 롭시스 국수 한 그릇을 모두 비울 수는 없다. 그저 휴식의 의미에 불과했다.

이럴 줄 알았다면 스승 파르소겐을 귀찮게 해서라도 콘센치오 3단계를 배웠을 텐데. 파르소겐은 이런저런 핑계를 대면서 3단계를 알려 주지 않았다.

스노빈이 알기로 파르소겐의 콘센치오는 무려 7단계에 이른 상태였다. 망량 빙의 수준을 뛰어넘어 바트란 마법사들이 깜짝 놀랄 만큼 완벽한 변신술을 펼칠 수도 있었다. 스노빈은 파르소겐이 눈앞에서 한 마리 와이번으로 변하는 과정을 목격한 적이 있었다.

-도저히 못 먹겠다. 미안해. 난 간다. 대가는 필요 없다.

망량은 고개를 흔들며 스노빈의 몸에서 빠져나와 기둥 속으로 사라졌다. 역겨운 냄새와 맛이 몰려왔다.

정신을 차린 스노빈은 살짝 고개를 들어 아직까지 롭시스 국수를 먹고 있는 사람들을 살폈다.

화염 마탑 플라도르의 마누게트는…… 역시 대단한 인물이었다. 줄을 잘못 섰다가 엘루마로 좌천됐다는 소문은 사실이었다. 그는 불의 하급 정령 샐러맨더를 소환했다.

스노빈은 샐러맨더를 볼 수는 없지만, 그 타는 듯한 열기를 감지할 수는 있었다. 현자 특유의 감지력 덕분이었다.

바람의 마탑 페르제피의 엘칸 역시 하급 정령 실프를 소환하여 롭시스 국수를 먹는 데 이용하고 있었다.

태천문의 위강은 특유의 내공을 발휘하여 롭시스 국수의 파괴적인 기운을 억누르고 있지만, 스노빈이 보기엔 곧 나가 떨어질 것 같았다.

역시나, 벌떡 일어선 위강은 두꺼비처럼 입을 꽉 다문 채 밖으로 달려 나가다 다리 힘이 풀려 앞으로 넘어지고 말았다.

그 순간, 입이 벌어지며 검은 폭탄이 터졌다. 밀어 넣었던 롭시스 면발과 국물이 한꺼번에 터져 나오며 가게 밖에서 안쪽을 지켜보던 사람들을 덮쳤다.

스물일곱 명이 그 자리에서 기절하고, 이방인 세 명은 목숨을 잃고 사라졌다.

롭시스 주인이 가져간 맑은 차를 마시자 위강은 정신을 차릴 수 있었다. 주인은 위강이 애지중지 아끼는 건틀릿을 가져갔다. 위강은 고개를 푹 숙인 채 사라졌다.

7대무문 중 하나인 태천문은 이번 퀘스트에서 실패한 것이다.

스노빈 역시 아래에서 밀고 올라오는 롭시스 특유의 폭발력을 느끼고 있었다. 콘센치오를 힘껏 펼쳤지만 다가오는 망량은 한 놈도 없었다. 교활한 망량은 스노빈에게 이용당할 것을 알고 달아난 것이다.

'도저히 못 참겠다.'

스노빈은 다른 사람들을 보기 위해 살짝 고개를 들었다.

마누게트의 어깨가 떨렸다. 엘칸은 몸 전체가 부들부들 떨리고 있었다.

저 앞쪽에는 그 녀석이 기묘한 자세로 아직도 국수를 먹고 있었다. 초반에 탈락하리라 예상했건만. 바로 정신 나간 셀레스카르가 받아들인 이방인 제자 노바디였다.

한 명 더 남은 이방인은 여자였다. 바젠 후작이 얼씬거린 걸 보면, 캉트 던전 관리권을 구입한 길드와 관련이 깊은 이방인일 것이다.

그때, 엘칸이 포기하고 일어섰다. 위강처럼 롭시스 국수를 뿜을까 사람들이 염려했지만 엘칸은 끝까지 특유의 분위기를 지켰다. 롭시스 주인에게 풍림의 반지를 내줄 때만큼은 얼굴이 일그러졌지만.

다음은 마누게트였다.

엘칸과 달리, 화가 난 마누게트는 화염 마법으로 롭시스 국숫집을 날려 버리겠다고 난동을 피우다가 주인에게 명치를 얻어맞고 기절했다.

주인이 마누게트의 입에 손가락을 집어넣어 화염의 성질석으로 제작된 붉은 어금니를 뽑자, 수련사가 달려와 정신을 잃은 마누게트를 부축하여 자리를 떴다.

남은 사람은 셋, 그중 이방인이 둘이었다.

'이방인 따위에게 질 수는 없어.'

스노빈은 이를 악물었다.

"저거, 먹어 봤어?"

왼손으로 코를 막은 겔란드는 코맹맹이 소리로 물었다.

"마르세르에서 맛을 봤지요. 대사형이 절 지옥으로 데려갔잖습니까."

콜마는 피식 웃었다.

"나도 같이 갔었지."

인상을 찡그린 가쿨라였다.

세 사람은 서로를 쳐다보면서 소리 없이 웃었다.

당시 겔란드는 그레아트의 독특한 수련법에 대한 이야기를 듣고 직접 확인하기 위해 롭시스 국숫집으로 갔는데, 같이 있던 동생들을 데려갔다. 셋 다 3할도 먹지 못하고 국숫집을 뛰쳐나왔다. 그 결과, 열심히 사냥해서 구입한 도끼와 방패 그리고 희귀한 약초서를 주인에게 뺏기고 말았다.

"좀 일찍 올 걸 그랬다."

겔란드는 아쉬운 듯 말했다. 늦게 도착해 버려 저기 안으로 들어가지 못했던 것이다.

"그래도 오랜만에 보니 반갑습니다."

가쿨라는 가게 안쪽에 서 있는 레온을 보며 말했다.

"이번에도 한판 해야겠지?"

겔란드의 눈이 반짝거렸다. 레온과는 처음 만난 순간부터 으르렁대는 맹수 두 마리처럼 서로를 자극하고 때로는 죽일 듯이 싸웠지만 그러다가 친해져 버린 관계였다.

"노바디의 몸에서 연기가 피어오르네요. 내공을 운용하는 모양입니다."

콜마였다.

"저 자세는 무극심법이야."

가쿨라가 속삭였다.

"대단해. 마탑 플라도르와 페르제피가 자랑하는 마법사들까지 포기했는데."

겔란드는 막내의 선전에 가슴이 뿌듯했다.

"호지센과는 전혀 어울리지 않는 저 현자, 꽤 버티는데요."

가쿨라의 목소리엔 가시가 박혔다. 과거 몇 가지 일로 호지센 현자들과 얽힌 적이 있는데, 그때 스노빈이 어떤 인물인지 알 수 있었다.

"주술력이 상당해."

게슴츠레 뜬 겔란드의 눈에 스노빈 주변을 돌아다니는 망량이 어렴풋이 보였다. 망량은 스노빈의 몸속으로 들어가진 않았지만 현자의 힘에 잡혀 완전히 달아날 수도 없었다.

"저 이방인은 어떻습니까?"

콜마는 머리가 긴 여자를 가리켰다.

"대단해. 내공심법과 마법을 동시에 사용하고 있어. 마검사 수준을 뛰어넘었군."

겔란드의 눈이 빛났다.

"그래도 대사형이 반드시 이길 겁니다."

그 목소리에 세 사람은 고개를 돌려 뒤에 서 있는 아로간 타르를 바라보았다. 그 옆에는 뮤카멘 백작가의 영애, 체리 가 서 있었다.

재미있어하는 체리의 표정을 읽은 콜마의 눈이 가늘어졌 다.

"설마……."

"역시 콜마 님을 속이기는 어렵네요. 하지만 전 아니에요. 이 모든 게 노바디 님 작품이니까요."

"무슨 뜻이지?"

체리의 이야기를 듣던 겔란드가 콜마를 응시했다.

"대현자 파르소겐이 롭시스 국숫집에 나타났다는 소문을 퍼트린 게 노바디인 것 같습니다."

콜마는 목소리를 죽였다.

"뭐?"

깜짝 놀란 겔란드는 이내 껄껄 웃었다. 체리가 그 이유를 알렸던 것이다.

"저 녀석, 물건입니다."

가쿨라는 평소와 달리 부드럽고 인자한 눈길로 노바디를 바라보고 있었다. 무뚝뚝한 사형의 마음이 이 순간 고스란히 시선에서 묻어났다.

거기서도 붕대 감기 연습을 하던 바마퉁은 아끼는 친구가 사람들에게 인정을 받는 모습에 엄청난 기쁨을 느꼈다. 그와 동시에 언젠가는 자신도 저렇게 되고 싶다고 생각했다.

그때, 발목 근처가 축축해졌다.

고개를 숙인 바마퉁은 늙은 개 한 마리를 발견했다.

털이 제멋대로 자라난 그 개는 한쪽 다리를 들고 오줌을 누는 중이었다.

보통 사람이었다면 '이놈의 개 새끼!'라고 욕하며 발로 걷어찼겠지만, 바마퉁은 버려진 게 분명한 늙은 개의 몰골에 마음이 아팠다. 친구 집에 살고 있지만, 좋은 친구들 덕분에 걱정을 한시름 놓을 수 있다고 생각하지만, 아버지에게 버림받은 처량한 신세라는 본질은 달라지지 않았다.

바마퉁은 인벤토리에서 회복약을 꺼내어 손바닥에 액체를 부었다. 늙은 개는 목이 말랐는지 녹색의 액체를 금세 핥아서 먹었다.

"배가 많이 고팠구나. 나중엔 고기를 사 줄게."

바마퉁은 늙은 개를 어루만졌다.

늙은 개는 빤히 이방인 드워프를 올려다보았다. 그러다가 사람들 다리 사이를 지나가 롭시스 국숫집 뒷문으로 돌아갔다. 어느새 주인 레온이 벽에 기댄 채 팔짱을 끼고 서 있었다.

"재미있으시겠습니다."

"물론."

싱크

개가 말했다.

"스노빈이 꽤 고생하는 것 같습니다."

"젊어서 고생은 사서도 하는 것이라지?"

늙은 개의 입이 길게 찢어졌다. 개 특유의 미소였다.

"이방인들이 자주 사용하는 격언이군요."

"자네도 이방인을 배척하나?"

"이방인을 좋아하진 않지요."

"뭔가 더 있는 모양이군."

"이방인 중에는 꽤 괜찮은 놈도 있으니까요. 마찬가지로 우리 중에도 죽여 버리고 싶을 만한 놈도 있겠지요."

"자넨 마음이 넓어서 좋아."

"저렇게 버티는 걸 보면 진심인 듯한데, 중단할까요?"

레온은 엄지로 식당 홀을 가리켰다.

"아니, 좀 더 고생해야 돼. 저놈들이 왜 롭시스 국수를 먹으면서까지 내 이야기를 듣고 싶어 하는지 아는가? 그걸 알면 자넨 한 그릇이 아니라 두 그릇, 세 그릇을 비우라고 할걸."

"관심 없습니다."

"오직 힘만 추구하는 그레이트의 무인답군."

"오늘은 특별히 예외를 두죠. 왜 다들 대현자님을 만나고 싶어 하는 겁니까?"

"곧 거대한 변화, 지각변동이라 할 만한 혼란이 찾아올 걸세. 기존 질서가 붕괴될 테니 많은 사람들이 고통스럽겠지만, 일부에겐 기회가 되겠지. 저들은 내게서 그 기회를 얻고 싶어 해. 끔찍한 일이지. 롭시스 국수보다 더 끔찍한 놈들이야. 이 재앙을 해결하려는 놈들은 거의 없어."

"……실종 사건을 말씀하시는 겁니까?"

레온의 표정이 딱딱해졌다. 사부님에게 연락했지만 아직도 답이 오지 않았다.

"실종은 빙산의 일각이네."

"……"

레온은 할 말을 잃었다. 파르소겐의 동생 하르도젠의 실종조차도 거대한 재앙의 일부에 불과하다니.

"구심점이 필요한데, 그 역할을 담당할 사람들은 이미 사라지고 없어. 그게 문제야."

"대현자님이 중심을 잡으면 되지 않겠습니까?"

"안타깝게도 내 목숨은 얼마 남지 않았네."

"……그게 정말입니까?"

"내가 자네에게 거짓을 말할 이유가 뭐 있겠나?"

"대현자님."

"당장 죽을 건 아니니 그런 표정은 짓지 말게나."

"알겠습니다."

"자넨 나가 보게. 난 여기서 지켜볼 테니까."

"네, 대현자님."

텅 빈 주방 구석 바닥에 누워 버린 파르소겐은 앞으로의 계획을 검토하던 중 갑자기 그 드워프가 생각났다. 오줌을 싼 건 일종의 시비였다. 이방인 드워프가 발로 걷어차거나 욕을 했다면 그 대가를 치렀을 터였다.

하지만 그 드워프는 화를 내기는커녕 꽤 비싼 회복약을 꺼내어 손바닥에 부었다. 파르소겐은 어쩔 수 없이 개처럼, 개답게 행동했다.

마르세르에서도, 엘루마에서도 그런 행동을 하는 사람은 보지 못했다. 이방인은 물론 여기 사람들도 어리고 귀여운 개를 좋아하지, 늙고 냄새나는 개를 보면 돌멩이를 던지거나 욕을 퍼부을 뿐이었다.

늙은 개로 변신하면 늙은 개의 눈높이로 세상을, 인간을, 엘프와 드워프 그리고 뱀파이어 같은 지성 종족을 볼 수 있다. 파르소겐은 인간이 얼마나 잔인할 수 있는지 늙은 개의 몸으로 깨달았다.

동물은 생존을 위해서 사냥한다. 먹기 위해 죽인다. 그러나 인간은 재미를 위해 자신보다 약한 존재를 죽일 수 있었다. 심지어 동족까지도 즐겁기 위해서 죽이는 놈들이었다.

엘프는 또 다른 의미로 잔인했다. 자신들이 정한 율법 안에 들어와 있는 존재를 향해서는 한없는 자비를 베풀지만, 그 밖에 있는 존재들에게는 망설임 없이 검을 휘두른다.

엘프가 어린 뱀파이어를 죽여서 나무에 거는 모습을 직접 본 파르소겐은 엘프라는 종족에 대한 기대를 접었다. 뱀파이어가 어둠의 종족이라고 해서 그 어린것을 잔혹하게 죽일 권리는 누구에게도 없다.

드워프는 오직 땅, 거기 묻힌 금속에만 관심이 있었다. 그 집착에 고집까지 더해져, 드래곤이라도 드워프의 영역에 침범하면 필사적으로 저항한다. 드워프는 지하의 영역을 놓고 동족끼리 전쟁을 자주 치렀다.

뱀파이어는 어릴 때부터 세뇌 비슷한 교육을 받는다. 인간, 엘프, 드워프 모두 뱀파이어의 숙적이라는 내용이다. 물론 모든 뱀파이어가 다른 지성 종족을 적이라 여기진 않지만, 다수는 대단히 호전적이었다.

모두가 모두에게 적인 세계.

'그놈은 아니었어.'

마음을 가득 채운 걱정과 염려는 그 멍청해 보이는 드워프의 행동으로 인해 서서히 녹아내렸다. 드워프에겐 별 의미 없을지 모르지만, 지금 파르소겐에게 필요한 것은 사소하지만 강렬한 희망이었다.

'그 희망을 이방인에게서 보다니. 이런 이야기를 했다가는 역적으로 몰리겠지?'

파르소겐은 고개를 흔들었다.

여기 있다가는 계속 이상한 생각만 할 것 같았다.

파르소겐은 슬금슬금 홀 쪽으로 걸었다. 틈을 통해서 홀의 상황을 볼 수 있었다.

막 스노빈이 몸을 일으켜 손으로 입을 막으며 가게 밖으로 달려 나갔다. 스노빈이 제자로 들인 타렌이 공포에 질린 표정으로 다가섰다.

'저 새끼, 요즘도 손찌검을 하는 모양이군.'

파르소겐의 눈이 싸늘하게 빛났다.

이제 남은 사람은 둘. 모두 이방인이었다.

파르소겐은 그 사실이 마음에 들지 않았다.

이방인이 가진 불사의 능력은 대륙의 판도를 바꿔 버릴 만큼 막강하지만, 그렇다고 부활의 능력이 무조건 좋은 것만은 아니었다. 절박함이 사라지면 성장은 한계에 부딪힌다. 이방인이 강해지는 방식에는 고민이 들어설 자리가 없다. 이방인은 죽지 않기 때문에 강할 뿐이다.

'만약 이방인을 죽일 방법을 찾아낸다면…… 오히려 쉽게 무너지고 말겠지.'

파르소겐은 광마 중천의 무덤이 기록된 지도를 떠올렸다.

광마는 이방인의 도래가 시작될 무렵 대륙을 종횡했던 무인으로 명성이 높았다.

갑자기 이방인이 등장하여 혼란이 극에 이르렀을 무렵, 광마는 오만방자한 태도로 날뛰는 이방인들을 검으로 죽였다. 놀랍게도 광마에게 죽은 이방인들은 불사의 능력을 가지고 있음에도 되살아나지 못했다.

광마는 불사의 존재를 죽인 유일한 무인으로 알려져 있었다. 드래곤조차 이루지 못했던 위업이었다.

광마 중천이 어떻게 이방인을 완전히 죽였는지는 그의 죽음과 함께 어둠에 묻혔다.

파르소겐은 그 비밀을 알아내고 싶었다. 그래야 세상을 뒤흔들 재앙을 막거나, 최소한 그 규모를 줄일 수 있다고 판단했다.

광마 중천이 남긴 유일한 검법은 광현칠검보로 알려져 있는데, 파르소겐은 검문으로 유명한 스로칸 문주에게 광현칠검보를 보내어 숨겨진 무공을 찾아보라고 요청했었다. 그게 벌써 15년 전 일이었다.

스로칸 문주 란트는 광현칠검보 내에는 비밀이 숨겨져 있지 않으며, 무공 자체가 정상적인 사람은 절대 이룰 수 없는 경지에 닿아 있다는 편지를 보내왔다. 그것이 7년 전의 일이었다. 8년 동안 연구하고 분석하여 내린 결론이었다.

파르소겐은 란트를 찾아가 광현칠검보를 직접 익힐 것을 권했다. 검에 있어서 란트보다 뛰어난 재능의 소유자는 없었다. 그럼에도 란트는 고개를 흔들었다.

"난 익힐 수 없다네."

파르소겐은 스로칸에서 광현칠검보를 제자들에게 가르치라고 란트를 설득하는 것으로 만족할 수밖에 없었다.

그 조치 덕분에 광현칠검보는 세상에 널리 알려졌다. 파르소겐은 란트보다 뛰어난 재능을 가진 인물이 광현칠검보를 접하고 혜성처럼 나타나기를 기대하고 있었다.

실망스럽게도 광현칠검보로 유명해진 사람은 이방인이었다. 검제 남궁현도가 어떤 사람인지 궁금해서 찾아간 파르소겐은 하마터면 죽을 뻔했다. 남궁현도는 눈에 띈다는 이유만으로 줄무늬 고양이를 죽이려 했던 것이다.

남궁현도의 광현칠검보는 대단히 강맹했지만, 그뿐이었다. 파르소겐이 보기에 란트가 실력을 발휘한다면 남궁현도 열 명이 덤벼도 소용없을 터였다. 란트는 십 초식 이내에 남궁현도를 죽일 수 있는 검사였다.

'저들은 내게서 무슨 이야기를 듣고 싶어 할까?'

파르소겐은 씁쓸한 마음으로 마지막까지 남은 두 명의 이방인을 바라보았다.

노바디는 마보 자세로 롭시스 국수를 먹고 있었다.

마보엔 이미 익숙했다. 굳건한 자세 덕분에 국수를 먹으면서도 내공 운기가 가능했고, 그로 인해 롭시스 국수가 가진 힘을 아래로 끌어내려 단전에 집어넣을 수 있었다.

초반엔 그 방식으로 충분히 버틸 만했다.

문제는 중반 이후였다.

단전이 가득 차 버려, 아랫배가 볼록 튀어나왔다. 죽을힘을 다해서 먹었는데도 아직 국수는 반이나 남아 있었다. 계속하다가는 꼴사납게 아랫배가 터져서 죽을 것 같았다.

부풀어 오르는 풍선처럼 펑 터지면 몸이 뒤로 날아가 버릴까?

그 생각을 하자, 웃음이 터질 뻔했다. 웃었다면 입에 든 것을 뿜으며 탈락하고 말았을 것이다.

'그럴 순 없지.'

고개를 돌린 노바디는 식은땀으로 범벅인 여자를 발견했다. 나머지는 모두 포기하고 저 여자만 남았다. 롭시스 국수의 위력을 너무나 잘 알기에 노바디는 보통 여자가 아니라고 확신했다.

더 이상 참을 수 없었던 노바디는 가볍게 발을 굴렀다.

텅.

기이한 울림이 퍼져 나가며 악취가 뒤따랐다.

노바디는 무극심법 제2문 쌍각 중 좌각으로 단전에 들어찬 롭시스의 기운을 뿜어냈다. 식당 홀을 가득 채운 그 기운은 밖으로 밀려 나가며 호기심을 갖고 안을 지켜보던 사람들을 에워쌌다.

"이, 이게 무슨 냄……."

한 사람이 기절했다.

"이건 롭시……."

그 뒤에 있던 사람도 쓰러졌다.

롭시스 주인이 점원과 함께 다가와 정신을 잃은 사람들을 뒤로 옮겼다.

아랫배의 압박이 살짝 줄어들었지만, 미봉책에 불과했다. 롭시스 국수에 담긴 힘은 몸속으로 들어온 이후 맹렬한 속도로 증가하고 있었다. 마치 잔뜩 눌러서 작게 만든 스프링이 갑자기 튀어 오르는 느낌이었다.

시간이 흐를수록 그 힘은 커질 터였다.

정신이 어질어질했다. 더는 참을 수가 없었다.

포기하려는 찰나, 귀에 익은 목소리가 들렸다.

"파워는 잊은 거냐?"

고개를 든 노바디는 사람들 사이에서 반가운 얼굴을 찾아냈다. 바로 사부 셀레스카르였다.

윙크를 한 셀레스카르는 사라져 버렸다.

사부님이 이곳에 와 있다는 사실이 좋으면서도 조금은 부끄러웠다. 제자가 이런 일을 벌였다는 사실을 사부님은 이미 알고 있을 터였다.

'그래, 파워야. 펼친 후에 어떻게 될지 모르겠지만 해 보자. 해 보는 수밖에 없어.'

노바디가 마음을 집중하며 내공을 끌어 올려 파워를 펼치는 순간, 또 다른 노바디가 나타났다.

"부, 분신술이다!"

사람들이 소리쳤다.

두 명의 노바디는 네 명으로 늘어났다.

네 명의 노바디는 테이블을 둘러싼 채로 롭시스 국수를 먹었다. 젓가락이 하나여서, 두 명은 손으로 면발을 건져 먹었고 한 명은 기다렸다가 국물을 마셨다.

네 명이 먹자 그릇의 내용물이 금세 줄어들었다.

'아!'

노바디는 왜 파워를 펼쳐야 했는지 깨달았다. 몸이 넷으로 늘어나면서 단전의 용량도 네 배로 증가했던 것이다. 그중 세 개의 단전은 텅 비어 있어서 얼마든지 롭시스의 기운을 저장할 수 있었다.

노바디는 단전에 모인 롭시스의 힘으로 소주천을 시작했다. 독맥과 임맥으로 이어지는 순환이 계속될수록 롭시스 특유의 강맹한 기운은 노바디의 내공과 섞여 하나의 도도한 흐름으로 변해 갔다.

하지만 소주천만으로는 밀려드는, 증폭되는 롭시스의 기운을 완전히 다룰 수 없었다.

'역시 대주천인가?'

노바디는 머뭇거렸다. 주화입마의 위험성은 잘 알았기 때문이다.

'아, 사부님이 어디에선가 지켜보고 계실 거야. 위험하면 구해 주시겠지.'

노바디는 빠르게 결정을 내렸다.

대주천의 핵심은 정수리의 백회혈과 발바닥의 용천혈이었다. 백회를 열어 천기, 즉 하늘의 기운을 받아들이고 용천을 개방하여 지기, 즉 땅의 기운과 하나가 된다. 그러면 천지의 기와 하나가 될 수 있다.

기경팔맥과 십이정경으로 롭시스의 힘이 쏟아져 들어갔다.

한 번 시도했다가 실패했기에 노바디는 잔뜩 긴장했다. 고개를 돌려 사부님이 어디 있는지 확인하고 싶은 마음을 억눌렀다. 지금은 몸 내부에 집중해야 한다.

파위의 진정한 위력이 서서히 드러났다.

파위는 단순한 분신술이 아니었다.

변신 마법이 특기인 마탑 바트란의 마법사들은 손쉽게 분신을 만들어 낸다. 때로는 백 명이나 되는 분신을 만들어 적을 혼란에 빠뜨렸다.

하지만 그 분신은 그림자에 불과했다. 마법, 특히 변신술을 모르는 평범한 병사들에게나 통하는 위협이었다.

물론 분신 중 일부는 본체의 뜻에 따라서 움직이는 인형으로서의 가치를 가지고 있었다. 그러나 어떤 경우든 분신은 본체에 속한, 본체의 명령에 의해 움직이는 인형이나 로봇 같은 존재였다.

파위로 인해 생겨난 분신은 차원이 달랐다. 명령이 필요 없는 노바디가 세 명이나 늘어난 것이어서, 독자적인 행동이 가능했다.

그러면서도 마음이 통했다. 마치 텔레파시로 마음을 나눌 수 있는 네쌍둥이처럼.

둘은 기경팔맥에 집중했다.

나머지 둘은 십이정경을 맡았다.

둘은 백회를 열기 위해 애를 썼다.

다른 둘은 발바닥의 용천혈에 마음을 쏟았다.

놀라운 일에 사람들이 입을 쩍 벌렸다.

같은 사람이 넷이나 되어 저마다 다른 동작으로 국수를 먹는 것도 놀라운데, 그중 둘은 머리에서 새하얀 연기가 피어 올랐고 나머지 둘은 발에서 연기가 흘러나왔다.

그 이치를 아는 사람들은 경악을 금치 못했다.

태천문의 위강은 할 말을 잃었다.

겔란드는 자기 뺨을 꼬집었다. 눈물이 난 후에야 현실임을 깨달았다.

가쿨라는 몸을 부르르 떨었다. 더 이상 노바디가 자신의 아래가 아님을 깨달은 것이다. 오히려 노바디에게 배워야 할지도 모른다는 생각에 더 강해져야 한다는 마음이 커졌다.

마법사들도 무인의 경지에 대해서는 잘 알았다. 원거리에서는 마법사가 압도적으로 강하지만 일단 근접전에 돌입하면 무인은 마법사를 개미처럼 짓밟을 수 있었다.

겨우 정신을 차린 마누게트는 노바디를 보고는 다시 기절해 버렸다.

엘칸은 흥미로운 표정으로 노바디를 지켜보았다.

개의 모습으로 노바디를 지켜보던 파르소겐은 경악을 넘은 감정에 사로잡혔다. 어찌나 놀랐는지 얼굴이 원래 형태로 반쯤 돌아갔다. 사람들이 노바디에게 집중해서 다행이지, 하마터면 들킬 뻔했다.

'무극심법의 파워다! 그렇다면 저 녀석이 그 유명한 노바디구나.'

사람은 사람을 경계한다. 늙고 비루먹은 개가 엿들을까 봐 염려하는 사람은 없다. 그 덕분에 파르소겐은 사람들 사이에서 떠도는 이야기를 가감 없이 들을 수 있었다.

최근 엘루마 사람들의 입에 가장 자주 오르내린 이름은 단연 노바디였다.

처음엔 믿지 않았다. 셀레스카르와 친밀하진 않지만 그래도 몇 번은 만난 사이여서 그 지혜로운 하이엘프가 이방인을 제자로 삼았다는 사실을 믿을 수 없었다.

'사실이었어.'

파르소겐은 힘이 빠지는 기분이었다.

셀레스카르에게 배신당한 느낌이었다.

이러다간 드래곤 헤라조차 이방인 편에 설지도 모른다. 하늘 위 높은 곳에 떠 있는 신선의 도시 천도마저 이방인의 손을 들어 준다면…… 이곳 인간의 미래는 암울할 터였다.

그때, 버티던 이방인 여자가 포기하고 가게 밖으로 나갔다. 사람들이 박수를 쳤다. 잘했다는 칭찬이 곳곳에서 터져 나왔다. 이방인뿐 아니라 이곳 사람들도 순수한 마음으로 그 여자를 응원했던 것이다.

'어쩌면 그게 대세인지도 모르지.'

파르소겐은 낙담했다.

그 드워프가 눈에 들어왔다. 늙은 개가 오줌을 싸도 걷어 차기는커녕 오히려 불쌍히 여기는 드워프는 가게 안을 뚫어 져라 바라보고 있었다.

파르소겐은 그 표정을 통해 무극심법의 파워로 롭시스 국 수를 거의 다 비워 버린 이방인 노바디가 저 드워프에게 어 떤 존재인지 알 것 같았다.

'숭배의 눈빛이로군.'

파르소겐은 어린 시절을 떠올렸다. 처음 셀레스카르를 보 았을 때였다. 셀레스카르는 무극심법 제7문 태극을 선물로 파르소겐에게 보여 주었다.

그 순간이 소년 파르소겐의 운명을 결정지었다. 파르소겐 의 목표는 그때부터 셀레스카르였다. 호지센의 일원이 된 파 르소겐은 언젠가 셀레스카르 같은 존재가 되고 싶었다.

당시 파르소겐은 저 드워프 같은 눈으로 셀레스카르의 뒤 를 좇았다.

엘프의 길이 인간의 길과 다르다는 깨달음은 서른 살이 넘 은 후에 찾아왔다. 기행이 시작된 시기와 거의 일치했다.

"열렸다!"

"우와, 백회가 열렸어!"

"와아, 대단해!"

사람들이 외쳤다.

노바디의 정수리에서 흘러나오던 연기가 투명해지더니, 오로라 같은 빛무리가 머리 위에 나타났다. 그 후광이 무엇인지 아는 사람들은 제법 많았다.

발바닥에서도 비슷한 현상이 나타났다. 백회처럼 화려하진 않지만 은은한 빛이 퍼져 나와 바닥을 가득 채웠다. 마치 빛의 입자가 안개처럼 흘러 다니는 듯했다.

곧 네 명의 노바디 모두의 머리 위에 오로라가 펼쳐졌고, 발 아래쪽엔 빛의 안개가 깔렸다.

"다 먹었다!"

"롭시스 국수를 다 비웠어!"

앞쪽에 있던 사람들이 빈 그릇을 보고 고함을 질렀다.

박수가 터져 나왔다. 우레 같은 소리였다.

박수 치는 사람들 가운데 서 있던 아레스가 입술을 깨물며 공명을 쳐다봤다.

"저 사람에 대해서 알아봐."

"알았어."

아레스는 몸을 돌려 그 축제 같은 현장에서 떠났다. 공명과 샤일록이 뒤를 따랐다.

파르소겐은 한마음으로 이방인 노바디의 성공을 기뻐하며 축하하는 사람들을 바라보았다. 거기서 이방인과 이곳 사람의 구분은 찾을 수 없었다.

'축제가 끝나면 현실을 깨닫게 되겠지. 이방인이 강해지면 어떤 일이 벌어질지 저들은 알고 있을까?'

파르소겐은 씁쓸했다.

롭시스 국수와 파워, 대주천에 집중하느라 사람들이 모여 있는 것조차 몰랐던 노바디는 그 환호에 깜짝 놀랐다.

파워를 풀자 노바디는 한 명으로 줄어들었다.

"노바디!"

"노바디!"

"롭시스의 정복자!"

"노바디!"

노바디는 반투명 창을 볼 수 있었다. 명성이 무려 300이나 한꺼번에 올랐다. 명성 속성은 700을 넘어 800에 가까웠다.

"수고했소."

롭시스 국숫집 주인 레온이 다가왔다.

"……대현자님은 어디 있습니까?"

"잠깐만 기다리시오."

가게 밖으로 나온 레온은 크게 소리쳤다.

"해산하시오!"

레온이 가게 문은 물론 창문까지 다 닫자, 사람들은 흥분을 감추지 못하며 삼삼오오 흩어졌다. 대부분 엘루마 출신이어서 롭시스 국수가 얼마나 고약한 음식인지 알기에 노바디의 성취는 더욱 도드라졌다.

마법사들은 상한 자존심을 어루만지며 마탑으로 돌아갔다. 시청에서 파견된 서기관은 이곳의 분위기를 하나도 빼놓지 않고 기록한 수첩을 가지고 마차로 향했다. 태천문의 위강은 국숫집을 무너뜨릴 듯 맹렬하게 노려보다가 몸을 돌렸다.

마지막까지 남아 있던 겔란드는 푸근한 미소를 지었다.

"우리도 돌아가자."

"노바디 님이 아직 저 안에……."

체리였다.

"우리가 낄 자리는 아니지요. 우리에겐 자격이 없으니까요. 대현자를 만난 후에 여관으로 돌아올 겁니다, 공녀."

콜마가 말했다.

아로간타르는 고집을 부리다가 사사형 가쿨라에게 한 대 맞은 후에 정신을 차렸다.

바마퉁은 문이 닫힌 롭시스 국숫집을 보며 아쉬워했다.

"난 노바디보다 널 높이 평가한다."

콜마가 속삭였다.

"네?"

깜짝 놀란 바마퉁.

"네가 어디까지 올라갈지 기대하고 있다는 뜻이야. 사토르는 물론 의성이라 불린 화타보다 더 탁월한 치료술사가 될 거라고 난 확신한다."

"……스승님."

"가자."

"네."

바마퉁은 어깨에 힘을 주며 콜마 뒤를 따랐다.

노바디는 의자에 쓰러지듯 앉았다.

"이걸 마시면 좀 도움이 될 것이오. 물론 안 마시는 게 롭시스 기운을 갈무리하는 데 좋겠지만."

"……그냥 참겠습니다."

그 고생을 했는데, 조금 편하자고 얻은 것을 무너뜨리고 싶지는 않았다.

"근성이 대단하군요."

레온이 그렇게 말한 순간, 메시지 창이 떴다.

-'근성' 속성이 생성되었습니다. 근성은 한계에 이르러 버티고 극복할 때 증가하는 속성으로, 근성이 높으면 적이 강할수록 더 강해집니다. 생명력이 20% 아래로 떨어지면 공격력과 방어력이 1% 증가합니다.

"고맙습니다."

노바디는 직감에 이어 근성 속성이 생성되자 가볍게 웃었다.

인터넷 검색으로 찾아봐도 직감 속성은 나오지 않았다. 적어도 인터넷에 자기 경험담을 올린 유저들 중에 직감 속성이 생성된 사람은 하나도 없다는 뜻이었다.

'근성도 마찬가지일 거야.'

페플은 거대한 수수께끼였다. 페플 그룹 소프트웨어 전문가들조차 얼마나 많은 비밀이 숨겨져 있는지 모른다는 소문이 떠돌 정도였다.

레온이 주방으로 사라지자, 늙은 개가 거기서 빠져나와 노바디 앞에 멈췄다.

노바디는 더러워서 누구도 눈길을 주지 않을 개가 여기 있다는 사실이 믿기지 않았다. 롭시스 국숫집은 허름하지만 깔끔한 주인의 성격이 묻어나는 곳이었다. 테이블은 자주 닦아서 반질반질했고; 바닥도 청소를 자주 한 흔적이 남아 있었다. 저 산적처럼 거친 주인이 늙은 개를 보고 가만히 내버려둘 리는 없다.

'그렇다면?'

노바디는 씩 웃었다.

"대현자님?"

"놀랍군."

늙은 개는 점점 부풀어 올라 대현자 파르소겐으로 변했다. 직접 그 광경을 본 노바디는 입을 벌리고 그 모습 그대로 얼어붙었다.

"파위로 진짜 분신을 만들어 낸 사람이 이런 잔재주에 놀라다니, 어울리지 않는군."

대현자는 냉소를 머금었다.

"무극심법을 아시는군요."

정신을 차린 노바디가 말했다.

"셀레스카르 님은 안녕하신가?"

파르소겐은 차라리 셀레스카르 역시 다른 사람들처럼 실종되는 게 나았을 거라고 속으로 생각했다. 그랬다면 이런 불편한 자리는 없었을 텐데.

"조금 전까지 저기 밖에 계셨습니다."

"그래?"

파르소겐의 눈썹 끝이 위로 치솟았다. 죽어도 되살아나는 이방인 제자가 걱정이 되어 이곳까지 오다니, 그 경박함에 실소가 터질 뻔했다.

노바디는 천천히 침을 삼킨 후에 말했다. 이 순간을 고대했던 것이다.

"궁금한 게 있어서 대현자님을 찾았습니다."

"알고 있네. 자넨 뭘 원하나? 누가 실종됐는지 알고 싶나? 아니면 던전 관리권과 관련된 왕실의 입장을 듣고 싶나? 그도 아니면 앞으로 이방인에게 봉토를 줄 수도 있다는 국왕 전하의 뜻을 미리 알고 적절한 땅을 영지로 삼고 싶어서 내게 접근한 건가?"

파르소겐은 평소와 달리 소나기처럼 말을 쏟아 냈다.

"우과, 어디 있는지 아십니까?"

노바디가 차분하게 물었다.

"우과?"

갑자기 멍청해진 파르소겐.

한 가지 소문을 접하면 만 가지를 생각한다고 해서 일문만상이라는 별명이 붙기도 했던 그였지만 순간 우과가 무엇인지조차 생각나지 않아서 당황했다.

"사람들을 살리고 싶습니다."

그 말을 들은 파르소겐은 노바디가 목에 건 목걸이를 알아보았다.

영혼의 목걸이.

"……그걸 봐도 될까?"

파르소겐은 손을 뻗었다.

노바디는 목걸이를 빼내어 대현자에게 넘겼다.

손바닥에 영혼의 목걸이의 보석 부분이 닿자, 파르소겐은 내부에 있는 영혼의 속삭임을 들을 수 있었다. 그들은……이방인 살인마에 의해 몰살당한 몬즈 마을 사람들이었다.

놀란 파르소겐은 고개를 들어 노바디를 쳐다봤다.

"어, 어떻게 된 건가?"

"실은……."

노바디는 간략하게 설명했다.

"녹색날개의 플란바도르 족장이 자네에게 이 목걸이를 줬단 말이지? 자넨 죽은 몬즈 마을 사람들의 영혼을 받아들인 거고. 그들을 살리기 위해서 우과가 필요한 건가?"

"그들도 살리고 싶습니다."

"그렇다면 살리려는 사람들이 더 있다는 뜻이군."

"……그렇습니다."

노바디는 자세한 내용을 대현자에게 설명할 수 없었다. 해봐야 소용없을 터였다.

"내겐 우과가 딱 하나 있네."

파르소겐은 품에서 빛깔이 시시각각 바뀌는 과일 하나를 꺼냈다. 사과와 비슷한 외양이었다.

노바디는 넋을 잃고 우과를 바라보았다.

파르소겐이 우과를 가지고 있을 줄은 상상도 못 했다. 기껏해야 우과의 위치에 대한 단서를 기대했을 뿐인데.

"우과 하나로는 자네가 원하는 사람들을 모두 살릴 순 없을 걸세."

"설혹 한 번에 모두 성공할 수 없다 해도, 대현자님은 우과를 가진 사람을 알고 계실 것 같습니다."

"다른 우과를 찾겠다는 뜻인가?"

"네."

"왜? 몬즈 마을 사람들은 자네와 아무런 상관이 없는, 이곳 사람이지 않나? 왜 자네가, 저 역겨운 음식을 끝까지 먹으면서까지 그들을 살리려 하는가? 난 이해할 수 없군."

"오히려 전 대현자님을 이해할 수 없습니다만."

노바디의 눈빛이 차갑게 변했다.

"그런가?"

"왜 우과를 가지고 계시죠?"

"질문의 의미를 알 수가 없군. 제대로 말을 해야 이해할 수 있지 않겠나?"

"사람들을 살릴 수 있는 우과를 왜 아직까지 가지고 있느냐고 물었습니다."

"왜 사용하지 않았냐고 묻는 거로군."

파르소겐은 그 질문에 담긴 예리한 면을 알아차렸다. 상당히 날카로운 지적이었다.

"역시, 살려야 하는 사람과 죽어도 되는 사람을 고르고 있었군요."

"나는……."

파르소겐은 설명하려다 변명처럼 들릴 뿐임을 깨닫고 멈췄다.

"지혜로운 대현자님이시니 누굴 살려야 할지 잘 아시겠네요."

"자넨 아직 순진하군."

파르소겐은 전혀 화가 나지 않았다. 오히려 청춘 특유의 활력을 오랜만에 보는 듯해서 기분이 좋았다.

"악당은 타인의 목숨을 저울질하는 법이니까, 전 계속 순진하고 싶습니다."

"허, 이것 참."

억지로 웃었지만 마음은 오싹했다.

그 말을 치열하게 반박할 수가 없었다.

마룬타 대륙과 룬트란 왕국의 미래를 위해 동분서주하며 애를 쓰고 있다고 생각했건만, 어느새 선에서 벗어나 악으로 접어들고 만 것인지도 모른다. 저 이방인의 말처럼 목숨의 무게를 재면서 시간을 낭비했는지도 모른다.

"자네는 왕세자 론투엘과 침을 질질 흘리는 동네 바보의 목숨이 같다고 생각하나? 왕세자는 왕국의 미래를 바꿀 수 있지. 그런 의미에서 목숨의 무게는…… 같지 않다네."

"역시 악당이었군."

차갑게 굳어 버린 노바디가 천천히 일어섰다.

"자네에게도 어머니가 있겠지. 자넬 낳아 준 어머니 말이야. 그 어머니와 내가 동시에 급류에 휘말렸다고 생각해 보게. 자넨 누굴 구하겠나?"

"그야 당연히 어머니지요."

"왜? 목숨의 무게는 같다면서? 자네를 낳아 주었다는 이유만으로 목숨의 무게가 달라지나? 그런 건가?"

대현자는 웃으며 물었다.

노바디는 다시 앉으며 파르소겐을 노려보았다. 그 질문의 의미를 조금은 알아차린 것이다.

"이 세계가 공평하면 목숨값도 같을 걸세. 허나, 이 냉혹한 세계를 보게. 약육강식이 지배하고, 서로 뭉쳐야 생존할 수 있는 곳이라네. 그러니 자기 가족, 우리 편, 우리 마을, 우리 도시, 우리 나라를 중시할 수밖에 없지. 예외 없이 국가는 전쟁에서의 용맹을 칭송한다네. 따지고 보면 우리의 이익을 위해 살인을 하는 건데도 말이야. 때로는 다수가 한두 명을 비난하여 죽음으로 몰고 갈 때도 있지. 명백한 잘못인데도 왜 그런 일이 계속 일어날까?"

그 이야기를 듣던 노바디는 옥상 난간에 서 있다가 스스로 뛰어내린 친구 이기용을 떠올렸다.

이기용을 죽인 건, 집요하게 괴롭힌 놈들이었다. 그러나 무관심한 담임, 어떻게든 진실을 덮으려는 교장과 교감, 맹목적으로 아들 편을 드는 가해자의 부모, 보복이 두려워 피해 버리는 아이들에게도 책임이 있었다.

'나도 그중 하나였어.'

노바디는 입술을 깨물었다.

"이런 이야기를 내 입으로 하게 될 줄은 몰랐군. 자네처럼 순진했던 시절이 내게도 있었지. 천재라는 칭찬에 마음이 들떴던 나는 어느 날 죽어 가는 사람을 살렸다네. 그가 악마 같은 사람이라는 사실을 알면서도 말이야. 당시 나는 자네처럼 사람의 목숨은 다 똑같다고, 내 역할은 그저 환자를 살리는 것이라고 생각했지. 허나, 그로 인해 천 명이 목숨을 잃었네."

노바디의 눈이 커졌다. 천 명이라니.

"알려지지 않은 경우까지 포함하면 만 명이 넘을지도 모르네. 난 어떻게든 그자의 목숨을 취하기 위해 노력하고 있지만, 신출귀몰한 데다 따르는 사람들까지 엄청나게 생겨 버려 쉽지 않군. 아무튼, 자넨 나처럼 어리석은 짓은 하지 말게나."

"그자가 누굽니까?"

노바디가 물었다.

"칼리고크의 타워 마스터 블라크. 어둠의 마법 7서클에 오른 당대 최강의 마법사. 이만하면 왜 내가 애를 먹는지 알 수 있겠지?"

파르소겐은 씁쓸하게 웃었다.

"허락해 주신다면 제가 그 마법사를 죽이겠습니다."

노바디는 진지했다.

"자네가?"

파르소겐은 깜짝 놀라 노바디를 바라보았다. 그 표정에서 진심을 읽어 낼 수 있었다.

"누구든 약자를 괴롭히고 죽이는 자들은 모두 저의 적입니다. 게다가 아무리 강하다고 해도 여기 사람입니다. 전 그를 죽일 수 있지만, 그는 절 죽일 수 없지요."

그 말을 듣는 순간, 파르소겐은 전율을 느꼈다.

젊은이 특유의 치기 어린 고백일 수도 있다. 누구든, 냉혹한 세상을 모르면 저런 말을 할 수 있다.

그러나 노바디는…… 롭시스 국수를 한 그릇이나 비운 사람이었다. 파르소겐조차 몇 번이나 도전했음에도 반도 먹지 못한 그 롭시스를.

향신료 롭시스는 능력만으로 극복할 수 있는 식재료가 아니었다. 그레아트의 긴 역사와 전통을 통해 찾아낸 최강이자 최악의 향신료가 바로 롭시스였다.

그런 의지의 소유자가 하이엘프 셀레스카르의 제자였다!

이런 녀석이 투지를 발휘한다면 그 오만한 어둠의 마법사도 평정을 잃고 가슴이 덜컥 내려앉을 터였다.

"정중하게 부탁하네. 칼리고크의 타워 마스터 블라크를 없애 주게."

노바디는 고개를 끄덕이며 퀘스트 창을 살폈다.

어둠의 마법사 블라크
대현자 파르소겐은 자신이 살려 낸 어둠의 마법사를 다시 죽이기 원합니다. 8대마탑 중 하나인 칼리고크의 타워 마스터 블라크를 죽이십시오.
보상 : 주술서 《콘센치오》

"최선을 다하겠습니다."

노바디는 퀘스트를 받아들였다.

그때, 파르소겐이 우과를 내밀었다.

"자네라면 이 보물을 잘 사용할 수 있겠어. 자네에게 맡기겠네. 마음대로 사용하게나."

"대현자님."

노바디는 깜짝 놀란 눈으로 대현자와 우과를 번갈아 바라보았다.

"내가 가지고 있으면 아마도 죽을 때까지 사용하지 못할걸세. 유언을 남기고 죽어 버리겠지."

파르소겐은 노바디의 손에 우과를 쥐여 주었다.

그 순간, 노바디는 사자의 귀환 퀘스트 창을 볼 수 있었다.

사자의 귀환

우과를 획득하셨습니다. 우과를 먹고 남은 씨앗을 심으면 죽은 자들이 되살아날 것입니다.

이 조그만 과일, 점점 무거워지는 느낌이었다. 꽉 움켜쥐지 않으면 떨어져 으깨지거나 녹아 버릴 것만 같았다.

"인생은 선택의 연속이라고 하더군. 이제 자네도 선택의 무게를 알게 됐군."

그렇게 말한 파르소겐은 다시 늙은 개로 변했다.

노바디는 그 신기한 광경을 눈앞에 두고서도 우과에서 시선을 뗄 수가 없었다.

"앞으로 날 보게 되더라도 알은척하진 말게."

"알겠습니다."

"또 보세."

늙은 개는 어둠 너머로 사라졌다.

레온이 다가왔다.

"당신은 그레아트 역사상 가장 젊은 나이에, 가장 단시간에 롭시스 국수를 비운 사람입니다."

"그런가요?"

우과를 인벤토리에 넣은 노바디가 몸을 일으키며 말했다. 힘이 없어서 비틀거렸고, 하마터면 넘어질 뻔했다.

"그레아트가 어떤 곳인지 알고 있습니까?"

"7대무문 중 최강이라는 이야기를 들었습니다."

"원한다면 그레아트의 일원이 될 수 있습니다. 실은, 그냥 해 보는 소립니다. 셀레스카르 님의 제자 눈에 그레아트가 들어올 리 없을 테니 말입니다."

그레아트 입문 퀘스트 창이 나타났지만, 노바디는 손짓으로 내렸다. 레온의 말처럼 셀레스카르를 두고 다른 조직에 들어갈 수는 없다.

"롭시스 국수, 엄청난 음식입니다."

노바디는 진심이었다. 죽을힘을 다해서 무극심법을 펼치지 않았다면, 사부님을 믿고 대주천을 시도하지 않았다면 그릇을 비우지 못했을 터였다.

다행히 결과는 좋았다.

대주천에 성공했을 뿐 아니라, 내공은 2갑자로 올라섰다. 레벨도 63에 이르렀다. 투르카 던전에 내려가서 레벨을 올릴 필요성이 사라진 것이다. 바로 캉트 던전으로 갈 수 있게 된 셈이다.

"당신 덕분에 수입이 짭짤합니다. 그러니 저기 있는 것들 중 하나를 고르십시오."

레온은 대현자를 만나기 위해 롭시스 국수 비우기에 도전했다가 탈락한 사람들에게서 하나씩 취한 아이템들을 가리켰다.

"하나만?"

노바디는 일부러 농을 걸었다.

레온의 눈이 가늘어지자, 노바디는 웃음을 참을 수 없었다. 그제야 레온도 의도를 읽고 고개를 흔들었다.

"당신은 왠지 이방인 같지 않군요. 그렇다고 이곳 사람인 것 같지도 않습니다."

"그런 이야기는 좀 듣는 편입니다. 전 검이 좋습니다."

노바디는 아레스의 검 퀘르를 선택했다. 사사형 가쿨라가 준 훈련용 목검과 전사 입문 과정에서 얻은 명운의 블런트가 있지만, 둘 다 실전과는 어울리지 않았다.

퀘르를 만지는 순간, 전율이 손을 타고 몸 전체로 퍼져 나갔다. 검은 묵직하면서도 균형이 잘 맞는 데다 손에 달라붙

싱크

는 느낌이었다.

장비 창을 띄운 노바디는 할 말을 잃었다.

광마 중천의 검 퀘르

광마 중천이 사용한 검으로, 모든 속성의 마법에 대한 저항력을 가지고 있
으며 검 자체에 비밀이 숨겨져 있다는 소문이 전해집니다. 퀘르는 레벨업
이 가능합니다. 검 자체의 외형과 능력이 바뀌지만 그 방법은 알려져 있지
않습니다.

퀘르는 전사의 길을 걷는 사람에게 적합하나 다루기는 까다롭습니다. 쥐고
있기만 해도 생명력이 줄어들기 때문입니다.

그럼에도 퀘르는 명검입니다. 적들이 많을수록 진정한 위력이 드러나기 때
문입니다.

요구 조건 : 전사의 길을 걷는 자

효과 : 힘 +100, 공격 속도 +200%, 공격력 +600%, 연쇄 타격 성공률
　　　 +30%, 모든 마법 속성에 대한 저항력 +30%, 10%의 확률로 치명적
　　　 타격 가능, 타격 성공 시 목표물 마비, 회피율 +15%, 경험치 획득률
　　　 +100%, 아이템 드롭율 +100%

대가 : 초당 생명력 1% 감소

생명력이 100%일 때 100초, 즉 1분 40초 동안 검을 사용
할 수 있다는 뜻이었다.

레벨 63인 지금 공격력은 437이었다. 퀘르를 쥐고 공격하
면 3,059의 타격이 상대에게 가해질 터였다. 공격 속도가 세
배로 빨라진다는 것도 반가운 일이었다.

그러나 노바디는 흥분을 가라앉혔다. 무기의 능력이 좋아
봐야 휘두르는 사람의 실력이 승패를 좌우한다는 사실 때문

이었다.

　'이 녀석, 팔아 버릴까? 일단 얼마나 받을 수 있는지 알아
보자.'

　퀘르까지 인벤토리 창에 넣은 노바디는 홀가분한 기분으
로 접속을 끊었다.

살아났어

저녁인데도 공기는 후덥지근했다. 그래서인지 공원 잔디밭에 자리를 깔고 앉아 치킨 같은 야식을 먹는 사람들이 제법 많았다. 김현은 벤치에 앉아 그 평화로운 광경을 물끄러미 바라보고 있었다.

중학생 몇 명이 폭죽을 가져와 터트리자 근처 아이 하나가 거세게 울음을 터트렸다. 잠시 소란이 일었으나 학생들이 공원을 벗어남으로써 다시 조용해졌다.

개를 끌고 산책 나온 사람들도 꽤 눈에 띄었다. 집에서 답답했던 개들은 왕왕 짖으면서 주인을 여기로 저기로 끌고 다녔다.

며칠째 비가 내리는 엘루마와 달리 이곳의 날씨는 습기가 많을 뿐 맑은 편이었다.

주머니에서 우과를 꺼냈다. 좁쌀처럼 생긴 검은 점이 박힌 우과는 가까이 들여다보면 사과와 망고를 적절히 섞어 놓은 형태였다.

"맛은 어떨까?"

사자의 귀환 퀘스트를 완수하려면 우과를 먹고 씨앗을 이곳에 심어야 한다. 벌써부터 입안에 군침이 돌았다.

"어이."

귀에 익은 목소리가 들렸다.

우과를 주머니에 넣은 김현은 벤치에 앉은 자세로 고개만 돌렸다. 박용준이 손을 흔들며 달려오고 있었고, 그 뒤로 빨간색 반바지와 흰색 티셔츠에 그레이 계열의 페도라 모자로 매치해서 차려입은 안진후가 따라왔다.

"뭐냐?"

김현은 안진후를 보며 웃었다.

"패션에 힘 좀 줬는데, 어때?"

"아이돌 같다."

"멋지지?"

"무슨 바람이 분 거냐?"

"그냥. 기분이 꿀꿀해서."

안진후는 김현 옆에 앉았다. 요즘 고스트 커넥터 관련 문제가 풀리지 않는지 안진후의 얼굴은 어두웠다.

박용준은 흥분을 감추지 못하며 그 앞에 섰다.

"시작한다."

김현이 말했다.

고개를 끄덕이는 두 친구.

심호흡을 한 김현은 우과를 꺼내어 깨물었다.

달콤하면서도 맛이 깊은 과즙이 입안으로 쏟아졌다. 과육은 처음 씹을 때는 아삭했지만 곧 부드럽게 녹으며 목구멍 너머로 사라졌다.

"한입만 주면 안 될까?"

"나도."

안진후에 이어 박용준까지 입맛을 다셨다.

고개를 흔든 김현은 씨앗만 남기고 우과를 다 먹은 후, 벤치 옆에 미리 파 둔 구덩이로 걸어갔다. 구멍에 씨앗을 넣고 흙을 덮은 다음, 뒤로 물러섰다. 어떤 일이 벌어질지 예상할 수 없었던 것이다.

5분 가까이 아무런 변화도 일어나지 않았다.

"물을 줘야 할까?"

김현이 조심스럽게 물었다.

"아예 똥오줌을 뿌려라."

안진후였다.

"올라온다."

박용준이 손가락으로 흙을 뚫고 올라온 연두색 싹을 가리키며 말했다.

일단 싹을 틔운 우과의 씨앗은 어마어마한 속도로 성장했다. 10분도 못 되어 30센티미터로 자라더니, 세 갈래로 갈라지면서 1미터에 이르렀다.

땅 아래로 뻗어 나가는 뿌리의 힘이 딛고 선 땅에서 느껴졌다. 마치 거대한 두더지가 거침없이 흙을 파고 있는 것만 같았다.

2미터가 넘자 사람들이 알아봤지만, 10초 후에는 더 이상 볼 수 없었다.

5미터에 이를 즈음, 땅이 조금씩 흔들리며 갈라졌다. 높이가 10미터가 되자 성인이 팔을 벌려도 닿지 않을 만큼 줄기가 두꺼워졌다.

김현, 안진후, 박용준은 뒤로 물러서야 했다. 앉아 있던 벤치가 갈라진 땅 아래로 절반이나 처박혔던 것이다. 주위에 있던 소나무가 기울어졌다.

"싱크홀이다!"

한 사람이 외쳤다.

아이를 데리고 나온 부모는 아이를 안고 달렸다. 강아지와 함께 온 사람들은 강아지를 들고 뛰었다. 김현, 안진후, 박용준도 공원과 도로의 경계가 되는 입구로 피했다.

곧 공원은 텅 비었다.

나무는 15층 아파트보다 더 커진 후에야 수직 성장을 끝냈다. 이어서 가지가 나뉘고 잎이 그 가지를 덮어 풍성하게 우거졌다. 녹색의 빛이 노랗게 바랠 즈음, 가지 곳곳에서 샛노란 열매가 열렸다.

우과였다.

열매가 커지며 무거워지자 툭툭 곳곳에서 떨어졌다. 바닥에 부딪혀 갈라지거나 깨진 열매에서 푸르스름한 빛이 흘러나왔다. 그 빛들은 나무를 돌면서 춤을 추다가 공중으로 날아올랐다.

그리고 곧 김현을 향해 다가왔다.

김현은 빛이 무엇인지 잘 알았다. 콤포 사태로 이곳 공원에서 죽은 사람들의 영혼이었다.

놀라운 일이 벌어졌다. 김현이 목에 걸고 있던 영혼의 목걸이에 담겨 있던 영혼들이 밖으로 나온 것이다.

'어떻게 된 거지? 대현자는 우과 하나로 서로 다른 장소에서 죽은 사람들을 한꺼번에 되살릴 순 없다고 했는데. 아, 그렇구나! 우과가 영향을 미치는 범위 안에 이 목걸이가 있기 때문이야!'

공원에서 죽은 사람들의 영혼은 기다렸다는 듯 몬즈 마을 사람들의 영혼과 섞여서 춤을 추기 시작했다. 소리 없는 음악의 대향연이었다.

김현 주위를 맴돌던 파란 빛들은 잠시 후 사방으로 흩어졌다.

빛들이 사라지자 말라붙은 잎들이 떨어졌고, 곧 나뭇가지와 우람한 줄기까지 푸석푸석해지더니 무너져 내렸다. 남은 건 먼지 한 무더기뿐이었다.

그때, 퀘스트 창이 나타났다.

—사자의 귀환 퀘스트가 완료되었습니다. 죽은 자들이 되살아났습니다.

—레벨이 올랐습니다.

"제대로 끝난 거야?"

영혼의 빛을 볼 수 없었던 안진후가 물었다.

"응."

눈물을 흘리는 김현.

"울어?"

깜짝 놀란 박용준.

"기뻐서."

그때, 김현 옆을 지나 싱크홀처럼 보이는 거대한 구덩이 쪽으로 고등학생 몇 명이 걸어갔다. 주머니에 손을 찔러 넣은 녀석은 친구들 둘과 함께 용감하게 구덩이 가장자리에 서더니 껌을 씹으며 말했다.

"존나 깊네. 떨어지면 디지겠다. 야, 너 들어가 볼래?"

친구들과 장난하는 녀석.

김현의 눈이 커졌다. 공원에 나타난 콤포 막스에게 접근했다가 죽었던 바로 그 학생이었다.

"……살아났어."

"살아나다니?"

"저 아이, 그때 죽었던 아이야. 그래서 내가 장례식장까지 갔던 아이야."

"그래?"

안진후는 김현이 감동하며 눈물을 흘리는 모습을 머리로는 이해할 수 있었지만 가슴으로는 힘들었다. 대신 그는 도로 건너편을 가리켰다.

"저기, 핸드폰 대리점이었는데."

"맞아. 대리점이었어. 조금 전까지."

안진후와 함께 스포츠카를 타고 왔다가 근처에 세워 놓고 길을 건너왔기 때문에 박용준도 정확히 기억하고 있었다.

김현은 안진후의 손이 가리킨 곳을 쳐다봤다. 사거리의 모퉁이는 치킨집이었다.

안진후의 눈이 커졌다.

"과거가 바뀌는 바람에…… 현재도 바뀐 거야."

잔뜩 흥분한 안진후는 빨간불인데도 길을 건넜다. 택시 한대가 안진후를 칠 뻔했지만 가까스로 피했다. 운전기사가 걸쭉하게 욕을 퍼부었지만 안진후는 개의치 않고 치킨집 앞에 서서 주위를 살폈다.

곧 신호등이 녹색으로 변했다. 김현, 박용준이 안진후를 향해 달려갔다.

안진후는 몸을 돌려 김현을 보며 활짝 웃었다.

"넌 세상을 바꾼 거야."

"……세상을 바꿔?"

"공원에서 사람들이 죽었잖아. 넌 그들을 살려 냈어. 그로 인해서 여기 있었던 핸드폰 대리점이 사라지고 대신 치킨집이 들어선 거지. 공원 사건이 벌어진 날부터 바로 조금 전까지의 역사가 바뀐 거라구!"

이번에는 김현이 안진후의 감정을 쫓아가지 못했다. 이렇게나 감탄할 만한 일일까 싶었다.

"그런 것 같다."

"어떻게 보면 당연한 거야. 내가 왜 예상을 못 했을까? 논리적인 귀결인데."

안진후는 팔짱을 낀 채 자기만의 세계로 반쯤 빠져들었다. 다른 사람은 알아들을 수 없는 혼잣말이 그 증거였다.

안진후가 계속 뭐라고 중얼거리자 박용준이 김현 옆으로 다가섰다.

"요즘 계속 저래. 고스트 커넥터 때문인 것 같아."

김현은 그냥 미소 지었다. 이 순간 혼자가 아니라서 좋았다. 박용준, 안진후가 옆에 있다는 사실만으로도 마음이 따뜻해지는 느낌이었다.

"스테이크 먹자."

그 복잡한 세계에서 빠져나온 안진후였다.

"스테이크 중독자."

박용준이 걱정스러운 듯 말했다.

"치킨은 어때?"

김현이 중재했다.

"콜!"

안진후, 박용준이 동시에 외쳤다.

친구들과의 치킨 회식을 기분 좋게 끝내고 방으로 돌아온 김현은 붉은 소파에 누워 어두컴컴한 천장을 올려다보았다. 도저히 잠이 오지 않았다.

공원에서 죽었던 사람들이 되살아났으니, 몬즈 마을 사람들도 부활했을 것이다.

"직접 봐야겠어."

김현은 목에 걸고 있던 영혼의 목걸이와 손가락의 기령환을 인벤토리에 넣었다. 페플로 접속하거나 로그아웃할 때 항상 하는 일이었다. 어디에 있든 영혼의 목걸이를 걸고 기령환을 손가락에 끼고 싶었던 것이다.

준비를 마친 김현은 페플 커넥터로 들어갔다.

잠시 후, 노바디는 롭시스 국숫집 주방에 나타났다. 뒷문으로 빠져나가려는데 달콤하면서도 매콤한 냄새에 사로잡혀

자기도 모르게 식당 홀로 나갔다.

소금과 몇 가지 향신료를 살살 뿌려서 익힌 돼지고기 위에 두꺼운 치즈를 올려놓은 후 화덕에서 한 번 더 열을 가한 요리 브라피레가 테이블에 놓여 있었다.

거기 앉아 있던 레온과 겔란드, 가쿨라, 콜마 그리고 또 한 사람이 주방에서 나온 노바디를 보더니 반가워했다.

"먹을 복은 타고났어. 여기 앉아."

콜마가 손짓으로 불렀다.

"아는 사이였어요?"

노바디는 콜마에게 물었다.

"대사형과는 친해. 사사형도 잘 알고. 난 친구와 함께 오늘 처음 여기 온 거니까."

콜마가 고갯짓으로 옆에 앉은 친구를 가리켰다.

그 친구를 본 순간, 노바디는 할 말을 잃었다. 이미 본 얼굴이었다.

몬즈 마을 사람들이 모두 죽었을 때, 육사형 콜마는 친구의 시신을 돌침대 위에 올려놓고 몹시 슬퍼했었다. 드래고니아 백정현에게 살해당했던 그 친구가 멀쩡히 살아서 눈앞에 있었던 것이다.

'그래! 역시 여기도 바뀐 거야. 몬즈 마을 사람들도 처음부터 죽지 않게 된 거야.'

노바디는 죽었다가 살아난 사람들이 어떤 상태일지 깨달

았다. 전생 퀘스트를 완수한 후에 생긴 변화와 본질적으로 같았다.

"너, 아무것도 주지 않았다면서?"

젤란드가 레온을 노려보며 시비조로 물었다. 입가에는 치즈가 묻어 있었다.

"저 녀석은 엄청나게 좋은 검을 골랐다고, 혼자 실속을 차렸다고 몇 번을 말해?"

반쯤 취한 레온이 거칠게 응수했다.

"나머지도 값비싼 물건이잖아."

"그래서? 뭐?"

"나라면 정말 고마워서, 그 마음의 표시로 타케노프 같은 걸 알려 줬을 거야."

젤란드는 팔짱을 꼈다.

"타케노프?"

레온은 저 무식한 곰처럼 생긴 놈의 의도를 알아차렸다.

"롭시스 국수도 한 그릇 비웠잖아. 원래 그게 무문 그레아트의 입문 요건이었잖아. 솔직히 말해서 너도 할 수 없는 일 아니야?"

"왜 못해?"

발끈한 레온.

"그러면 여기서 먹어 봐, 내 눈앞에서."

"재, 재료가 다 떨어졌어."

당황한 레온은 재료 핑계를 댔지만, 그 변명에 이해하고 포기할 겔란드가 아니었다.

"그럼 내일 먹으면 되겠네."

"내, 내일도 안 돼."

차근차근 롭시스의 기운을 몸 내부로 받아들였기 때문에 하루에 반 그릇은 가능했지만 그 이상은 무리였다. 자칫 잘못하면 '파탈', 즉 회복 불가능한 부상을 입을지도 몰랐다.

"모레는?"

"……모레도 어려워."

레온은 땀을 삐질삐질 흘리며 구석에 조용히 혼자 앉아 있는 제자 베론을 쳐다봤지만, 베론은 입을 찢어지도록 벌려 하품을 할 뿐이었다.

"언제든 말만 해. 난 아주 기쁜 마음으로 롭시스 국수 한 그릇을 비우는 널 지켜볼 수 있으니까."

"타케노프는 그레아트에 입문한 사람들만 익힐 수 있는 무공이야. 저 녀석이 그레아트에 들어오겠다면 당연히 타케노프를 가르쳐야지. 하지만 아니잖아. 셀레스카르 님의 제자가 왜 그레아트의 일원이 되겠어?"

"그래서 전수해 줄 생각이 없다?"

"불가능하단 거지. 그레아트의 규율이 얼마나 엄격한지는 너도 잘 알잖아."

"쪼잔한 녀석들이 꼭 규율 같은 걸 들먹이더라. 넷째야,

이름이 기억 안 난다. 계약을 맺고도 이것저것 지적하면서 어떻게든 돈을 주지 않으려 했던 그 교활한 현자 이름이 뭐였지?"

"스노빈입니다."

가쿨라는 흡족한 미소를 지으며 겔란드의 장단에 맞추었다.

"맞아, 스노빈. 호지센의 현자였는데, 그 녀석."

겔란드는 환하게 웃으며 레온을 쳐다봤다.

"사부님, 그냥 알려 주세요. 인연이 닿으면 배움을 얻을 테고, 아니면 노력해도 얻지 못할 테니까요. 그리고 전 그런 규율 들어 본 적 없어요."

하품을 하느라 눈가에 맺힌 눈물을 소매로 닦으며 베론이 말했다.

"너 이 새끼!"

레온의 얼굴이 일그러졌다.

"저 먼저 들어가서 잘게요."

베론은 기지개를 켜며 2층으로 올라갔다.

레온은 궁지에 몰렸지만 포기하지 않았다. 겔란드의 강요에 못 이겨 의지를 꺾는 것만큼 자존심 상하는 일은 세상에 없을 터였다.

"대사형, 전 괜찮아요. 대사형께서 전수해 주신 수라부월공, 사사형께서 가르쳐 주신 광현칠검보 그리고 셀레스카르 사부님께서 알려 주신 무극심법이면 충분해요."

노바디였다.

"하긴. 그레아트 따위의 허접한 기술보다는 박대정심한 진짜 무공이 낫긴 하지."

젤란드가 드리운 미끼를 레온이 덥석 물었다. 미끼라는 걸 알고도 참을 수 없었던 것이다.

"여기 있다! 그래 봐야 제대로 익힐 수 없을 테지만. 다 먹으면 깨끗하게 치우고 가. 주방을 엉망으로 만들면 다신 날 못 볼 테니까 그렇게 알고."

낡은 책 한 권을 꺼내 젤란드를 향해 던진 레온은 버럭 고함을 지르더니 점원이자 제자인 베론처럼 뒤도 돌아보지 않고 2층으로 가 버렸다.

"성공."

씨익 웃은 젤란드는《타케노프》를 노바디에게 내밀었다.

"대사형, 저는……."

"받아라. 네게 도움이 될 거다. 허접하다고 했지만 타케노프는 그레아트의 핵심 무공이야. 내가 레온 저 녀석을 압도적으로 이기지 못하는 결정적 이유가 바로 타케노프니까. 만약 내가 어릴 때 타케노프를 익혔다면 저런 녀석은 한주먹으로도 날려 버릴 수 있을 거다."

"흥, 헛소리는 집어치워."

레온의 목소리만 들렸다.

"그리고 자주 들러서 롭시스 국수를 먹어라. 맛은…… 최악이지만 수련한다고 생각하고. 타케노프는 원래 롭시스 국수로 수련하는 무공이니까."

"아, 네."

노바디는 잠시 《타케노프》를 레온에게 돌려주고 싶다는 생각을 했다. 그만큼 롭시스 국수의 맛은 파괴적이었다. 미각은 물론 몸과 생명까지 모조리 박살 내는 음식이었다.

똑똑한 콜마 육사형의 재촉에 노바디는 《타케노프》를 등록했다.

스킬 창을 띄우자 수라부월공, 무극심법, 천무삼권, 광현칠검보 아래에 추가된 타케노프를 볼 수 있었다.

타케노프는 기본적으로 체술이었다. 자세한 내용은 나중에 확인하리라 마음먹었다.

기회를 봐서 국숫집 밖으로 나온 노바디는 기령환을 살폈다. 내공이 2갑자로 증가한 데다 대주천이 성공한 덕에 기령환에 진기가 쌓이는 속도가 몇 배로 증가했다.

"가 볼까."

노바디는 현섬을 펼쳤다.

무지개처럼 화려한 시공간의 불연속면을 순식간에 통과한 노바디는 몬즈 마을이 내려다보이는 붉은 바위에 서 있었다. 거기서 내려다본 몬즈 마을은…… 활력으로 가득 차 있었다.

마을 중앙 공터에 커다란 모닥불이 피워져 있고, 그 주위로 아이들이 뛰어놀았으며, 어른들은 천천히 돌며 아름다운 노래를 불렀다.

술과 고기가 풍성한 마을 잔치였다.

노바디는 울고 있었다. 소매로 닦아도 샘이 터진 것처럼 눈물이 흘러내렸다. 기뻤다. 가슴이 들썩거렸다. 그냥 다 좋았다.

"역시 너였구나."

옆에서 들린 목소리.

노바디는 깜짝 놀랐다. 이토록 가까이 접근했는데도 전혀 몰랐다니.

"사부님."

"우과를 사용한 거냐?"

"그걸 어떻게……?"

노바디는 몬즈 마을 사람들과 관련된 기억 자체가 달라져 버린 페플 세계에서 셀레스카르는 진실을 잊지 않았다는 사실에 깜짝 놀랐다. 젤란드 대사형도, 가쿨라 사사형과 콜마 육사형도 진실을 망각했건만.

"죽었던 자들이 되살아났으니 우과밖에 없지. 필요한 일이었겠지만, 그로 인해 불편한 일이 생길 것 같구나."

"무슨 말씀인지요?"

셀레스카르는 대답 대신 눈부신 미소로 노바디를 바라보았다.

"강해져라, 지금보다 훨씬 더."

"……네."

"무기에 의지할 생각은 말고."

"알겠습니다."

노바디는 사부님이 명운의 블런트, 광마 중천의 검 퀘르에 대해서 알고 있다고 확신했다.

"넌 잘하고 있다. 난 널 믿는다."

셀레스카르는 제자의 어깨에 손을 올린 후, 활짝 웃으며 앞으로 몸을 날렸다.

"사부님!"

아래로 추락하는 셀레스카르를 본 노바디.

거대한 와이번이 나타났고, 셀레스카르는 그 등 위에 가볍게 착지했다. 와이번은 하늘 높이 올라갔다가 어둠 너머로 사라졌다.

하늘을 바라보던 노바디는 시선을 내려 살아 있는 몬즈 마을을 한참이나 응시했다. 그 모습을 눈을 통해 마음에 새기려는 듯했다.

김현은 일찍 일어났다.

두세 시간밖에 못 잤는데도 전혀 피곤하지 않았다. 앓던

이가 빠진 느낌이라서 그럴까. 사자의 귀환 퀘스트가 완료된 게 믿기지 않았다.

페플에 접속할까 생각하던 그는 컴퓨터를 켜서 아이템 경매장 사이트를 열었다. 초인적인 인내심을 발휘하여 롭시스 국수를 먹었던 그날 광마 중천의 검 퀘르를 경매장에 등록해 두었던 것이다.

내심 기대하면서 가격을 확인한 김현의 눈이 휘둥그레졌다. 댓글만 수천 개가 달려 있었다. 현재 퀘르의 가격은⋯⋯ 무려 26억 5천만 원이었다.

"이, 이게 뭐야?"

그 순간, 가격은 27억 원으로 올랐다. 아레스라는 아이디의 주인이 5천만 원을 올린 것이다.

히스토리를 보니 두 사람이 경쟁적으로 가격을 올리고 있었다.

아레스와 엘리자베스였다.

10분도 못 되어 광마 중천의 검 퀘르는 28억이 되었다.

심호흡으로 마음을 가다듬은 김현은 즉시 안진후의 집 페플파크로 이동했다.

거실은 환했다. 통유리창 너머 어스름이 깔린 도시는 서서히 깨어나고 있었다.

안진후는 고스트 커넥터 안으로 들어가 있었고, 노트북 세 대가 그 복잡한 기계와 연결되어 있었다. 노트북 화면에는 김현이 전혀 이해할 수 없는 프로그램이 갖가지 수치를 토해 내고 있었다.

"안진후."

"이 시간에 무슨 일이야?"

안진후는 커넥터 밖으로 나왔다.

"휴우, 보여 줄 게 있어."

한숨을 내쉬는 김현.

"기대가 되는데."

"이거, 써도 돼?"

김현은 노트북 하나를 가리켰다.

"물론."

냉장고에서 시원한 콜라를 가져온 안진후는 김현 옆에 앉았다.

김현은 아이템 경매 사이트에 접속하여 퀘르의 가격을 보여 주었다.

"와아."

안진후의 눈이 커졌다.

"어쩌지?"

"설마, 이거 네가 올린 거야?"

"이렇게 비싼 검인 줄은 몰랐거든."

"너 요즘 이상한 거 알아?"

"그랬어?"

"생전 안 하던 짓을 하잖아. 전사가 된 것도, 길드를 만든 것도 그렇고. 이젠 아이템 경매장이라니."

안진후의 눈이 초롱초롱 반짝거렸다.

망설이던 김현은 속내를 털어놓았다. 혼자 고생하는 엄마를 위해서 돈 좀 마련하려 했다는 이야기였다.

"아, 그랬구나."

안진후는 동정하는 듯한 표정을 짓지 않으려고 애를 썼다.

"경매, 취소할 수는 없지?"

"취소하면 위약금을 물어야 할걸. 10%라고 하니까 2억 8천…… 아니, 2억 9천만 원에다가 수수료까지 생각하면…… 바보짓이야. 왜 취소를 해? 얼마나 좋은 기회야. 한 방에 30억이라니. 넌 로또에 당첨된 거야."

안진후는 자기 일처럼 좋아했다.

그 말에 김현은 어리둥절하면서도 30억 원이 생긴다고 상상을 해 봤다. 대출금은 완전히 갚을 수 있을 테고, 엄마가 원하는 일은 무엇이든 할 수 있을 터였다. 부족한 아들을 끝까지 지켜 낸 엄마에게 자유와 휴식이라는 귀한 선물을 안겨 줄 수 있을 것 같아서 김현은 기뻤다.

그러나 엄마가 이 일을 결코 좋아하지 않으리란 사실을 깨달았다. 일종의 직감이었다.

엄마는 땀 흘려 번 돈의 가치를 중시했다. 도박 같은 불로소득을 혐오했다. 생각할수록 30억 원은 우연에 의한, 도박 같은 소득이었다. 자초지종을 들으면 엄마는 아이템을 그냥 돌려주라고 말할 터였다.

그 이야기를 했더니 안진후의 입꼬리가 위로 올라갔다.

"네가 왜 그렇게 성실한가 했더니 어머니의 피를 제대로 이어받았구나. 김현, 너 나 믿지?"

"당연히."

"내가 30억 떼먹지 않을 거라고 확신할 수 있어?"

"응."

"이유는?"

"네겐 돈이 별 의미가 없으니까. 넌 이미 부자잖아."

"하하, 맞아. 30억 정도에 친구를 잃을 수는 없지. 내 말 좀 들어 봐. 경매가 낙찰되고 이 돈을 네가 받으려면 그 과정에서 어머니가 알게 될 거야. 넌 미성년자라서 그래. 하지만 중간에 실력 있는 변호사가 끼면 이야기가 달라져. 좀 편법이지만, 충분히 가능하거든."

"그래서?"

"넌 앞으로 뭘 할 거야?"

안진후가 진지한 말투로 물었다.

"뭘 하다니?"

"평생 페플에서 게임만 할 수는 없잖아."

"……별로 생각 안 해 봤는데."

지금의 김현에게 페플은 곧 현실이었다.

"뭘 하든 간에 돈은 필요해. 최소한의 자금이 있어야 뭐든 할 수 있다는 거지. 그때를 위해서 이 돈을 묵혀 두는 거야. 물론 안전한 포트폴리오에다가 투자를 하는 거지. 내 돈을 관리하는 펀드매니저에게 부탁하면 별로 신경 쓰지 않아도 돈은 불어날 거야. 그러다가 필요한 순간에 꺼내서 쓰는 거지."

"음."

김현은 쉽게 판단을 내릴 수 없었다. 학교 선생님인 어머니의 봉급으로 살아왔던 삶에서 투자, 펀드매니저 따위는 다른 세상의 이야기였다.

"결정은 네 몫이야."

"좋아. 이 돈, 부탁해."

"굿 초이스!"

안진후는 몸을 일으켜 핸드폰을 가져왔다. 김현을 향해 빙긋 웃은 그는 아직 자고 있는 변호사를 깨워서 해야 할 일을 빠르게 알려 주었다.

"다 됐어."

"너, 대단하다. 다르게 보여."

"여기서는 내가 킹왕짱이니까."

그 말을 내뱉은 안진후는 살짝 자존심이 상했다. 페플에서는 김현이, 아니 노바디가 짱이라는 사실을 인정한 셈이었다.

"넌 페플에서도 킹왕짱이야."

김현이 말했다.

"근데 어떤 녀석들이 이렇게 값을 올리는지 알아봐야겠다."

안진후는 노트북 앞에 앉아 직접 작성한 해킹 프로그램을 실행시켰다. 몇 개의 서버를 거친 백도어 접속으로 원하는 정보를 얻을 수 있었다.

"하하, 이거 재미있다."

"누군지 알아냈어?"

"둘 다 아는 사람이야."

"……그래?"

김현은 페플 세계의 검 한 자루를 사는 데 수십억을 쓸 수 있는 사람을 안진후가 반 친구처럼 안다고 말하자 묘한 기분이 들었다. 안진후의 또 다른 면, 안진후가 속해 있는 또 다른 세계를 들여다본 듯한 느낌이었다.

"아레스는 재벌 그룹 CRS의 일원인 배혜진이야. 현 회장의 손녀거든. 자존심이 강해서 한번 물면 절대 놓지 않아."

"CRS?"

CRS 그룹, 한국 사람이라면 누구나 안다.

페플 그룹이 등장하기 전까지 한국 재계의 톱이었던 재벌. 사업 다각화와 적극적 대응으로 지금도 여전히 영향력을 발휘하는 그룹이 바로 CRS였다.

CRS 회장의 손녀가 광마 중천의 퀘르에 30억이라는 거금을 쓴다는 사실은 믿기지 않으면서도 조금은 자연스러운, 충분히 이해할 만한 상황 같았다. 그런 사람이 아니면 대체 누가 그렇게 돈을 쓸 수 있을까.

"엘리자베스는 여당 실세라고 알려진 국회의원 박상철의 딸 박주연이야. 역시 콧대가 높지만 그래도 배혜진에 비하면 TPO를 아는 편이야."

"TPO?"

"Time, Place, Occasion."

"아."

김현은 뒤늦게 고개를 끄덕였다. 뺨이 화끈거렸다.

"아무튼 이 일은 내게 맡겨. 아주 깔끔하게 해결해 줄 테니까."

"고맙다."

"이 정도로 뭘. 아, 이왕 왔으니까 나 좀 도와주라."

"내가 도와줄 게 있어?"

"여기 안에 들어가 봐."

안진후는 고스트 커넥터를 가리켰다.

"작동해?"

"필요한 만큼은."

"좋아."

김현은 어떻게든 안진후에게 도움이 되고 싶어 어찌 보면 정교하고, 달리 보면 흉물스러운 기계 내부로 들어가서 앉았다. 좌석 자체는 콕핏형 페플 커넥터만큼 편했다.

"시작한다."

싱크

안진후가 말했다.

김현은 비행기 조종석처럼 복잡한 버튼과 조그만 불빛 수백 개가 다다다닥 붙어 있는 커넥터의 내부 벽면을 살폈다. 왠지 좁은 공간에 갇혀 가슴이 답답해지는 느낌이 들었다.

그때, 웅웅 소리가 들리며 고스트 커넥터가 작동을 시작했다. 김현은 페플 접속을 기대했지만 아무런 변화도 일어나지 않았다.

"좋아했던 여자, 있었지?"

밖에서 들린 안진후의 목소리.

"갑자기 그건 왜?"

"떠올려 봐."

사람은 하지 않아야 된다고 생각하면 더 하고 싶어지는 묘한 본능을 가지고 있다.

김현은 고개를 흔들며 웃었지만 머릿속은 어떤 여자의 뒷모습을 떠올리고 있었다. 테페오 광장을 배경으로 걸어가는 여자의 뒤태는 기가 막혔다.

"우와, 끝내준다."

안진후가 말했다.

"뭐가?"

"어, 뭐야? 여긴 테페오 광장이잖아."

깜짝 놀란 김현은 커넥터 밖으로 나가 안진후 옆으로 다가섰다. 안진후가 보고 있는 노트북 화면에…… 비록 흐릿하지만 테페오 광장을 가로지르는 여자의 모습이 동영상으로 나오고 있었다.

"어, 어떻게 한 거야?"

"굉장하지? 근데 이 여자 누구야? 혹시 나 몰래 페플에서 썸이라도 타고 있는 거야?"

"내 생각을 읽었어? 어떻게?"

"내가 발견한 거야."

안진후는 뿌듯한 얼굴로 고스트 커넥터 옆으로 걸어가서 그 기계를 어루만졌다.

김현은 아무 말도 못 했다.

"몇 가지 가설을 세웠는데, 내가 볼 때 답은 딱 하나야. 그게 정말이지…… 상상을 초월해."

"말해 봐."

"꿈이나 생각을 기록하는 기계는 이미 발명된 지 오래라는 거, 알아?"

"아니."

"뇌공학의 발전은 어마어마하게 빨라서 인간의 뇌 내부를 실시간으로 들여다볼 수 있게 된 지 오래야. 다만 그 해상도가 낮아서 보다 분석적인 접근은 어려워. 그게 문제였어."

"좀 더 쉽게."

김현은 하품을 할 뻔했다.

"좋아. 어렵지만 시도해 볼게. 차라리 원숭이를 앞에 두고

강의를 해 볼까나."

"갈까?"

안진후를 노려보는 김현.

"아니, 미안. 그냥 해 본 소리야. 그만큼 내 지적 능력에 감탄할 때가 많다는 거지. 아무튼, 몇 가지 조건만 갖춰지면 사람의 생각도 읽을 수 있어. 현재 과학 수준으로도. 문제는 그 조건이야. 어떤 사람이 나체의 여인을 본다고 쳐. 그걸 뇌 내부에서 오가는 엄청난 시그널 집단을 통해서 재구성하려면 반드시 비교용 데이터베이스가 필요해. 그 사람이 나체의 여인을 보았을 때 머릿속에서 어떤 일이 벌어지는지 미리 알아야 한다는 거지. 즉, 생각이나 꿈을 기록한다는 건 현재 뇌 내부의 상태를 과거의 상태와 비교해서 적절한 장면과 스토리를 고르는 것에 지나지 않아. 여기까진 쉽지?"

"전혀."

김현은 팔짱을 꼈다. 단어 하나하나는 어느 정도 이해가 되는데, 왜 안진후의 입에서 흘러나오는 이야기 전체는 흐릿해서 잡을 수가 없을까?

안진후는 몇 번의 시도 끝에 김현으로 하여금 기초적인 개념을 이해하도록 만드는 데 성공했다.

"이젠 좀 알겠지?"

"비교가 핵심이란 거지?"

"맞아."

"그렇다면 고스트 커넥터는 비교라는 작업 없이도 생각을 읽을 수 있다는 거네."

"오호."

안진후는 감탄했다. 전문적인 지식은 부족할지 몰라도 맥락을 따라가는 통찰력은 대단히 뛰어났다.

"아!"

김현의 눈이 커졌다.

"뭘 알아낸 거야?"

안진후는 내심 기대했다.

"고스트 커넥터를 각성자 길드가 만들었다고 했지?"

"그랬지."

"왜 탑승자의 생각을 읽어야 했을까? 자기편이잖아. 혹시 탑승자 몰래 그 마음을 읽어야 할 필요가 있었던 게 아닐까? 만약 그렇다면…… 길드 내부에 서로를 속고 속이는 심각한 갈등이 있다고 볼 수 있을 것 같은데."

"……."

안진후는 할 말을 잃었다. 자신이 파묻힐 만큼 많은 데이터와 여러 방향의 분석을 통해 내린 결론을 김현은 순식간에 찾아낸 것이다.

"아니야?"

"그렇게 생각한 이유는?"

"뻔하잖아."

"뻔해?"

"응."

안진후는 박수를 쳤다. 그리고 말했다.

"맞아. 내 생각도 같아. 이 기술은 각성자 길드 내부에 아주 심각한 갈등이 있다는 증거야. 아마도 지식을 추구하는 로고스 길드라는 곳에서 고스트 커넥터를 설계하고 제작하면서 이 독심 기술을 탑재한 것 같아."

"아, 그렇구나. 로고스 길드!"

김현은 살짝 입을 벌린 채 고개를 끄덕였다.

"이 사실은 우리에게 도움이 될 거야."

"도움?"

"우리도 각성자 길드를 만들어야 하니까."

"각성자 길드?"

"마냥 숨어서 지낼 수는 없잖아. 그리고 궁금해. 특별한 능력을 가진 그들이 무슨 일을 하고 있는지, 어떤 생각을 하고 있는지, 싱크 현상에 대한 그들의 인식은 어떤지. 그렇다고 다른 길드에 가입하는 건 싫어. 처음 들어가면 분명히 애 취급 받을 거야. 설명도 안 해 주고 명령만 내리겠지. 그게 싫다고 말하면 건방지다는 이야기를 듣게 될 테고, 그러다가 뛰쳐나올 텐데 군이 들어갈 필요는 없다고 봐. 그러니까 남은 길은 하나뿐이지. 우리만의 길드를 만드는 수밖에. 기존 조직은 새로운 조직이 만들어지는 걸 좋아하지 않아. 역사가 그걸 증명해. 그래서 텃세라는 말이 생긴 거니까. 로고스 길드가 몰래 설치한 이 기술은 그때 우리에게 꽤 도움이 될 거야. 최소한 로고스 길드는 우리를 도와줄 테니까. 원치 않더라도 말이야."

"넌 천재야."

김현은 솔직한 심정을 말로 표현했다. 이런 녀석이 기업을 경영하거나 정치인이 된다면 세상은 엄청나게 달라질 터였다.

"길드 이름은 섬바디."

바로 노바디가 엘루마 시청에서 등록했던 길드의 이름이었다.

"길드 마스터는 너야."

김현이 말했다.

"나?"

놀란 안진후.

"넌 이곳에서 짱을 먹어. 난 페플 짱을 먹을 테니까."

김현이 장난스럽게 말하자, 안진후는 깔깔 웃어 댔다.

바로 그때, 김현이 안진후의 손목을 꽉 잡았다. 흡결과 화결의 묘리가 펼쳐져, 안진후는 꼼짝도 못하고 김현에게 끌려 갔다. 김현은 똑똑한 친구를 고스트 커넥터로 밀어 넣었다. 그런 후에 노트북 앞에 앉았다.

"자, 생각해 봐, 첫사랑이 누구였는지."

모니터에 어떤 여자의 얼굴이 흐릿하게 나타났지만 김현은 누군지 알아볼 수 없었다. 처음 보는 여자였다.

"내게 첫사랑 따위는 없어."

자신만만한 안진후의 말에 김현은 속으로 웃었다. 그러다가 마음이 이끄는 대로, 갑자기 느껴진 직감을 따라서 다른 질문을 던졌다.

"언제 가장 무서워?"

김현의 질문을 안진후는 무시할 수 없었다. 핏물이 뚝뚝 떨어지는 신선한 소고기가 떠올랐기 때문이다.

안진후는 급히 커넥터 밖으로 빠져나왔지만, 노트북에 그 영상이 뜬 걸 볼 수밖에 없었다.

"뭐야?"

김현이 고개를 돌려 안진후를 쳐다봤다. 누가 봐도 군침이 도는 스테이크를 안진후가 무서워하는 이유를 짐작조차 할 수 없었다.

"휴우."

옆으로 밀어 놓은 소파로 가서 털썩 주저앉는 안진후.

"말해 봐."

"……좀 곤란해졌어."

"자세히."

"셀레스카르의 말이 옳았어. 그 마법서는 위험해. 나……뱀파이어가 되고 있는 것 같아."

"뭐?"

"내가 스테이크를 유독 좋아하는 건 너도 알지?"

"용준이에게 자주 들었으니까."

"나도 좀 이상하다 생각했는데, 그건 변화의 일부였어. 어제는 핏물이 뚝뚝 떨어지는 고기를 뜯어 먹었어. 깔끔을 떠는 내가 말이야. 다 먹어 치운 후에야 정신을 차린 거야."

"계속 생고기가 생각나?"

"가끔."

"점점 더 강해지는구나?"

"맞아. 이러다가 피까지 마시게 될지도 몰라. 아직은 참을 수 있는데, 점점 자제력이 약해지고 있어. 너도 조심해. 내가 네 목을 물어뜯고 피를 빨 수도 있으니까."

안진후는 일부러 장난스럽게 그 말을 했지만, 자신도 모르게 김현의 목덜미를 쳐다봤다가 급히 시선을 옮겼다.

"넌 그럴 수 없어. 넌 나보다 약하니까."

김현 역시 장난스럽게 말했다.

"인정. 난 너보다 똑똑하니까."

씨익 웃는 안진후.

"용준이는 모르지?"

"말했다간 잔뜩 겁을 먹을 테니까. 아무래도 호텔로 보내야 할 것 같아. 혹시 모르니 말이야."

안진후는 진심으로 박용준을 염려하고 있었다.

"다른 변화는?"

"이런 게 가능해졌어."

안진후가 손을 뻗자 테이블 위에 놓여 있던 유리컵이 날아왔다.

"염력이잖아."

"포스라고 불러 줘. 이참에 광선검을 하나 만들어 볼까?"

안진후는 영화 〈스타워즈〉의 제다이를 떠올리며 키득거렸다.

"하긴 넌 자세히 보면 요다를 닮았어."

"요다? 말도 안 돼. 그리고 이런 것도 돼."

안진후는 두 손으로 바닥을 짚고 물구나무를 섰다. 흔들림이 없는 완벽한 자세였다. 왼손을 땅에서 뗐는데도 균형은 여전했다.

"어때?"

거꾸로 선 채로 안진후가 말했다.

"박쥐로 변할 수는 없어?"

"야!"

오른팔을 구부렸다가 펴는 탄력으로 공중에서 몸을 뒤집은 안진후는 가볍게 앉았다. 김현이 휘파람을 불었다.

"호텔로 보내는 건 안 돼. 용준이는 혼자서 견디기 힘들 거야. 대신 언제든 그 욕구가 커지면 나한테 연락해. 즉시 올 테니까."

"그게 좋겠다."

"사자의 귀환 퀘스트가 끝났으니까, 곧 뱀파이어 일족 루비로스를 찾아갈 수 있을 거야."

"백정현 그 새끼를 찾아내야지. 그 녀석 배후에 누가 있는지 알기 위해 던전으로 내려간 거잖아. 날 위한답시고 그 일을 중단하진 마. 진짜로 그런다면 무지 화가 날 것 같다."

안진후는 몸으로 기세를 뿜어냈다.

"알았어. 백정현부터 찾자."

몬즈 마을 사람들은 되살아났다. 그러니 사이코패스를 찾아내어 응징하는 것보다 친구의 안전이 중요하지만, 그렇다고 안진후의 자존심까지 무너뜨리며 강행할 수는 없다.

따지고 보면 여신관 뱀파이어에게서 얻은 마법서를 안진후에게 건넨 사람은 바로 김현 자신이었다. 위험한 물건을 제대로 확인도 하지 않았기 때문에 이 사달이 난 것이다.

'내 책임이야.'

김현은 어떻게든 안진후를 도울 방법을 찾아내리라 마음먹었다.

"그 책, 가지고 있어?"

"무슨 책?"

"뱀파이어 마법서."

"있지. 그런데 왜?"

"나도 좀 보게."

"보지 마. 전혀 도움이 안 되는 책이야. 너까지 이런 꼴이 되면 정말 큰일이잖아."

안진후가 한번 고집을 부리면 말릴 수 없다. 오직 합리적 설득만이 저 고집의 문을 열어젖힐 수 있다.

김현은 왜 마법서가 필요한지 설명하기 위해 잠시 머릿속 생각을 정리한 후에 입을 열었다.

"내가 어떻게 무극심법을 배우게 됐는지 설명한 적 없지?"

"들은 적 없는 것 같다."

고개를 갸웃거리는 안진후에게 김현은 무극지체라는 체질과, 집에서 죽어 가는 화초를 살리고 상추 씨앗의 싹을 틔웠다는 이야기를 들려주었다.

"그때부터 그런 걸 할 수 있었던 거였어?"

"지금 생각하면 아찔해. 조금만 더 무리했다면 난 죽었을 거야. 세상에 공짜는 없거든. 내 생명의 일부를 꺼내어 식물을 살리고 씨앗을 자라게 한 셈이니까. 사부님께 무극심법을 배우지 않았다면 난 지금까지 살지 못했을 거야. 이런 사실도 최근에서야 깨달았어. 그만큼 난 어리석었어. 앞도 제대로 보지 못하면서 달리기만 했던 거야."

"이렇게 설명하는 이유는?"

안진후는 고개를 끄덕이며 물었다.

"난 그 마법서를 익혀도 너처럼 뱀파이어가 되진 않아. 왜? 난 무극심법으로 기를 받아들일 수 있으니까. 넌 지금

밥도 먹지 않고 힘을 쓰고 있는 거야. 그러니까 배가 엄청나게 고픈 거지. 한데 먹을 게 없어. 뭐든 먹을 게 눈에 띄면 정신없이 달려드는 상황이야. 난 달라. 매일매일 틈이 날 때마다 엄청나게 많이 먹고 있어. 그러니까 그 마법서를 내게 줘도 난 안전해."

"싫다면?"

"둘 중 하나를 선택해. 오늘부터 무극심법을 익히거나, 그 마법서를 내게 주거나."

"당장 갖고 올게."

끔찍한 무극심법의 수련 과정을 직접 봤던 안진후는 '쥐구멍'으로 들어가서 완벽하게 제본이 된 마법서를 가져왔다. 번역이 된 새 책이었다. 처음 만들 때 아예 여분으로 몇 권을 더 만들었던 것이다.

"정말 무극심법을 익히기 싫은 모양이다."

"때려죽여도 못해. 안 해."

"너라면 나보다 훨씬 더 강해질 수 있을 텐데도?"

"난 너처럼 그 지겹고 고통스러운 과정을 통과할 자신이 없어. 내 적성에 안 맞아. 무극심법, 나도 처음엔 시도해 봤잖아. 요즘도 악몽을 꿔. 사부님 앞에서 마보 자세로 몇 시간이나 버텨야 하는 악몽 말이야. 사람마다 각자의 길이 있다고 난 생각해."

그 말에 김현은 웃음을 터트렸다.

그때, 박용준이 퉁퉁 부은 눈을 비비며 거실로 나왔다.

"어, 현이네?"

"시끄러워서 깼구나? 미안."

"화장실 가려고 나온 거야. 두 사람, 밤을 새운 거야?"

"아니. 일찍 일어났는데 집에 있기 싫어서 그냥 와 본 거야. 라면 먹고 싶다. 용준아, 라면 먹자. 어때?"

"아침부터?"

"나는 콜."

안진후였다.

박용준은 하품을 하며 주방으로 가서 냄비에 물을 받았다.

살인자

마차가 달리는 길거리에 돌풍이 몰아치고 폭우가 쏟아져도 엘루마 최고의 상점으로 명성이 높은 베룬다크 내부는 안락하면서도 시원했다. 빛의 마탑 투스텔라와 바람의 마탑 페르제피가 거액을 받고 벽 곳곳에 설치한 마법진 덕분이었다.

"이번 물품은 그 유명한 키오 시리즈 중 하나입니다. 가지고 오세요."

조그만 단 위에 서서 경매를 진행하는 베룬다크의 주인 베룬이 고개를 끄덕이자, 깔끔한 정장 차림의 직원 두 사람이 금속 상자를 들고 다가왔다.

테이블에 놓인 금속 상자의 뚜껑이 저절로 열리는 순간, 경매에 참석하기 위해 이 험악한 날씨에도 불구하고 베룬다크로 달려왔던 고객들이 몸을 일으켰다.

붉은색 비단 위에 새하얀 손가락이 놓여 있었다. 손가락에서는 영롱한 빛이 흘러나왔다.

"아!"

"정말 키오의 손가락이야."

"사실이었어."

"역시 베룬다크야."

고객들 사이에서 감탄이 터졌다.

베룬의 입가에 미소가 어렸다.

"경매 시작가는 100만 골드입니다. 어느 분이 먼저……."

"감정부터 해야지."

다른 고객들이 일어나 키오의 손가락을 들여다볼 때도 고고하게 다리를 꼰 채 앉아 있던 여자가 말했다. 바로 베룬다크의 단골이자 세븐 길드를 이끄는 이방인 아레스였다.

"알겠습니다."

베룬은 즉시 아레스의 요구를 받아들였다. 다른 고객이었다면 무시하고 내쫓았을 것이다.

세 사람의 마법사가 금속 상자를 에워쌌다. 그들은 소속 마탑의 명예를 걸고 이 자리에 서 있었다. 식별 마법을 펼친 그들은 베룬과 아레스를 바라보며 고개를 끄덕인 후, 경매장 밖으로 나갔다.

"시작가는 100만 골드입니다."

"1천만 골드."

아레스가 손을 들며 말했다.

베룬은 흥분을 감추지 못했다.

"처, 천만 골드가 나왔습니다. 더 없으십니까? 더 없으십니까?"

"2천만 골드."

이번에도 아레스였다. 아예 다른 사람이 꿈도 꾸지 못하도록 가격을 올린 것이다.

"나, 낙찰됐습니다."

베룬이었다.

직원들이 금속 상자를 들고 아레스 앞으로 다가왔다.

아레스는 손을 뻗어 키오의 손가락을 집어 들었다. 왼쪽 약지였다. 그 새하얀 뼈를 자신의 왼쪽 약지 위에 놓자, 단단한 뼈가 스르르 녹더니 손가락 안으로 스며들었다. 이제 새끼손가락은 창백하게 빛을 발했다.

아레스는 아직도 금속 상자를 들고 있는 직원의 손목을 왼손으로 잡았다. 왼쪽 새끼손가락이 직원의 피부에 닿는 순간, 직원은 눈을 뒤집으며 쓰러졌다.

"고, 고객님!"

베룬이 달려왔다.

"죽지는 않았어. 키오의 손가락은 사람을 죽이진 않으니까. 물건은 틀림이 없어. 베룬다크의 솜씨는 알아줘야 해. 진품을 구하기가 쉽지 않았을 텐데."

아레스는 죽지 않았지만 언제 죽을지 모르는 직원을 쳐다보지도 않고 베룬을 향해 말했다.

베룬은 눈짓으로 쓰러진 직원을 데리고 나가라고 지시한 후에 아레스를 바라보았다.

"베, 베룬다크는 고객을 위해서라면 최선을 다합니다."

"다음 물건은?"

"바로 진행하겠습니다."

베룬은 단으로 돌아가서 다음 경매 물품을 소개했다. 선녀의 바람날개로, 적당한 조건을 만족시키면 천도로 올라갈 수 있는 특별한 물건이었다.

아레스가 입찰하지 않자 기다렸다는 듯 다른 사람들 사이에 경쟁이 붙었다. 시작가 50만 골드는 순식간에 300만 골드로 올라갔다. 그 푸르스름한 바람날개는 바젠 후작의 딸인 카린 델 바젠이 차지했다.

시선을 느낀 아레스는 고개를 돌렸다. 카린이 그녀를 보며 가볍게 고개를 숙였다.

'원주민 따위가 저런 아이템을 착용한다고 해서 천도로 올라갈 수 있는 건 아닌데. 대체 왜 저런 걸 사는 거지? 멍청한 거야, 아니면 무식한 거야?'

아레스는 가볍게 그녀를 무시했다. 그러나 공명이 보낸 조사 보고서의 내용은 도저히 등한시할 수 없었다. 바로 그 보고서에 '안진후'라는 이름이 나왔기 때문이다.

정령이 깃든 옷, 몸을 투명하게 해 주는 제랄딘의 반지, 밟으면 다양한 향기와 빛을 뿜어내는 푹신한 융단 등 독특한 물품이 경매에 나왔지만 아레스는 그 보고서를 생각하느라 아무것도 하지 않았다.

노바디는 매우 특별한 게이머였다.

조용한 마을 라마간을 떠들썩하게 만들었던 퀘스트의 원인이 바로 노바디였다. NPC가 특정 게이머를 찾기 위해 상당히 귀한 아이템을 걸고 퀘스트를 부여한 건 페플 역사상 처음 있는 일이었다.

수만 명이 라마간으로 몰려들어, 한때는 균형이 깨져 엉망진창이 될 뻔한 그 소동의 결과에 많은 사람들이 실망했다. 바로 노바디가 나타나 NPC가 내건 사라겐의 수부와 광현칠검보를 독차지한 것이다.

그 일에 분개한 게이머들은 라마간으로 가서 실력 행사를 했다. 노바디를 보는 족족 죽여 버린 것이다. 당시 라마간을 담당한 게임 매니저가 개입하지 않았다면 노바디는 페플을 접어야 했을지도 모른다.

노바디가 다시 두각을 드러낸 곳은 놀랍게도 수도 마르세르의 왕궁 무도회였다. NPC의 인맥 덕분에 참석한 무도회에서 놀라운 춤 실력을 선보인 노바디는 공주는 물론 왕비와도 춤을 추었다.

꽤 실력 있는 길드 적룡회의 타임어택 퀘스트와 관련된 보고서에도 노바디의 이름이 실려 있었다. 적룡회는 룬트란 왕국의 왕세자 론투엘을 사로잡는 퀘스트를 맡았는데, 보기 좋게 실패하고 말았다. 당시 퀘스트에 참석한 사람의 말에 따르면 전장의 여우라 불리는 레나세르가 노바디 일행이었기 때문에 퀘스트는 실패가 되고 말았다.

그때까지만 해도 노바디는 유명한 게이머도 아니었고, 유명해질 이유도 없는 게이머였다.

노바디의 명성은 하이엘프 셀레스카르에 의해 만들어졌다. 셀레스카르가 제자로 삼지 않았다면 노바디는 지금도 저 아래 어딘가에서 페플을 놀이터 삼아서 사냥이나 하고 다녔을 게이머였다.

시간과 돈을 들여 셀레스카르를 찾은 적이 있었다. 목적은 바로 셀레스카르의 제자가 되기 위해서였다. 수십 명을 동원했다. 그 프로젝트에 들어간 돈만도 20억이 넘었다. 그런데도 셀레스카르의 그림자도 보지 못했다.

CRS 그룹의 전략기획실이 확실한 목표를 가지고 움직였는데도 전혀 성과를 내지 못했건만, 노바디라는 게이머는 가만히 있다가 하늘에서 떨어진, 잘 익은 홍시를 날름 삼킨 셈이었다.

"운이 지나치게 좋은 녀석이야."

아레스가 속삭였다.

"아레스 님, 뭐라고 하셨습니까?"

베룬이 경매를 중단하고 아레스를 쳐다보았다.

아레스는 고개를 흔들며 경매장 밖으로 나왔다.

노바디에 대해 생각만 하면 골치가 아팠다. 처음 페플에 접속한 이후부터 지금까지의 행보와 그 결과를 아무리 분석해도 전혀 이해할 수 없었던 것이다. 더 놀라운 건, 현재 레벨이 고작 60대라는 사실이었다.

아레스는 창을 띄웠다.

캐릭터 이름 : 아레스
직업 : 소드 마스터
레벨 : 415

실력에 비해 레벨은 낮은 편이다. 일부러 레벨을 낮게 유지하려고 애를 쓴 결과였다.

페플 시스템을 깊이 들여다보면 높은 레벨은 캐릭터 성장에 방해물이었다. 레벨 300 게이머가 레벨 200의 몬스터를 죽이면 얻는 아이템은 형편없다. 수천 마리를 죽여야 그중 하나 혹은 둘, 쓸 만한 아이템을 얻을 수 있다.

반대로 레벨 200 게이머가 운 좋게 레벨 300 몬스터를 죽이면 어떤 일이 벌어질까? 로또가 높은 확률로 터진다. 레벨 200 게이머의 입은 찢어질 것이다.

문제는 로또라고 할 만큼 레벨 200 게이머가 레벨 300 몬스터를 죽이는 게 어렵다는, 거의 불가능하다는 점이었다.

"노바디는 그 레벨로 날 이겼어."

아레스는 소름이 돋았다.

롭시스 국수를 먹는 동영상을 몇 번이나 돌려 봤다. 노바디의 몸이 넷으로 늘어나는 순간은 지금 생각해도 탄성이 터질 만큼 명장면이었다.

만약 노바디가 방송국과 계약한다면, 그래서 그 장면이 방송을 탄다면 시청률이 엄청나게 높을 것이다.

그때, 메시지 창이 떴다.

드라쿤 : 도착했습니다.

아레스는 활짝 웃으며 베룬다크 입구로 향했다.

백화점처럼 규모가 큰 베룬다크 입구에는 물에 빠진 생쥐 꼴인 드라쿤이 서서 아레스를 기다리고 있었다.

아레스가 손가락을 까닥거렸다.

얼굴이 구겨진 드라쿤이 다가왔다. 유니온 아카데미 교육생인 그는 아레스의 명령을 들을 수밖에 없는 위치였다.

"무슨 일입니까?"

"노바디의 일거수일투족을 알고 싶어."

"……노바디를요?"

싱크

드라쿤은 잠시 귀를 의심했다.

세븐 길드를 이끄는 아레스가 롭시스 국숫집에서 노바디라는 게이머에게 졌을 뿐 아니라 어마어마하게 비싼 검을 빼앗겼다가 30억 원을 지불해서 되찾았다는 이야기는 꽤 많은 사람들에게 알려져 있었다. 30억이라는 액수 때문에 믿지 않는 사람들도 있지만 대부분 아레스가 노바디로 인해 명성이 크게 하락했을 거라고 생각했다.

"페플에서 뭘 하는지, 사소한 대화까지도 놓치지 말고 보고하도록."

"알겠습니다."

"중학교 때 같은 반이었다면서?"

"네?"

"노바디 말이야."

"처음 듣는 이야기입니다만."

"노바디의 이름은 김현이야. 기억 안 나?"

"……김현이라구요?"

드라쿤의 눈빛이 흔들렸다. 그 이름을 듣는 순간 떠오른 녀석은 잔뜩 겁을 먹은 얼굴로 피를 흘리던 멍청이였다.

"너 때문에 학교를 그만둔 것 같은데, 잊은 거야? 하긴, 가해자는 쉽게 잊어버리는 법이니까."

생글생글 웃는 아레스.

"정말 그 녀석이 노바딥니까? 뭔가 잘못 안 것 같습니다만.”

“믿기 싫은 사람을 믿게 만들 수는 없어. 자세한 보고를 기대할게. 보고서의 질에 따라 정보료가 지급될 거야. 후하게 쳐줄 테니까 최선을 다하도록.”

아레스는 몸을 돌려 다시 경매장으로 향했다.

아레스를 노려보던 드라쿤은 비가 퍼붓는 거리로 나갔다.

안진후는 커피를 마시며 거실 중앙에 놓인 고스트 커넥터를 바라보았다. 그의 눈 속에서 부러움과 호기심이 물결처럼 일렁거렸다.

집은 비어 있었다. 한바탕 폭풍이 몰아친 이후의 고요함 같지만, 그리 나쁘진 않았다. 얼큰한 부대찌개로 배를 채운 김현과 박용준은 페플에 접속했다. 박용준의 요리 솜씨는 날이 갈수록 좋아지고 있었다.

“나도 시작해 볼까.”

안진후는 고스트 커넥터에 연결된 노트북 세 대를 켜고 연결 상태를 확인했다.

1번 노트북 ‘벨란데르’는 고스트 커넥터의 컨트롤 센터와 직접 연결되어 있었다.

벨란데르가 뱉어 내는 수치를 본 안진후는 포도당 팩을 가져와 고스트 커넥터 뒤쪽에 끼워 넣었다. 포도당은 생체 조직의 에너지원이었다.

고스트 커넥터의 하드웨어 부분과 연결된 2번 노트북 '노바디'의 수치는 정상이었다. 그동안 안진후가 끈질기게 손을 본 결과였다.

3번 노트북 '바마퉁'이 문제였다. 일부러 망가뜨렸는지 몰라도, 이 고스트 커넥터는 네트워킹 능력을 잃었다. 여러 종류의 네트워크 인터페이스를 붙여 봤는데, 아직까지는 전혀 동작하지 않았다. 고스트 커넥터를 이용하여 페플 접속까지 해 보는 게 안진후의 목표 중 하나였다.

손가락으로 턱을 긁던 안진후는 쥐구멍으로 들어가 한때 주력으로 사용하다가 컴퓨팅 파워가 떨어져 처박아 두었던 노트북을 가져왔다. 먼지를 닦아 내니 꽤 그럴듯했다.

그 노트북을 고스트 커넥터에 연결하고 필요한 프로그램을 설치한 안진후는 피식 웃었다.

"네 이름은 레나세르다. 일단 연식이 꽤 됐으니까."

여기 윤태희가 있다면 버럭 화를 냈을 터였다. 그 생각에 안진후는 깔깔 웃었다.

고스트 커넥터는 러시아 인형 마트료시카 같았다. 끝이다, 완전히 파악했다 싶으면 그 안에 또 다른 실체가 드러나곤 했다. 이번에도 마찬가지였다.

"와아."

안진후는 소매로 입술을 훔쳤다. 예상치 못한 곳에서 예상치 못한 데이터를 얻었다.

노트북으로 모은 데이터를 쥐구멍에 있는 메인 서버로 옮긴 후, 안진후는 깨졌을 뿐 아니라 암호까지 걸린 데이터를 복구하기 위한 프로그램을 실행했다.

암호는 까다롭지 않았다.

데이터는 일종의 접속 기록이었다. 누가, 언제, 어디서 이 기계를 이용하여 페플에 접속했는지 나와 있었다. 굉장히 값진 데이터였다.

"어?"

안진후의 눈이 커졌다. 거기 있을 거라고 상상도 못 한 이름을 본 까닭이다.

윤태희라는 이름을 가진 각성자가 있을 가능성, 배제할 수는 없다. 하지만 안진후는 그 시기를 고려했을 때 요즘 바빠서 연락이 힘들다는 자동 응답 목소리만 들려주는 윤태희를 떠올리지 않을 수 없었다.

마음이 흔들려 더 이상 고스트 커넥터에 집중할 수 없었던 안진후는 페플파크 관리소로 향했다.

혹시나 하는 마음으로 윤태희의 집에 대해 물어보니, 윤태희와 안진후가 친하다는 사실을 아는 관리소 직원에게서 당분간 외국에 출장을 나간다면서 열쇠까지 맡겨 놓았다는 대답이 돌아왔다.

말도 없이 외국으로 출장을 가?

안진후는 그럴 리 없다고 확신했다.

잠시 고민에 잠겼지만 결론은 이미 정해졌다.

안진후는 김현, 박용준에게 당장 집으로 오라는 메시지를 보낸 후, 쥐구멍에서 각종 장비를 꺼내어 잠긴 윤태희의 집 문을 열었다. 시큐리티 회사의 보안 시스템은 쉽게 우회할 수 있었다. 집은 깔끔한 상태 그대로였다.

"무슨 일이야?"

김현이 윤태희 집 입구에 서 있었고, 박용준은 그 옆에서 눈치를 보는 중이었다.

몸을 돌린 안진후는 김현을 쳐다보고 말했다.

"태희 누나가 외국으로 출장 갔대. 열쇠는 관리소에 맡겨 놓고."

그 말을 들은 김현은 눈을 감고 윤태희를 떠올리며 현섬을 펼치려 했지만, 공간 이동술은 발동되지 않았다. 김현은 현섬으로 닿을 수 없는 곳에 윤태희가 있다고 생각했다.

"난 거실을 뒤져 볼게."

김현은 판단이 빨랐다.

"난 저기. 용준 너는 누나 침실을 살펴봐."

안진후는 손가락으로 평소 윤태희가 가장 오랜 시간을 보내는 방을 가리켰다. 그 방에 커넥터가 놓여 있고, 벽에는 윤태희가 반드시 갖고 말리라 결심했던 마룬타의 레인보우 포스터가 붙어 있었다.

"왜 그러는 거야?"

박용준이 물었다.

"태희 누나에게 문제가 생긴 것 같아. 뭐든 이상한 게 눈에 띄면 다 가지고 나와."

"응."

침실로 들어가는 박용준을 본 안진후는 방으로 들어가 주위를 살폈다.

다른 사람이 들어온 흔적은 없었다. 컴퓨터를 켜기 전에 이상한 장비가 설치되지는 않았나 확인했지만 결과는 마찬가지였다. 버튼을 누르자 컴퓨터가 부팅되었다.

안진후는 엉망진창인 바탕 화면을 보고는 웃을 뻔했다.

정리와는 거리가 먼 윤태희다웠다. 왜 바탕 화면에 파일을 이렇게 너저분하게 깔아 놓는지 이해할 수가 없지만 사람마다 스타일이란 게 있으니.

처음 기자가 된 순간부터 써 온 글이 차곡차곡 쌓인 폴더도 있고, 그동안 찍은 사진을 한꺼번에 때려 넣은 폴더도 있었다. 그러나 어디에도 갑자기 출장을 가 버린 윤태희의 행적과 관련된 실마리는 없었다.

"아, 그렇지."

안진후는 보안 접속 창을 열어 자신의 서버에 저장한 해킹 프로그램을 실행시켰다.

이 컴퓨터를 통해 이루어진 금융 관련 정보가 10분도 안 되어 모조리 떠올랐다. 그 목록에 비행기 티켓 예매 내역은 없었다. 직접 여행사에 전화를 걸었거나 다른 컴퓨터로 예매를 했다는 뜻이다. 그게 아니라면, 다른 사람이 했거나.

컴퓨터 곳곳에 남아 있는 단편적인 자료를 종합한 안진후는 금세 윤태희의 카드 내역서를 손에 넣을 수 있었다. 평소 보안 의식이 바닥인 윤태희 덕분이었다.

카드 내역서에는 윤태희가 각성자를 만났다던 그 칵테일 바의 이름이 나와 있었다. 안진후는 몇 분 안 되어 그 술집의 위치와 전화번호까지 알아낼 수 있었다.

"여기서 멈출 수는 없지."

안진후는 열 개의 손가락을 춤추듯 관절을 유연하게 푼 다음, 본격적으로 해킹 작업에 돌입했다. 그 칵테일 바 내부에 설치된 CCTV가 목표였다.

보통 CCTV는 외부 인터넷망과 분리되어야 원칙이지만, 담당자 중에 그 원칙을 지키는 사람은 거의 없다. 그 덕분에 안진후는 쉽게 내부로 침입할 수 있었다.

CCTV 영상 파일에 접근하는 데 딱 25분이 걸렸다. 안진후는 방향키로 빠르게 넘기며 윤태희가 그 술집에 간 날, 바로 그 시간대의 영상을 찾기 시작했다.

"여기다."

진실이 그 영상에 나타나 있을 거라고는 기대도 하지 않았다. 세계의 의지가 진실을 덮어 버렸을 것이다. CCTV 영상도 마찬가지일 것이다. 안진후가 찾는 것은 진실 그 자체가 아니라, 진실의 흔적이었다.

그 능력자는 왜 윤태희에게 접근했을까?

윤태희의 능력은 겉으로 드러나지 않는다. 사람들의 내면에서 흐르는 생각의 소리를 들을 수 있을 뿐이다.

알고 있는 사람이었다면?

친분이 있어서 반가워할 만한 사람이라면?

CCTV 영상 속 윤태희는 혼자 술을 마시다가 밖으로 나갔다. 역시 예상대로 진실은 남아 있지 않았다.

안진후는 마치 세계 그 자체와 대결이라도 하는 사람처럼 손을 비비며 거기에 숨을 불어 넣었다. 운이 좋아야 단서라도 찾을 수 있음을 그는 잘 알았다.

매끈한 대리석이 깔린 바닥이나 벽에 반사된 능력자의 모습이 남아 있지 않을까 확대해서 살폈지만, 깨끗했다. 세계의 의지는 일어난 일을 왜곡하는 게 아니라, 아예 일어나지 않은 일로 만들어 버린 것이다.

안진후는 사자의 귀환 퀘스트가 완료된 후 핸드폰 대리점이 치킨집으로 바뀌었음을 떠올렸다. 능력자가 현섬을 보여 주는 순간, 은폐 작업은 시작된 것이다.

만약 현섬을 보여 주기 전이라면?

안진후는 이전으로 거슬러 올라가며 영상을 확인했다.

거기 능력자의 모습이 그대로 나올 거라고 생각하진 않았다. 그러다가 한 가지 사실을 깨닫고 활짝 웃었다.

"난 천재야."

안진후는 그 칵테일 바에서 카드를 긁은 사람들 명단을 입수했다. 용갑을 구입한 게이머들 명단을 통해 고스트 커넥터의 접속 위치를 찾아낸 것과 비슷한 작업을 하기 위해서였다.

명단을 데이터베이스 형태로 바꾼 후, 안진후는 윤태희와 관련된 사람들 명단을 차곡차곡 쌓았다.

윤태희에게 이메일로 연락한 사람, 핸드폰에 저장된 이름, SNS로 연결이 한 번이라도 된 사람들의 목록을 만들어 술집에서 카드를 긁은 사람들 명단과 대조하기 시작했다.

세 사람이 일치했다.

그중 두 사람은 제외할 수 있었다. 평소 칵테일 바로 술을 마시러 오는 시간대가 달랐던 것이다.

한 사람뿐이었다.

"당신이 누군지 알아봐야겠어."

안진후의 손가락은 키보드 위에서 춤을 추었고, 잠시 후 그 사람의 사진과 정보가 화면을 가득 채웠다.

"페플 그룹 전략기획부?"

안진후는 깜짝 놀랐다.

윤태희의 고등학교 동창인 공지우라는 사람이 미국 유학

파에다 지금은 페플 그룹에서 일하고 있었다!

"저 사람이구나."

김현이 뒤에서 물었다. 김현도, 박용준도 뒤에 와서 모니터를 보고 있었다.

"아마도."

"네가 찾았으니 분명하겠지."

김현은 착 가라앉은 목소리로 말했다.

안진후는 설명을 하지 않아도 금세 돌아가는 상황을 깨닫고 이해할 뿐 아니라 그 앞을 내다보고 있는 김현의 태도에 크게 놀랐다. 김현 역시 윤태희의 실종은 그 능력자와 관련이 있다고 판단한 것이다.

박용준은 화면에 뜬 여자가 누군지 몰라서 답답한 표정으로 물어볼 기회를 엿보는 중이었다. 안진후는 애타게 설명을 기다리는 박용준에게 자기 생각을 간략하게 들려주었다.

"그러니까 태희 누나가 저 사람을 찾아갔단 거지? 그 후로는 외국으로 출장 나간 걸로 되어 있고?"

"내 예상엔 그래."

안진후에게 예상은 확신과 같은 단어였다.

"난 철호 사형을 만나 볼게."

김현은 진지했다.

"어디까지 이야기를 할 생각이야?"

안진후는 김현을 바라보았다. 왠지 김현이라면 무엇을 맡기든 안심할 수 있을 것 같았다.

"저 여자에 대해서만 말할 거야. 태희 누나가 만난 공지우라는 사람이 어디 소속인지 알아내야 하니까. 가능하면 그 길드에 대한 정보도. 그러니까 너는 공지우라는 사람에 대해서 샅샅이 뒤져 봐. 어떤 사람들과 친한지, 누구와 만나서 밥을 먹는지, 이메일로 어떤 대화를 나누는지, 숨기는 비밀은 무엇인지, 유학을 했다면 어디에서 살았는지, 친구들은 누구인지, 누구 밑에서 무엇을 배웠는지. 아무튼 모든 것을 다 찾아내."

그 말에 안진후는 고개를 끄덕였다.

황철호와 이미 친분을 쌓은 김현이 나서면 보다 쉽게, 그리고 정확하게 상황을 파악할 수 있을 것이다.

"오케이."

"나는?"

박용준이었다.

안진후가 박용준을 바라보며 말했다.

"아주 중요한 일이 있어. 태희 누나가 쓴 글을 읽어 봐. 좀 많지만 거기서 뭔가 단서를 찾아낼 수도 있으니까."

"알았어."

박용준이 주먹을 쥐며 말했다.

기다란 복도 양쪽에 있는 똑같은 문들. 원룸이 들어찬 건물은 그리 깔끔하지 않았지만, 그렇다고 대놓고 더러운 곳도 아니었다.

김현은 초인종을 눌렀다. 문이 열렸다.

"들어와라."

머리카락이 까치집인 황철호가 발끝으로 빈 소주와 국물이 남아 있는 사발면을 옆으로 치우며 원룸 안쪽으로 향했다.

김현은 할 말을 잃었다. 황철호 이사형이 이토록 게으른 사람인 줄은 상상도 못 했다.

황철호는 싱크대 수도물을 틀고 입을 대고 꿀꺽꿀꺽 마신 후에 고개를 돌려 김현을 쳐다봤다.

"어쩐 일이냐? 네가 직접 연락을 다 하고. 겁나는데. 자, 말해 봐라."

김현은 황철호가 정신을 차리기 전에 '선빵'을 날리기로 마음먹었다.

"공지우."

그 이름을 내뱉은 김현은 이사형의 얼굴 표정을 살폈다.

황철호의 이목구비가 일그러졌다. 흉악한 귀신 얼굴이 잠시 나타났다 빠르게 사라졌다.

"……그 여자가 널 찾아온 거냐?"

황철호는 주머니를 뒤져 담배를 꺼내 입에 물었다. 그리고 불을 붙이며 창문을 활짝 열었다.

도로를 달리는 자동차 소리가 꽤 크게 들렸다.

"그건 아니에요. 전 그저 그 사람이 현섬 펼치는 걸 봤을 뿐이에요. 깜짝 놀랐어요. 저 말고 현섬을 여기서 펼치는 사람은 처음 봤거든요."

김현은 진실을 약간 각색했다.

"다행이구나. 그 여자는 모네타 길드 멤버다. 웬만하면 그 여자랑 얽히지 않는 게 좋다. 살인자니까. 알려진 케이스만 일고여덟 건은 될 거다."

"……살인자요?"

김현은 속이 덜컥 내려앉는 기분이었다.

"현섬은 오블랑과 더불어 암살자에겐 가장 유용한 능력이다."

그 말에 김현은 마치 자신이 자객이라도 된 것처럼 몸이 오그라드는 느낌을 받았다.

그러나 그 감정은 곧 또 다른 감정에 밀려 사라졌다.

윤태희는 이 사실을 알고 있을까? 혹시 윤태희에게 안 좋은 일이 생기진 않았을까? 당장 이 원룸을 벗어나 안진후의 집으로 이동하고 싶었다.

그 마음을 억누른 이유는 아직 질문이 남았기 때문이다.

"이사형."

"그 여자, 가까이 가지 마라."

황철호의 말은 경고이자 명령이었다.

"요즘 이상한 일이 벌어져요."

"이상한 일?"

"옛날보다 고기를 훨씬 많이 먹는데, 원래 전 잘 익힌 걸 좋아하거든요. 그런데 이제는……."

"신선한 고기를 주로 먹고 있다?"

"어떻게 아셨어요?"

"휴우, 언제부터 그런 일이 생겼지?"

왼손으로 담배를 쥔 황철호는 벽을 기어가는 큼지막한 바퀴벌레 한 마리를 발견하고는 오른손 검지를 뻗었다.

검지에서 흘러나온 기가 암기처럼 날아가 그 바퀴벌레를 꿰뚫었다. 바퀴벌레는 뒤집어진 채 아래로 떨어졌고, 더 이상 움직이지 않았다.

"한 달은 된 것 같아요."

김현은 잠시 황철호가 보여 준 무공에 마음을 빼앗겼다. 자신도 기를 뽑아낼 수 있지만 저토록 빠르고 정확하게 바퀴벌레를 죽일 수는 없었다.

"네게 그런 일이 벌어진 원리는 매우 간단하다. 기름을 넣어야 달릴 수 있는 자동차가 주유소에 들르지 않고 매일 100킬로로 질주한다면 어떤 일이 벌어질까? 뻔하지. 멈추고 마는 거지. 넌 지금 기름이 모자란 자동차 같은 신세야."

"밥은 많이 먹는데요."

김현은 엄청나게 먹어 대는 안진후를 떠올렸다.

"그건 자동차에 물을 집어넣는 꼴이야. 그래서는 움직일 수가 없어."

"그러면 어떻게 해야 하나요?"

"일단, 능력 사용을 줄여야 돼."

"그다음에는요?"

"특별한 스킬을 배워야 해. 시간이 오래 걸리고 고통스럽 지만, 그 방법밖에는 없어. 물론 적두처럼 갈증을 잠시 억누 르는 알약을 복용하는 것도 필요해."

"적두요?"

그 말에 황철호는 냉장고로 가서 동그란 유리병을 가져왔 다. 거기엔 콩처럼 생긴 빨간색 알약이 반쯤 차 있었다.

"이걸 끼니마다 먹어라. 그러면 훨씬 좋아질 거다."

"감사합니다."

유리병을 챙기는 김현.

"나도 한 가지 물어보자."

"네, 이사형."

"천부선공, 누구에게 배웠냐? 사부님은 네가 둘째 사백께 배웠다고 생각하시던데."

둘째 사백은 현기명의 사형 신운섭을 말한다. 워낙 기인이 라서 오히려 현기명이 멀쩡한 사람처럼 보일 정도라고 알려져 있었다.

"실은……."

김현은 황철호라면 이해할 거라 확신하면서 진실을 털어놓았다.

"……엘프에게서 천부선공을 배웠다?"

황철호는 기가 막혔다. 막내의 능력이 범상치 않다는 사실은 처음 본 순간부터 알고 있었지만, 가상현실의 스킬을 현실에서 익혔다니.

하지만 비정상의 세계, 온갖 능력을 가진 각성자들이 우글거리는 세계에 익숙해졌기에 황철호는 금세 그 사실을 받아들일 수 있었다.

"그 엘프는 어떻게 천부선공을 알고 있지?"

"그건 저도 잘 모르겠어요. 셀레스카르 사부님께 물어볼 수도 없는 문제라서요."

"하긴."

황철호는 '사부님'이라는 호칭을 그냥 넘기지 않았다. 이 녀석에게 그 엘프는 진짜 사부님이었다.

이번엔 손가락 세 개에서 각각 기가 뿜어져 나와 이제 막 벽으로 나온 바퀴벌레 삼 형제를 죽였다.

벌레들이 우수수 떨어졌다.

김현의 눈이 반짝거렸다. 한 가지 질문만 더 확인한 후에는 반드시 저 무공을 배우고 말리라 김현은 마음먹었다.

"이사형, 싱크 현상은 왜 일어날까요?"

김현은 황철호로부터 진실을 듣고 싶었다.

"나도 모른다. 로고스 길드의 똑똑한 박사 놈들이 연구하고 있으니 언젠가 알아내겠지."

"페플은 뭐죠? 아무리 생각해도 가상현실 같지 않아요."

"내 생각엔…… 페플은 다른 세계다. 차원이 다른 세상이랄까. 페플 시스템은 그 세계와 이곳을 이어 주는 도구라고 나는 생각한다."

김현은 '차원이 다른 세상'이라는 말에 그 멋진 무공도 잠시 잊었다.

"다른 세상이라구요? 그, 그렇다면 진짜로 드래곤이 있는 거네요?"

"로고스 길드에 프랑켄슈타인이라는 미치광이 교수가 있다. 그 작자 말에 따르면, 그 세계와 우리 세계는 아주 오래전부터 맞닿아 있었다더구나. 그러다가 특정한 조건이 만족되면 경계가 옅어지고 여기서 그쪽으로, 그쪽에서 이쪽으로 넘나들 수 있게 된다지, 아마. 신화, 전설, 각종 민담에 등장하는 신, 유령, 귀신 그리고 도깨비 같은 것들이 실제로 존재할 가능성이 매우 높다는 거지."

"와아! 전 그런 생각, 상상도 못 했어요."

김현은 겔란드를 비롯한 사형들을 떠올렸다. 그들은 실제로 존재하는 사람들이었다!

"섣불리 결론을 내리진 마라. 페플은 가상현실, 즉 가짜일 수도 있으니까. 모네타와 블랙 그리고 현문도 공식적인 입장은 가상현실 쪽이다."

"의견이 갈린 거네요."

김현은 그 이상으로 갈등과 충돌이 있다고 확신했다.

"목적이 다른 조직이니까 어쩔 수 없지."

황철호는 담배를 껐다.

"페플 그룹은 진실을 알고 있을까요?"

"그럴 수도 있고, 아닐 수도 있다. 진실이 묻히는 세상이니까. 너도 알지? 사람들 앞에서 능력을 보여도 대부분 금세 잊어버린다는 거."

"알아요."

김현은 안진후와 윤태희가 '세계의 의지'라고 부르는 그 기이한 현상을 경험으로 알고 있었다.

"아무튼, 그 여자를 조심해라."

황철호는 진지했다.

"알았어요. 근데 손가락으로 어떻게 한 거예요?"

김현은 궁금증을 도저히 참지 못했다.

그 모습에 황철호는 웃음을 터트렸다.

"넌 무술만 보면 정신을 못 차리는구나. 좋다, 가르쳐 주마. 어차피 수련을 쌓아야 실전에 쓸 수 있고, 그 전까지는 그저 보기만 해도 공부가 되니까."

황철호는 '청지풍'의 요체를 간략하게 설명했다.

방식은 간단했다.

먼저, 몸 내부로 흐르는 기를 단숨에 응축시킨다. 그다음 압축된 기를 어깨, 팔을 거쳐 손가락 끝으로 보낸다.

마지막이 중요했다. 단숨에 기를 뿜어내는데, 궁수보다 훨씬 더 예민한 집중력과 정신력이 요구된다는 게 황철호의 설명이었다.

몇 번 황철호의 도움을 받아 청지풍을 따라 했더니 메시지 창이 나타났다.

청지풍

천무관이 자랑하는 무술 중 하나.
극에 이르면 열 손가락으로 제각기 다른 방향의 목표물을 꿰뚫는 열 개의 바람을 만들어 낼 수 있습니다. 각 바람은 저마다 다른 성질로 만물을 자르거나 벨 수 있습니다.

김현은 그 메시지 창 내용을 황철호에게 설명했다.

"놀랍다. 아마도 그게 네 능력인 모양이다. 난 천무관에서 익힌 무술 중 어느 것도 스킬로 등록되지 않았으니까."

황철호는 솔직하게 부러움을 드러냈다.

"다 이사형 덕분이에요."

김현은 진심이었다.

"아, 맞다! 수문례 일정이 잡혔다. 다음 달 말쯤에 넌 공식적으로 내 사제가 될 게다."

"힘들진 않겠죠?"

조심스럽게 묻는 김현.

"만계에서 10년 넘게 버틴 놈이 하루쯤 고생하는 게 뭐 힘들어?"

"사람들 앞에 서는 건…… 좀 그래요."

"안다. 나도 그러니까."

황철호는 만난 지 얼마 안 된 막내 사제가 무척이나 사랑스러웠다. 저 정도 재능에 노력까지 겸비한, 그야말로 최고의 인재인데도 사람들 앞에 나서기를 꺼릴 만큼 겸손한 마음을 잃지 않았다.

'얼마나 올라갈지 나도 기대가 돼. 이 녀석이 싫다고 해도 천무관의 꼭대기로 밀어 올려야겠어. 이 녀석이라면 천무관을 제대로 바꿔 놓을 테니까.'

그때, 한 줄기 차가운 바람이 흘러들었다. 다음 순간, 낯선 남자가 방에 나타났다.

잠시 적막이 흘렀다.

김현은 그 남자의 등장에 눈이 커졌다. 현섬 같은 공간 이동술은 아니지만 굉장히 은밀하면서도 민첩한 몸놀림이 인상적이었다. 그 남자도 김현을 보고는 당황한 눈치였다.

둘 다 아는 황철호는 어떻게든 이 순간을 모면할 설명을 찾는 중이었다.

김현이 먼저 입을 열었다.

"이사형, 화장실 청소 좀 하세요. 너무 더러워요. 아, 손님이 오셨네요. 안녕하세요."

김현은 화장실에서 이제 막 나온 것처럼 연기하다가 그 남자를 보고 살짝 고개를 숙였다.

"험험, 이쪽은 곧 내 사제가 될 김현, 이쪽은 고향 후배 노우석. 인사해라."

눈치 빠른 황철호가 김현의 연기를 이어 나갔다.

"안녕하세요. 김현이에요."

김현은 노우석의 얼굴을 정면으로 바라보았다.

"노우석이다."

노골적으로 사람을 무시하는 스타일이었다. 그러나 고개를 돌린 노우석은 인상을 구긴 황철호를 보며 안절부절못했다.

"이사형, 전 이제 갈게요. 오늘 초대해 주셔서 고맙습니다."

김현이 밖으로 나가자 황철호는 복도까지 따라 나갔다. 노우석은 현관문을 쳐다보지도 않고 리모컨을 찾아서 텔레비전을 켰다.

김현을 배웅하고 돌아온 황철호는 옆으로 치워 놓았던 사발면의 젓가락을 발가락으로 잡아서 던졌다.

파공음을 내며 날아드는 젓가락.

텔레비전 화면을 가득 채운 걸 그룹에 열광하던 노우석이 무심코 손을 뻗어 젓가락을 잡았다.

"악!"

그 젓가락에 깃든 힘에 끌려 노우석은 벽에 처박혔다.

"형님! 이건 새로운 무공이죠? 저 좀 알려 주세요."

오히려 눈을 반짝거리며 다가오는 노우석.

"연락하고 오라고 몇 번이나 말했을 텐데."

황철호의 미간이 잔뜩 찌푸려져 있었다.

"에이, 형님 집에 손님이 있을 줄 누가 상상이나 했겠어요? 정말 저 꼬맹이가 천무관에 들어오는 거예요? 아주 약해 보이던데요. 저랑 싸우면 누가 이길까요? 제가 왼손만, 아니 손가락 하나만 사용해도 압승이겠죠?"

황철호는 진실을 말함으로써 노우석의 저 건방진 콧대를 꺾고 싶었지만, 김현이 훨씬 강하다는 말을 하는 순간 노우석은 거머리처럼 김현을 쫓아다닐 거라는 사실을 누구보다도 잘 알았기에 꾹 참았다.

"시끄럽다."

"형님, 던전 실습이 있다는 건 알고 계시죠? 사실 그것 때문에 형님을 찾아온 거예요. 뭐, 물론 무공도 배우면 좋구요. 그러니까 형님도 절 좀 반겨 주세요. 저처럼 형님을 좋아하는 사람은 세상에 없을 거라구요."

종알대는 노우석.

황철호는 감정이 이끄는 대로 행동했다. 노우석을 두 손으로 번쩍 들어 창문 밖으로 던진 것이다.

"여, 여기는 12층이에요!"

"잘 가라."

비명이 저 아래까지 길게 이어졌다.

소 포

"이쪽에 설치하시면 됩니다."

안진후는 칠판처럼 기다란 물건을 든 사람들을 쥐구멍으로 안내했다. 쥐구멍의 한쪽 벽은 깔끔하게 정리되어 있었다.

세 명으로 구성된 '와이드월'의 설치 팀은 벽에 그 장비를 고정시키기 위해 작업을 시작했다.

한 시간 만에 설치 과정은 끝났다.

"수고하셨습니다."

안진후는 그들을 내보낸 후, 쥐구멍으로 들어가 흡족한 눈빛으로 와이드월을 바라보았다.

어마어마하게 비싸기 때문에 돈지랄이라는 생각이 들었지만, 이런 데 돈을 안 쓰면 어디에 쓰나 싶었다.

"파워 온."

안진후가 말하자 음성인식을 한 와이드월이 스스로 켜졌다.

가로 8미터, 세로 3미터에 이르는 디스플레이 전체가 파랗게 빛을 발하다가 서서히 까맣게 변했다. 그리고 중앙에 아름다운 보라색 눈이 나타났다. 그 눈은 정확히 안진후를 쳐다보았다.

-와이드월이 안진후 님의 명령을 기다립니다.

기계음이었다.

발음이 좋은 남자나 여자의 목소리를 넣을 수도 있지만, 확실히 기계는 기계다워야 한다.

안진후는 설정을 불러내어 음성을 껐다.

맞은편 벽에 붙여 놓은 소파에 앉아서 이 거대한 디스플레이로 영화를 볼 때나 필요한 기능이었다. 그보다는 손짓, 즉 제스처 방식이 훨씬 유용했다.

안진후는 손짓만으로 자신의 서버에 연결해 잔뜩 쌓여 있는 자료를 불러냈다. 곧 공지우의 사진과 각종 자료가 중앙에 나타났고, 사방으로 가지가 뻗어 나가며 관계가 깊을수록 가까운 곳에 사람들이 생겨났다. 순식간에 디스플레이 전체가 사람들로 이루어진 나뭇가지로 가득 차 버렸다.

서버는 여전히 안진후가 던진 빅 데이터를 분석하여 관계의 깊이를 계산하고 있었다. 누가 공지우와 가까운지, 왜 연

싱크

락이 빈번한지를 알아내기 위해 머신 러닝 알고리즘이 적용되었다. 물론 프로그래밍은 안진후가 예전에 짜 두었던 소스를 약간 변형한 것이다.

공지우 왼쪽에는 주로 페플 그룹 관계자들이 나타나 있었다. 미국에서 공지우를 스카우트한 사람은 놀랍게도 전략기획부문 사장 한석주였다. 그 때문에 공지우와 가장 가까운 사람들 중 하나로 한석주가 나와 있었다. 그 순위나 위치는 빅 데이터 분석 결과에 따라 바뀔 수 있었다.

업무상 자주 연락을 해야 하는 직원들이 한석주 옆에 붙어 있었다. 최근 페플 메이저 업데이트 기자 간담회와 관련해서 집중적으로 이메일을 주고받은 사람들 중에는 페플 심층기반부문의 수석 연구원 송전욱도 포함되어 있었다.

"일단 이 사람들은 제쳐 놓자."

안진후는 공지우 오른쪽으로 옮겨 갔다.

현재 공지우는 호텔 레지던스에 머물고 있었다. 직접 음식을 해 먹을 수 있는 레지던스에서 잠을 자고 직접 요리를 한 다음에는 호텔 헬스클럽에서 땀을 흘렸다. 그 때문에 레지던스 담당자에게 전화를 거는 횟수가 꽤 많았다.

안진후는 공지우가 꽤 꼼꼼해서 이것저것 지적하느라 그 담당자 번호까지 외웠을 거라고 생각했다.

공지우의 카드 사용 내역을 통해 확인한 삶의 패턴은 대단히 단순했다.

아침 일찍, 보통은 식사까지 마치고도 8시 전에 출근했다. 회사에서 일하다가 저녁에 퇴근을 하면 즉시 헬스클럽에서 시간을 보냈다. 그다음 레지던스로 돌아가 간단한 요리로 배를 채운 다음, 한두 시간 책을 읽거나 영화를 보다가 잠이 들었다.

남자를 만나는 일은 매우 드물었다. 그리고 일주일에 한두 번은 헬스클럽 대신 칵테일 바 같은 곳으로 가서 시간을 보냈다.

"이제부터 본격적으로 시작해 볼까."

안진후는 모아 놓은 데이터를 통해 '정상적인 하루'를 구성했다. 비정상적인 일탈을 찾아내기 위해서였다. 평소 하지 않는 일이 중요할 가능성이 높기 때문이다.

들어 올린 손을 펼치자 뭉쳐 있는 데이터가 확대되며 내부에 있던 사진, 영상, 각종 자료들이 와이드월 전체를 채웠다.

안진후는 얼핏 보고 관계가 없는 것들은 손으로 치워 버렸다. 와이드월은 그 손짓을 인식하고 안진후의 의도대로 선택된 자료를 귀퉁이에 마련된 휴지통에 집어넣었다.

"찾았다."

지난 한 달 동안 딱 한 번 있었던 일이었다.

안진후는 공지우가 혼자 가서 식사를 한 이탈리안 레스토랑 이름을 중얼거렸다.

"규문?"

싱크

그 레스토랑 홈페이지를 찾아서 들어갔더니, 셰프의 별명이 규문이라서 이탈리안 레스토랑에 어울리지 않는데도 그 이름을 내걸었다는 설명이 나와 있었다.

안진후는 고개를 갸웃거렸다. 어디서 들어 본 이름인데 생각이 나지 않았다.

"아! 맞아. 성기사 규문! 태희 누나가 데스나이트를 잡을 때 같이 싸웠던 그 성기사 이름이 규문이었어."

안진후는 레나세르에게 집적대다가 죽기도 했던 경박한 성기사를 떠올리며 웃었다.

아니라고, 관계가 없다고, 우연이라고 생각했지만 안진후는 이미 성기사 규문에 대한 정보를 모으고 있었다.

프리벨리지 제로의 권한 덕분에 성기사 규문의 게이머 신상 정보를 쉽게 찾을 수 있었다. 레나세르와 함께 활동했을 뿐 아니라 엄청나게 강한 성기사라서 검색이 오히려 쉬웠다.

이름은 조규문, 나이는 31세, 직업은 나와 있지 않았다. 굳이 입력할 필요가 없는 정보여서 대부분의 게이머가 직업을 비워 놓았다.

그러나 정액제를 위해서는 카드나 계좌 정보가 필수적이었다. 안진후는 금융 정보 덕분에 이탈리안 레스토랑의 셰프 규문이 바로 성기사 규문이라는 사실을 확인했다.

안진후는 백색의 갑옷을 입은 성기사 규문의 사진을 띄웠다.

"당신도 능력자야?"

땅 위로 튀어나온 부분을 당겼더니 그 아래로 감자나 고구마 같은 것들이 줄줄이 올라오는 느낌이었다.

심호흡으로 마음을 가다듬은 안진후는 페플파크 밖으로 나와 택시를 탔다. 목적지는 레스토랑 규문이었다.

붐비지 않는 시간이라 자리는 많은 편이었다. 안진후는 창가에 자리를 잡고 파스타와 피자를 주문했다. 그리고 화장실로 가는 척하며 주방으로 들어섰다.

주방은 스테인리스 특유의 은회색 빛으로 가득했다. 수십 개의 프라이팬이 차곡차곡 쌓여 있고, 바닥에는 물방울 몇 개만 떨어져 있었다.

주문을 받은 셰프가 저쪽에서 요리를 시작했는데, 프라이팬이 공중에 둥실 떠 있었고 기름과 마늘이 저절로 프라이팬으로 이동했다.

안진후는 할 말을 잃었다.

그때, 셰프가 몸을 돌려 안진후를 쳐다봤다.

"무슨 일이에요?"

그 얼굴, 바로 조규문이었다.

안진후는 멍한 눈으로 조규문을 보며 속으로 수를 세었다. 열까지 천천히 센 그는 쾌활하게 웃으며 대답했다.

"화장실이 어디죠?"

"나가서 오른쪽으로 가면 됩니다."

"네."

안진후는 몸을 돌려 나오면서 등으로 꽂히는 예리한 시선을 느낄 수 있었다.

마치 카메라 앞에 선 연기자처럼 주위를 두리번거리며 화장실로 들어선 그는 손을 씻으며 거울을 쳐다봤다. 거울 속 남자는 땀을 흘리고 있었다.

"침착해. 침착하면 돼."

안진후는 창가로 돌아가서 앉았다.

잠시 후, 주문한 요리가 나왔다. 놀랍게도 셰프가 직접 파스타와 피자를 가지고 나왔다.

"혼자 오셨네요."

"가끔 혼자 다녀요. 항상 그렇지는 않구요."

"맛있게 드세요."

"네."

안진후는 주방 쪽을 쳐다보지 않으려 애를 쓰느라 파스타 맛도 제대로 느끼지 못했다.

그래도 다 먹어 치우고 레스토랑을 나오는데, 셰프가 창가에 서서 밖을 바라보고 있었다. 그냥 내다보는지 아니면 지켜보고 있었는지 안진후는 알 수가 없었다.

하나는 확실했다.

'저 사람은 능력자야. 공지우에 이어서 조규문까지. 태희 누나는 조규문에 대해서도 알았을까?'

집에 도착한 안진후는 와이드월에 새로운 정보를 추가했다. 그리고 인터넷의 바다에 뿌려 놓은 봇에 새로운 명령을 내렸다. 조규문과 관련된 모든 정보를 찾아내어 서버로 전송하라는 내용이었다.

공지우에 대한 정보를 통해 조규문을 발견했으니 조규문을 파고들면 또 다른 능력자, 어쩌면 길드에 대해서도 알게 될지 몰랐다.

그때, 초인종이 울렸다.

안진후는 화면으로 누가 왔는지 확인했다. 택배 기사였다.

안진후 앞으로 온 물건은 그리 크지 않았지만 보낸 사람이 누군지 본 안진후는 깜짝 놀랐다.

문을 닫고 거실로 온 안진후는 고스트 커넥터 앞에 주저앉아 소포를 뜯었다. 안에는 메모리 카드가 들어 있었고, 나머지는 뭉친 신문지 같은 것들이었다.

심호흡으로 마음을 가다듬은 안진후는 메모리 카드를 컴퓨터에 꽂았다. 곧 영상이 나타났다.

-한동안 내가 연락도 받지 않고 바쁘게 돌아다녀서 이상하다는 생각을 했을 거야. 뒤늦게 진실을 알리게 되어 미안해. 하지만 이 누나가 어떤 사람인지는 네가 더 잘 알 거야. 걱정 안 해도 돼. 누나는 알아낼 게 있어서 오랜만에 스릴 만점의 작전을 짜서 실행하는 중이니까. 부모님께는 외국 출장이라고 둘러댔어. 혹시 부모님께서

네게 연락하면 그렇게 말해 줘. 나는 지난번 칵테일 바에서 만난 능력자를 통해 그 길드의 일원이 될 거야. 어떤 사람들이 있는지, 그들이 무엇을 아는지 알아내기 위해서 내린 결정이니까 존중해 줘. 김현에게도 잘 이야기해 주고. 너와 김현의 능력이라면 내가 누구를 만나는지, 어디에 있는지 찾아낼 수 있을 것 같아. 하지만 날 믿고 가만히 기다려 주었으면 해. 너희가 설치면 내 의도가 탄로 날 테고, 그러면 상황이 좀 복잡해지잖아. 무슨 말인지 넌 잘 알 거야. 미리 이야기 못 해서 미안해. 넌 내 마음을 이해할 수 있으리라 믿어. 나 역시 너처럼 내 존재 가치를 확인하고 싶으니까. 난 진실을 알아낸 다음에 반드시 돌아갈 거야. 알겠지? 그날까지 귀여운 모습 그대로 남아 있기를. 마지막으로, 김현에겐 이거 보여 주지 마. 쪽팔리니까. 네가 알아서 잘 설명해 줘.

영상은 끝났다.

디월드 뎁스 파이브의 세계에서 성장하기 위해, 스스로 자신의 가치를 확신하기 위해 처절하게 몸부림을 쳤던 안진후는 윤태희의 마음과 결정을 그녀 자신만큼 이해할 수 있었다.

그 문제는 다른 사람이 해결할 수 없다. 본인이 스스로, 직접 부딪쳐서 결과에 이르러야 한다. 자기 자신만이 풀 수 있는 문제니까.

메모리 카드를 빼내어 서랍 깊숙한 곳에 넣는데 박용준이 거실로 나왔다. 그리고 김현이 고스트 커넥터 바로 옆에 나타났다. 김현의 얼굴은 흥분으로 빛나고 있었다. 할 말이 있는 모양이었다.

고스트 커넥터 때문에 소파를 치워 버려 세 사람은 식탁에 모여 앉았다. 김현이 말했다.

"공지우는 모네타 길드에 속한 사람인데, 대단히 위험한 사람인 것 같아. 증거는 없지만 각성자를 몇 명이나 죽인 모양이야."

안진후는 '위험한 사람', '몇 명이나 죽인 모양'이라는 말에 갈등을 느꼈다. 윤태희의 말대로 가만히 있어야 할지, 아니면 좀 더 적극적으로 모네타 길드 상황을 살펴야 할지 결정을 내리기 힘들었다.

"누나에게서 연락이 왔어."

결정을 내린 안진후가 말했다.

"뭐?"

김현은 놀란 눈으로 안진후를 노려보았다. 순간적으로 평정심이 깨지고, 내면의 분노가 눈빛으로 고스란히 드러났다.

"우리 예상대로 공지우를 만났어. 이유는 그 사람들, 그러니까 각성자들을 만나서 대체 왜 이런 현상이 벌어지는지 알아내기 위해서야. 누나는 저널리스트로 취재하기 위해 길드 내부로 들어간 거야."

"언제 연락 왔어?"

"10분 전쯤에."

"목소리를 들었어?"

"응."

"괜찮은 것 같았어?"

"평소처럼 활달했어."

안진후는 일부러 김현의 눈을 쳐다보며 대답했다. 제발 자기 목소리와 눈빛이 흔들리지 않기를 빌면서.

"다행이다."

김현은 안도의 한숨을 내쉬었지만, 안진후에게서 눈을 떼지 않았다.

안진후도 계속 김현을 응시하고 있었다. 먼저 고개를 돌리면 안 될 것만 같았다.

"그래도 위험한 거 아니야? 공지우가 몇 명이나 죽인 살인자라면 말이야."

박용준이 끼어드는 바람에 긴장이 풀어졌다.

"태희 누나는 괜찮을 거야. 지난번에 영안실 갔었는데, 누나는 시체를 보고도 눈도 깜짝하지 않았어. 기자 시절에는 흉악한 범죄자들과 부딪친 적도 많은 것 같았어."

김현이 말했다.

"영안실을 갔었어? 왜?"

놀란 박용준.

부드럽게 웃으면서 설명하는 김현. 지금은 고통을 느끼지 않고도 당시를 떠올릴 수 있다.

박용준은 그 이야기를 자세히는 몰랐기 때문에 입을 쩍 벌린 채로 감탄했다.

"너, 또 강해졌지?"

안진후가 김현을 보며 물었다.

"무슨 말이야?"

"요즘엔 마법사의 돌로 기령환에 진기를 채우지 않잖아. 집에서 여기까지 꽤 거리가 있는데도 어려움 없이 왔다 갔다 하는 것 같아서."

"예리한데."

"털어놔 봐."

안진후는 김현의 관심을 다른 곳으로 돌릴 수 있어서 다행이라고 생각했다.

"내공을 기령환에 주입하는 방법을 찾아냈어. 최근엔 내공이 2갑자로 늘기도 했고."

"내공?"

"뱀파이어 여신관 덕분에 1갑자의 내공이 생겼거든. 롭시스 국수 때문에 또 1갑자 추가됐고."

"그 이야기, 처음 듣는 것 같은데."

"내가 말 안 했던가?"

김현은 장난스럽게 그리고 자연스럽게 웃었지만, 안진후는 그럴 수 없었다.

오늘 갔던 이탈리안 레스토랑의 주방에서 조규문은 마음대로 프라이팬 등을 움직였다. 그의 능력은 염력이었다. 조규문의 염력과 김현의 내공은 안진후를 자극하기에 충분했다.

현실에서 불의 정령 슈뢰딩거를 소환할 수 있지만, 디월드 덴스 파이브의 세계에서 겨우 얻은 마법의 힘은 아직이었다. 최근 염력이 생겨났지만, 함부로 사용했다가는 뱀파이어처럼 피를 마시게 될 것 같아서 엄두도 낼 수 없었다.

죽을힘을 다해서 쫓아가면 김현은 더 먼 곳으로 가 있는 느낌이었다. 게다가 다른 놈들까지 하나둘씩 나타나고 있다.

안진후는 승부욕에 사로잡히지 않으려고 애를 썼다.

그런 감정에 휩싸인다고 해서 당장 조규문이나 김현의 능력을 뛰어넘을 방법은 없다. 오히려 머리를 굳게 만들고 가슴을 공허하게 만들어, 앞으로 나아갈 추진력을 갉아먹기만 한다.

"난 이번에 감탄했어."

김현이 말했다.

"뭘?"

"네 능력."

"능력? 무슨 능력?"

"넌 컴퓨터 한 대만 있으면 무엇이든 다 알아낼 수 있잖아. 태희 누나가 누굴 만났는지 전혀 모르는 상태에서 넌 공지우라는 사람을 찾아냈어. 영화에 나오는 해커보다 더 굉장했어."

"나도 그렇게 생각해."

박용준이었다.

안진후는 가슴으로 퍼져 나가는 안도감을 느낄 수 있었다.

사람은 참으로 간사한 존재였다. 조규문과 김현 때문에 자극을 받아 잔뜩 흥분했다가 저 순수한 칭찬에 마음이 이토록 쉽게 풀어지다니. 아마도 그 칭찬이 진실이기 때문이리라.

정보가 모조리 연결된 이 세계에서 해킹은 또 하나의 능력이라 부를 만했다.

공지우가 공간 이동으로 여기저기 돌아다닌다고 해도 그녀 역시 먹고 자고 입어야 하는 사람이다. 그 흔적은 삶에 대해 많은 부분을 설명해 준다.

"천재의 진가를 뒤늦게 알아차리다니. 그래도 전혀 모르는 것보다는 훨씬 낫지."

그 말에 박용준은 음식을 준비하기 위해 냉장고 쪽으로 갔고, 김현은 고스트 커넥터로 가서 내부를 들여다보았다.

"스테이크 먹자."

엄청난 허기를 느낀 안진후는 박용준 옆으로 가서 말했다. 파스타와 피자를 먹은 지 두 시간도 안 되었지만 또 배가 고팠다.

김현은 끼어들어 안 된다고 말하려다 참았다. 일단 스테이크를 먹은 후에 적두를 건네면서 설명을 해야겠다고 마음먹었다.

"고기가 없어."

냉장고를 확인한 박용준이 말했다.

"사 올게."

안진후는 신이 나서 밖으로 나갔다.

지하철역 밖으로 나오자 강렬한 햇살에 눈이 찌푸려졌다.

선글라스를 꺼내어 쓴 윤태희는 현문의 길드 하우스가 어디인지 빨리 알아내어 찾아가려는 교육생들 뒤를 별생각 없이 따라다녔다.

크고 작은 간판들.

핸드폰을 귀에 대고 떠들며 걷는 남자.

정류장에서 버스 오기를 기다리는 사람들.

도로를 가득 채운 채 어디론가 바삐 달리는 자동차들.

윤태희는 평온한 일상의 풍경에 잠시 눈길을 주었다.

던전 플레이를 함께했던 이유정이 뒤로 처진 윤태희를 힐끔 쳐다보다가 용기를 내어 옆으로 갔다.

"언니라고 불러도 되죠?"

윤태희는 상대가 무안할 만큼 빤히 이유정을 쳐다볼 뿐이었다.

"저도 언니처럼 옛날 기억이 거의 없어요."

"그래?"

드디어 반응한 윤태희.

안도하며 가볍게 숨을 내쉬는 이유정.

"하늘에서 떨어졌을 리 없으니 제게도 가족이 있을 텐데, 좀처럼 기억이 나지 않아요."

"이유는 생각해 봤니?"

"그 빨간 약의 부작용이잖아요."

"왜 일부 사람들만 기억이 지워질까?"

"원래 부작용이란 게 그런 거잖아요."

"로고스 길드에서 왔다고 했지?"

"네, 언니."

이유정은 '언니'라는 말을 붙였다. 벌써부터 저 위쪽 사람들에게 인정을 받은 윤태희와 친해지면 앞으로 큰 도움이 될 터였다.

"거기 사람들은 사소한 의문도 놓치지 않고 끈덕지게 물고 늘어진다는데, 넌 아니구나."

"그, 그건……."

"넌 기억하고 있어, 네 과거를. 아주 선명하게. 그렇지?"

"……."

이유정은 아무 말도 못 했다. 아니라고 말하고 싶지만 그래 봐야 소용없음은 분명했다.

윤태희는 선글라스를 벗어 주머니에 찔러 넣었다. 햇살 때문에 얼굴이 일그러졌다.

"왜 거짓말을 했을까? 아, 날 이용하려고? 공감대를 형성해서 언니, 동생 관계가 되면 언젠가 도움이 될 거라서? 어린 게 못된 걸 먼저 배웠구나. 앞으론 그러지 마."

기다란 손가락이 이유정의 이마를 가볍게 밀었다.

굴욕과 수치로 몸을 떠는 이유정을 뒤로하고서 윤태희는 다시 선글라스를 쓰며 걸었다. 입꼬리가 살짝 올라갔다.

이유정의 자존심을 사정없이 꺾는 순간, 말로 표현할 수 없는 쾌감이 솟구쳤다. 표정 관리를 하지 않았다면 웃음이 터졌을지도 모른다.

"이쪽이야."

엄명욱이 좁은 길을 가리키며 말했다.

교육생들은 그 길로 들어섰다. 소매로 눈물을 닦은 이유정은 재빨리 그들과 합류했다. 윤태희는 이유정이 무슨 말을 할지 듣지 않아도 알 수 있었다. 윤태희라는 여자가 얼마나 몰상식한지, 얼마나 사악한지 없는 내용까지 만들어 낼테니까.

상관없다.

교육생들이 멈춰 선 곳은 낡은 건물 앞이었다. 거기 건드리기만 해도 떨어질 듯한 녹슨 간판 하나가 붙어 있었다.

현문 헬스장

윤태희는 소리 내어 웃을 뻔했다.

모네타 길드 하우스는 녹색의 잔디가 펼쳐진 대지에 우뚝 선 신식 빌딩이었다. 로고스의 길드 하우스는 대학 연구소 분위기를 풍기는 견고한 벽돌 건물이었다.

교육생들은 교관에게서 받은 주소를 확인했다. 바로 이곳이 현문의 길드 하우스였다.

"여기 맞아?"

정문석이 고승조를 보며 물었다.

현문 출신 고승조는 고개를 저었다.

"길드 하우스는 나도 처음이야. 정식으로 입문하기 전에는 올 수 없는 곳이거든."

"일단 올라가자."

백정현이었다.

그들은 계단을 딛고 3층까지 올라갔다.

껌이 까맣게 붙어 있는 계단과 음란한 낙서로 엉망인 벽이 윤태희의 눈에 들어왔다. 윤태희가 혀를 차는 순간, 계단은 이제 막 페인트를 칠한 것처럼 깨끗해졌고 벽도 티끌 하나 없이 새롭게 변했다. 그녀가 올라간 후에는 원래 상태로 돌아갔다.

천천히 계단을 딛고 올라간 윤태희는 유리문을 밀고 안으로 들어섰다. 고급 헬스클럽과는 거리가 먼, 그야말로 동네 헬스장의 모습이었다.

에르고미터는 꿈도 꿀 수 없다. 스파나 사우나 시설을 입에 올리면 바보 취급을 받을 만큼 후진 곳이었다. 녹슨 바벨. 버튼을 눌러도 왠지 움직이지 않을 것만 같은 러닝 머신. 바닥에 깔린 장판은 구겨져 걷기만 해도 뽀뽀 소리가 났다.

한 사람이 창가에 서 있었다.

"하나, 둘, 셋, 넷, 다섯 그리고 여섯. 전부 다 왔군. 이쪽으로 와서 앉도록."

그가 손가락으로 가리킨 곳에는 플라스틱 의자 여섯 개가 놓여 있었다.

교육생들은 눈살을 찌푸리면서도 의자로 가서 앉았다. 윤태희 역시 남은 의자에 앉았다.

"나는 노우석, 현문의 실세이자 질풍대를 이끄는 대주다."

노우석이 원했던 반응은 교육생들로부터 나오지 않았다.

"하하, 설마 노우석이라는 이름을 처음 듣는 건 아니지?"

"처음 듣습니다만."

정문석이 말했다.

"말도 안 돼. 아, 알았다. 류승모 그 새끼가 중간에 장난을 친 거야. 그렇게 된 거야."

류승모는 현문 출신 아카데미 교관이었다.

혼자 중얼거리던 노우석은 헛기침을 몇 번 한 후에 교육생들을 바라보았다.

"오늘 너희는 페플 세계의 군사력에 대해서 배운다."

그렇게 말한 노우석은 마룬타 대륙의 지도를 가져와 벽에 붙였다.

어느새 긴 나무 막대까지 준비한 노우석이 처음으로 가리킨 곳은 바로 룬트란 왕국이었다. 북쪽으로 중명 제국이 있고, 남쪽으로는 레나르카 왕국, 라모넬린 공국 등이 있는 지도에서 룬트란은 거의 중앙이었다.

"룬트란 왕국이 보유한 상비군이 얼마인지 아는 사람?"

노우석은 교육생들을 바라보며 물었다.

아무도 입을 열지 않았다.

"역시 너희는 아무것도 모르는 바보였……."

"5만 명."

윤태희가 답했다.

노우석의 눈이 커졌다. 아카데미 교육의 일부를 맡은 이후, 이 질문에 대답한 사람은 처음이었다.

"용병군까지 포함하면 15만 명."

다리를 반대로 꼬면서 윤태희가 덧붙였다.

"정확해. 다들 박수!"

노우석은 맹렬하게 박수를 치며 윤태희를 쳐다봤다.

윤태희에 대한 이야기는 널리 알려져 있었다.

'현문 길드로 오면 딱인데. 저 도도한 눈빛 좀 봐. 수컷 일색인 현문의 분위기를 단번에 바꿀 수 있을 거야.'

그때, 엄명욱이 손을 들었다.

노우석이 고개를 끄덕이자 엄명욱이 말했다.

"저는 왜 룬트란 왕국의 군사력을 알아야 하는지 모르겠습니다."

다른 교육생들도 마찬가지 반응이었다.

노우석은 천천히 시선을 옮겨 윤태희를 쳐다봤다. 귀찮은 듯한 표정 그대로 윤태희가 입을 열었다.

"적에 대한 정보도 모르면서 전쟁을 할 수는 없으니까."

"빙고!"

노우석이 또 박수를 쳤다.

교육생들은 서로를 쳐다보았다. 전쟁이라니! 적이라니!

"여러분이 왜 여기 있을까? 바로 여러분은 각성을 했기 때문이지. 그러면 각성은 뭘까?"

교육생들은 빨간 알약을 복용함으로써 각성이라는 과정을 거쳤음에도 그 질문에 속 시원히 대답할 수 없었다.

"여러분이 각성한 이유는 바로 싱크 현상 때문이야. 그렇다면 싱크 현상은 뭐지?"

노우석은 교육생들의 침묵을 즐긴 후에 말을 이었다.

"싱크 현상은 가상현실이라고 알려진 페플과 이곳 현실이 기이한 방식으로 연결되어 있기 때문에 일어나는 초과학적 현상이야. 저기 밖에 돌아다니는 머저리들과 달리 여러분은 싱크 현상에 의해 선택받았어. 그게 아니라면 내가 하는 말을 조금도 이해할 수 없겠지. 뉴턴의 운동 제3법칙이 무엇인지 아는 사람, 손!"

노우석의 말에 이유정이 팔꿈치를 옆구리에 붙인 채 손만 살짝 들었다.

"그래, 귀엽게 생긴 너, 말해 봐."

"작용–반작용의 법칙이에요."

"맞아. 내가 이렇게 가서……."

노우석은 그 자리에서 사라졌다.

다음 순간, 노우석은 꾸벅꾸벅 졸던 정문석 옆에 나타났다. 어찌나 빠른지 누구도 눈으로 그 움직임을 좇지 못했다.

"때리면……."

노우석의 손이 정문석의 뒤통수를 갈겼다.

앞으로 나뒹군 정문석은 반사적으로 허리에 찬 단검을 뽑으며 일어섰지만, 이미 노우석은 정문석 뒤로 돌아가 있었다.

"이 녀석은 칼을 뽑겠지? 이 건방진 새끼는 날 향해 칼을 찌를까, 아니면 겁을 먹고 가만히 있을까?"

등 뒤에서 들린 목소리에 정문석은 식은땀을 흘렸다. 단검을 휘둘렀다가는 죽을지도 모른다.

노우석은 정문석의 엉덩이를 걷어찼다.

정문석은 앞으로 밀리며 자연스럽게 의자에 앉았다. 그 자신이 원해서가 아니었다. 한 줄기 시원하면서도 압도적으로 강한 바람의 힘이 그를 옥죄어 의자에 앉힌 것이다.

정문석의 얼굴이 새하얗게 질렸다. 동네 헬스장에 불과한 길드 하우스를 보고서 은연중 현문을 무시했건만.

"이게 작용-반작용의 법칙이야."

노우석은 씩 웃었다.

"……싱크 현상이 우리에게 영향을 준다면, 페플에도 비슷한 방식으로 영향을 줄 수 있다는 뜻입니까?"

현문 출신으로 오늘 처음 노우석을 본 고승조가 물었다.

"바로 그거야! 실제로 증거도 있어. 곧 보게 될 거야."

"교관님은 우리와 페플이 전쟁을 할 수도 있다고 생각하시는 거네요."

이유정이었다.

"난 교관은 아니야. 교관이 되고 싶었지만, 이 매력적인 성격이 문제라서 유니온 늙은이들이 거부했어. 아무튼, 전쟁 가능성은 점점 커지고 있어. 유니온이 나서서 조사한 바에 따르면 페플에도 각성자가 점점 늘어나고 있다니까. 바로 여러분 같은 놈들이 페플에도 있다는 거지."

노우석은 지도 옆으로 가면서 말했다.

룬트란 왕국의 군사력, 각 도시에 포진한 기사단의 규모와 전력, 국경의 방어 상태, 유사시에 동원 가능한 용병단과 무문의 힘 등에 대한 설명이 이어졌다.

수업은 두 시간 만에 끝났다.

"난 너희에게 맛만 보여 준 거야. 나머지는 너희가 알아서 해야 돼. 질문 있으면 해 봐."

"통곡의 벽이라 불리는 사람이 현문 길드에 있다고 들었습니다."

백정현이었다.

"아, 철호 형을 말하는구나. 맞아. 드래곤과 맞짱을 뜬다고 해도 패하지 않을 만큼 강한 사람이니까."

자부심이 느껴지는 태도.

그 말에 교육생들은 깜짝 놀랐다. 그들 역시 통곡의 벽이라 불리는 사람에 대한 이야기를 들었지만, 페플 최강의 생명체라고 알려진 드래곤에게도 밀리지 않는다니.

"그분을 만나고 싶습니다."

고승조가 말했다.

"서두르지 마. 곧 만나게 될 테니까. 하지만 그리 반갑지만은 않을 거야."

그렇게 말한 노우석은 또 사라졌다.

정문석이 화들짝 놀라며 일어서다가 의자와 함께 뒤로 넘어갔다. 헬스장 입구에서 나타난 노우석이 깔깔 웃어 댔다.

말라서 비틀어진 나뭇가지에 까마귀 한 마리가 앉아서 장례식을 내려다보고 있었다.

검은 옷을 입은 유가족 몇 명에게서 신음이 흘러나올 뿐 장례식은 대체로 조용하게 진행되었다. 인부 몇 명이 삽과 곡괭이를 옆에 둔 채 장례식이 끝나기를 기다리고 있었다.

늙은 신관이 성수 몇 방울을 관 뚜껑에 뿌리는 순간, 장례식 절차는 막바지에 이르렀다.

몬스터대전 당시 죽은 자들이 되살아났기 때문에 시작된 전통은 별 의미 없는 지금까지도 지속되고 있었다.

늙은 신관은 지팡이를 짚으며 공동묘지를 빠져나갔고, 유족들은 마지막으로 슬픔을 짜낸 후에 서서히 빛이 사라지고 어둠이 몰려오는 죽음의 땅을 서둘러 벗어났다.

독주로 얼큰해진 인부들은 싸구려 관을 내리고 그 위에 흙을 덮었다. 작업이 끝날 무렵 여름 햇살도 성벽 너머로 사라져 버렸다.

묘지기는 비석 사이로 웃자란 잡초를 밟으며 공동묘지를 한 바퀴 돌아본 후 철문을 밖에서 잠갔다. 그 역시 휴식을 위해 서두르고 있었다.

어둠이 내리깔린 공동묘지.

여기저기 난 구멍을 뚫고 새까만 뱀이 기어 나왔다. 무덤에 구멍을 뚫고 살아가는 쥐를 잡아먹기 위해서였다. 까마귀가 앉았다가 날아가 버린 나뭇가지에는 어느새 박쥐 네댓 마리가 거꾸로 매달린 채 뱀을 내려다보고 있었다.

그때, 오늘 장례식이 끝난 무덤이 들썩거렸다. 땅 아래에서 쿵쿵 소리도 들렸다.

뱀은 숨었고, 박쥐들은 날아가 버렸다.

창백한 손이 땅을 뚫고 올라왔다. 곧 흙이 묻어서 엉망인 얼굴이 땅 위로 모습을 드러냈다.

"빌어먹을 시그나 신관 같으니라고……."

타크란은 시체와 관에 뿌려진 성수 때문에 화가 난 상태였다. 다른 도시는 진작 없애 버린 전통을 왜 이곳 엘루마에서만 고수하는지 이해할 수가 없었다.

손바닥은 불에 그을린 듯 진물이 흐르고 있었다.

신성력이 약한 신관이 뿌린 성수라서 다행이었다. 만약 대신관의 성수가 몸에 닿았다면…… 즉시 팔을 잘라 내야 했으리라.

무덤 위로 올라온 타크란은 근처의 굴로 손을 쑥 집어넣어 검은 뱀을 끄집어냈다. 놀란 뱀이 타크란의 팔뚝을 꽉 물었지만 오히려 뱀파이어의 독이 뱀을 죽였다.

축 늘어진 뱀을 질겅질겅 씹으며 비석 위로 올라선 타크란은 저 멀리 테페오 광장을 둘러싼 마탑을 바라보았다. 저기 어딘가에 그놈이 있을 터였다.

"노바디."

증오를 담아서 이름을 불러 본 타크란은 주머니에서 붉은 알약 하나를 꺼내어 입에 넣고 오물거렸다.

잠시 후, 뱀파이어는 한 마리 박쥐가 되어 하늘로 날아올랐다.

데스 매치

여관방은 조용했다.

이제 막 페플 세계에 접속한 노바디는 침대에 앉아 있었다. 혼자라는 사실이 지금처럼 깊이 다가온 적은 없다. 김현이 노바디가 된 이 순간, 현실이라는 세계는 사라지고 페플이라는 세계가 주위를 에워싼다.

약간의 혼란.

익숙해서 더 이상은 혼란이라고 부르기 힘든 그 감정은 서서히 사라졌다.

노바디는 여관 뒤뜰로 내려갔다. 어둠이 내려앉고 안개가 깔린 채 흐르는 뒤뜰은 괴괴했지만 수련하기에 딱 좋은 분위기였다.

수라부월공부터 펼쳤다. 페플에 와서 처음 익힌 무공이라서 그런지 몸으로 초식을 쏟아 낼 때마다 왠지 모를 그리움이 느껴진다.

다음은 천무삼권이었다. 세 초식으로 구성되어 있음에도 얼마든지 변식이 가능하기 때문에 활용도가 높은 천무삼권은 근접전에 효과적인 무공이었다.

무극심법 제1문 축현과 제2문 쌍각을 자연스럽게 펼친 후, 광현칠검보로 접어들었다. 현재는 첫 번째 초식만 가능했기 때문에 금세 끝이 났다.

목검을 손에 쥐고 숨을 천천히 내뱉던 노바디는 투르카 던전 지하 4층 밸런싱 던전에서 맞닥뜨렸던 스켈레톤 병사들을 떠올렸다. 공기를 가르며 앞으로 뻗은 목검에 안개가 둘로 갈라지며 흘러 다녔다.

뒤로 물러선 노바디는 고개를 흔들었다. 이 정도 찌르기로 밸런싱 던전에 출몰하는 몬스터를 압도할 수는 없다. 좀 더 빠르고 강해야 한다.

밸런싱 던전에서 수라부월공의 약점이 고스란히 드러났다. 강맹하나 무겁고 느린 수라부월공은 가볍고 빠르며 그로 인해 더욱 치명적이었던 스켈레톤의 검을 상대하기 벅찼다. 오히려 몸집이 크고 비교적 움직임이 느린 대형 몬스터를 공략하기에 유리한 스킬이었다.

근접전에 위력을 발휘하는 천무삼권 역시 예리한 검의 방어를 뚫고 다가가기엔 역부족이었다.

무극심법의 타각까지 검으로 막아 버리는 스켈레톤을 죽이기 위해 파워를 펼쳤다. 분신을 만들어 낸 것이다.

문제는 몇 번 파워를 발동하면 내공이 바닥날 뿐 아니라 지쳐 버려 나가떨어진다는 사실이었다. 파워는 아직 실전에 사용할 만큼 능숙한 스킬이 아니었다.

답은 광현칠검보였다. 첫 번째 초식을 통해 규검을 깨달았으니 기대해 볼 만했다.

광현칠검보의 기수식 한정소언은 정이생음으로 이름이 바뀌었을 뿐 아니라 그 위력까지 달라졌다. 공격 타이밍만 맞으면 정이생음의 파괴력은 한정소언의 세 배에 이를 수 있었다.

타각과 좌각을 동시에 펼쳐 공간을 기로 채운 노바디는 목검을 뻗었다.

'규검은 기본적으로 방어형 스킬이야. 상대가 기를 뿜어낸 공간 안으로 들어와야 발동되니까.'

나방 하나가 겁도 없이 규검의 범위 내로 들어왔다가 형체도 남기지 못하고 사라졌다.

정이생음을 꼼꼼히 살핀 후, 노바디는 광현칠검보의 두 번째 초식 기취이퇴로 넘어갔다.

아무리 궁리를 해도 가쿨라 사사형이 보여 준 것처럼 빠른 몸놀림은 불가능했다. 한정소언을 익히는 과정에서 규검을 얻은 것처럼, 기취이퇴 역시 꽤 긴 시간의 수련이 필요할 것 같았다.

나무 기둥에 기댄 채 잠시 쉬면서도 노바디는 밸런싱 던전에서 싸웠던 스켈레톤 병사를 떠올리고 있었다.

놈은 페플에 들어와서 만난 몬스터 중 가장 강했다. 물리적인 힘으로만 따지면 세와타트 산맥 지하에서 싸웠던 엠모르타가 훨씬 세겠지만, 약점을 집요하게 파고드는 공격 방식과 교활하게 느껴질 만큼 스타일을 바꾸는 전투법은 스켈레톤 병사가 몇 수는 위였다.

젤란드와의 대련이 생각났다. 그 스켈레톤 병사는 젤란드만큼이나 뛰어난 무인 같았다.

"맞아, 대련 상대가 필요해. 스켈레톤만큼이나 강한 상대가."

젤란드 대사형은 요즘 바빴다. 영웅회와 관련된 문제를 해결하느라 동분서주 중인데, 생각보다 어려운 모양이었다. 그런 대사형을 찾아가 부탁할 수는 없었다.

가쿨라 사사형은 얼굴을 보기도 쉽지 않았다. 대사형을 돕느라 이리저리 움직이는 듯했다. 아로간타르는 익힌 무술은 위력적이지만 임기응변에 있어서는 아직 여물지 않아서 부족했다.

롭시스 국수를 먹느라 고생할 때, 셀레스카르가 사람들 사이에 서서 던진 말이 갑자기 기억났다.

노바디는 벌떡 일어섰다.

"내가 왜 그걸 잊었지?"

내공을 끌어모아 무극심법 제3문 파위를 펼치자 분신이 나타났다.

노바디가 목검을 들어 올렸다.

분신도 쥐고 있던 목검을 위로 들었다.

목검으로 수라부월공의 맹부단월을 펼친 노바디는 분신이 비어초목을 펼쳐 발목을 노리는 모습을 보고 깜짝 놀라며 뒤로 물러섰다. 분신은 뛰어올라 목검을 내리쳤다. 그 강맹한 기세는 수라부월공의 동령고송이었다.

천무삼권 시위현동의 수법으로 그림자처럼 찰싹 붙어 동령고송을 피한 노바디가 타각을 펼치는 순간, 놀랍게도 분신은 좌각으로 타각의 힘을 상쇄시켰다.

노바디는 펄쩍 뒤로 뛰어서 물러섰다.

분신은 그 자리에 서서 목검을 아래로 내렸지만 언제든지 상대해 주겠다는 자세를 유지했다.

"뭐야? 엄청나게 강하잖아."

"너야말로."

분신이 말했다.

"와우."

"와우."

노바디와 분신은 서로를 쳐다보며 감탄했다.

다시 대련이 시작되었다. 치열한 공방이 오갔다. 서로를 속속들이 알기 때문에 곧 몸은 땀으로 흠뻑 젖었다. 때로는 초식을 펼치기도 전에 간파당해 어깨만 움찔거리기도 했다.

분신은 3분도 못 되어 사라졌지만, 그 여운은 오래 남았다. 자기 자신과 싸운다는 게 얼마나 힘겨운지, 얼마나 치열한지 노바디는 바닥에 누운 채로 깊이 깨달았다.

새벽 햇살에 밝아 오는 하늘을 올려다보던 노바디의 머릿속으로 갖가지 아이디어가 솟아났다.

분신과 대련을 할 수 있다면, 분신과 더불어 합공도 펼칠 수 있을 것이다.

분신의 수를 늘릴 수 있다면?

분신이 제각기 다른 무공을 펼친다면?

지속 시간이 길어진다면?

몸을 일으킨 노바디는 스킬 창을 띄웠다.

현재 무극심법 제3문 파위의 스킬 레벨은 5였다. 제1문 축현은 45, 제2문 쌍각 중 타각은 21, 좌각은 12이니까 파위를 좀 더 집중적으로 수련할 필요가 있었다.

또한 내공도 늘려야 한다.

그때, 메시지 창이 떴다. 미리 정해 놓은 알람이었다. 노바디는 즉시 접속을 끊었다.

샤워를 하고 나오자 아침 밥상이 차려져 있었다. 꽁치김치찌개에 상추쌈이었다. 상추는 유달리 생기가 있어 보였다.

베란다로 나가서 빨래 통에 젖은 수건을 넣던 김현은 기다란 화분 다섯 개를 가득 채운 상추를 볼 수 있었다. 텃밭이라고 해도 과언이 아니었다.

"엄마?"

"방에 있던 상추 일부를 옮겨 심은 거야."

공깃밥을 식탁에 내려놓으며 엄마가 대답했다.

"내 방에 있던 거?"

"어찌나 잘 자라는지 윗집, 아랫집과 나눠 먹어도 남아."

김현은 쭈그리고 앉아 상추를 살폈다.

씨앗 상태에서 물도 없이 싹을 틔우게 만들었던 순간이 떠올랐다. 그 상추가 이렇게 무성해지다니.

"밥 먹자."

"알았어."

김현은 식탁으로 가서 앉았다.

상추에 올린 하얀 밥에 푹 익은 김치를 올린 다음, 뼈째 먹을 수 있는 꽁치 반 토막을 쌓고 화룡점정으로 쌈장을 조금 올렸다. 꽃봉오리처럼 상추를 오므려서 입에 넣고 오물거렸더니 눈물이 날 만큼 맛이 좋았다.

"엄만 최고야."

"많이 먹어."

엄마는 활짝 웃었다.

밥을 두 공기나 먹어 치운 김현은 엄마 눈치를 살핀 후에 입을 열었다.

"페플에서 얻은 아이템을 팔 수도 있나 봐. 인터넷에서 봤는데, 아이템을 팔아서 수천만 원을 번 사람도 있대."

"검이나 방패 같은 거 말하는 거지?"

"엄마도 아는구나."

"교육받고 있으니까. 음, 그렇게 비싼 아이템은 밤낮도 잊고 게임을 해야 겨우 얻을 수 있다는데, 맞니?"

"……아마도."

김현은 속이 뜨끔했다.

"아무리 애를 써도 운이 나쁘면 아무것도 얻지 못할 수도 있다는데, 맞아?"

"그럴걸."

"남는 시간을 이용해서 가상현실을 즐기는 건 지극히 자연스러운 일이지만, 돈을 벌기 위해서 페플에 접속하는 건……돈을 벌기 위해 도박을 하는 거라고 생각해. 노력한 만큼 대가를 얻지 못하잖아. 아무리 오늘 운이 좋아도 내일은, 어쩌면 그 후로는 아무것도 없을 테니까."

"그건 그러네."

김현은 어색하게 웃었다.

이번엔 엄마가 아들의 눈치를 살핀 후에, 조심스럽게 입을 열었다.

"이제 조금씩 준비해야지. 검정고시 말이야."

싱크

"깜빡 잊고 있었어. 알아볼게."

"부담 느껴지면 나중에, 겨울이나 내년에 시작해도 돼."

엄마의 배려가 느껴져, 김현은 잠시 뜨거워진 가슴을 식히느라 가만히 있었다.

"고마워, 엄마."

"나도 고마워, 아들."

김현은 설거지를 마친 후 엄마를 배웅했다. 아직은 교육 기간이라서 엄마는 손을 흔들며 출근했다.

방으로 돌아온 김현은 검정고시 정보를 찾았다. 언제 시험을 칠 수 있는지, 어떤 과목을 공부해야 하는지 확인한 다음, 사람들이 많이 보는 책 몇 권을 주문했다. 책이 도착하면 엄마는 누구보다 기뻐할 것이다.

김현은 베란다로 나가 상추밭 앞에 앉았다. 아무것도 모르는 상태에서 위험천만한 행동을 한 순간이 기억났다. 생명력을 뽑아내어 상추 씨앗을 키우다니, 정말이지 죽을 뻔한 일이었다.

옛날 일이 떠올랐다.

강해지기 위해 겔란드 대사형을 찾아갔던 노바디는 라마간 인근의 숲에서 철목을 쓰러뜨렸다. 한 달이 넘도록 도끼로 철목을 두드렸지만 철목 내부의 기이한 진동을 감지하지 못했다면 절대 해낼 수 없었을 기적이었다.

노바디는 손을 뻗어 상추 잎을 가볍게 쥐었다. 눈을 감으

며 그 잎에 집중하자, 서서히 주위에서 들려오는 소음이 줄
어들었다.

잎 깊숙한 곳에서 진동이 느껴졌다. 핸드폰 진동처럼 단조
로운 움직임이 아니었다. 보다 복잡하고, 보다 역동적인 리
듬은 말로 설명할 수 없는 신비를 품고 있었다.

그 경이를 좀 더 느끼기 위해서, 함께 춤을 추기 위해서 내
부로 파고드는 순간, 리듬은 깨져 버렸다.

놀라서 눈을 뜬 김현은 쥐고 있던 잎뿐 아니라 근처에 있
던 상추들이 어마어마한 속도로 시들어 가는 모습을 볼 수
있었다. 그토록 생기 있던 초록색의 상추는 삽시간에 황갈색
으로 말라비틀어져 흙으로 툭툭 떨어졌다.

김현은 뒷걸음을 치다가 넘어졌다.

미라처럼 말라 버린 뱀파이어 여신관이 생각났다. 죽지
않으려고 발버둥을 친 결과였지만, 멀쩡했던 상대가 미라처
럼 눈앞에서 죽는 과정은 머릿속 깊이 각인될 만큼 충격적
이었다.

달아나듯 방으로 들어선 김현은 소파 주위를 서성거렸다.
소파 팔걸이에 앉았다가 일어섰다를 반복하며 왜 상추가 죽
어 버렸는지 생각하고 또 생각했다.

그냥 잊고 넘어갈 문제가 아니었다.

철목을 쓰러뜨린 능력은 곧 뱀파이어 여신관을 죽인 능력
이었다. 또한 바마퉁을 따라다니는 수수께끼의 정령 추영에

게서 잠재력을 이끌어 낸 능력이며, 상추 씨앗에서 싹을 틔워 낸 능력이기도 했다.

"무극지체의 능력이야."

김현은 손바닥을 들여다보며 속삭였다.

베란다로 나간 김현은 상추를 자세히 살폈다. 잎은 바스러져 회복이 불가능했지만 줄기와 뿌리는 살아 있었다. 한숨을 내쉰 그는 조심스럽게 손을 올리고 상추 뿌리 내부로 천천히 빠져들었다.

약해진 진동이 희미하게 느껴졌다. 단번에 다가가면 뿌리까지 모조리 죽을 것 같아서 겁이 났다.

멀리서 망원경으로 야생동물을 지켜보는 것처럼 신중하게 바라보기만 했다. 대체 무엇 때문에 상추 잎이 시들어 버렸는지 알아내기 전에는 더 가까이 다가가지 않으리라 마음먹었다.

수도 마르세르의 왕궁에서 열렸던 무도회가 기억났다. 육사형 콜마에게서 배운 어설픈 춤으로 무도회에 참석했고, 공주에 이어서 왕비와 춤을 추었다.

무도회 전날, 육사형 콜마는 이렇게 말했다.

─춤은 우아한 대결이란다.

당시의 일을 떠올렸던 노바디는 상추가 왜 저 지경이 되었는지 깨달았다. 이유를 알고 나니, 한숨이 흘러나왔다.

사마귀와 춤을 추고 싶었던 코끼리의 조심성 없는 행동에 사마귀가 밟힌 꼴이었다.

처음 상추 씨앗 내부의 진동과 리듬을 감지하여 폭발적인 성장을 가능케 했던 김현과 조금 전 베란다에서 상추를 반쯤 죽여 버린 김현은 완전히 다른 사람이었다. 소주천과 대주천, 2갑자의 내공, 규검 그리고 오랜 단련으로 깊어진 능력까지 고려한다면 상추의 뿌리가 살아남았다는 사실이 오히려 기적이었다.

그 사실을 깨달은 김현은 문을 열어 놓은 채 거실로 들어와 베란다를 바라보며 앉았다.

눈을 감은 그는 손을 뻗었다. 손에서 한 줄기 기가 흘러나와 베란다에 놓인 화분을 감쌌다. 김현은 그 기를 통하여 상추 내부의 기운을 느끼기 위해 정신을 집중했다.

짜증이 날 만큼 상추 특유의 진동을 감지하기 어려웠다.

'그때도 쉽지 않았어. 이게 정상이야.'

한참 만에 겨우 상추 내부로 파고든 김현은 조심스럽게 그 리듬을 느꼈다.

진동이 약해지자 김현은 좀 더 뒤로 물러났다. 힘의 균형을 맞추기 위해서였다. 거의 식탁 옆에까지 이른 후에야 김현은 상추 내부의 진동과 하나로 어우러질 수 있었다.

춤이 시작되었다. 눈을 뜬 김현은 뿌리와 연결된 줄기에서

싱크

잎이 자라는 광경을 볼 수 있었다. 오래지 않아 처음보다 더 무성해졌다.

"다행이야."

한숨을 내쉰 김현은 방으로 향했다. 페플로 들어가기 위해서였다.

골목을 가득 메울 만큼 많은 사람들이 여관 입구 앞에 모여 있었다. 붉은색의 세련된 베레모를 쓴 듯한 귀족 가문의 집사들이었다. 그들의 목적은 단 하나, 롭시스 국수 한 그릇으로 유명해진 이방인을 설득하여 고위 귀족의 초대에 응하게 만드는 것이었다.

호기심 많은 이방인들도 제법 몰려와 있었다. 그들은 의외의 퀘스트를 노리고 있었다. 귀족은 보상이 짭짤한 퀘스트를 얻을 수 있는 대상이었다.

어떻게 하면 분신의 지속 시간을 늘릴 수 있을지 고민하며 이것저것 시도하던 노바디는 2층 방 창문을 살짝 열어 아래를 내려다보며 한숨을 내쉬었다.

"저기 노바디 님이 계시오!"

집사 한 명이 노바디를 발견하고 손가락으로 가리키며 외쳤다. 사람들은 일제히 위를 올려다보며 소리를 질러 댔다.

제발 초대에 응해 달라는 요청이었다.

그 절박한 목소리를 들을 때마다 노바디는 퀘스트 창을 볼 수 있었다. 자리를 빛내 달라는 둥, 고귀한 자들만 참석할 수 있는 연회라는 둥 격식을 갖춘 초대장은 노바디에겐 부담스러운 퀘스트였다.

그런 퀘스트를 거절할 때마다 명성이 하락했다.

—명성이 10 감소합니다.

명성이라는 속성에 신경 쓴 적은 없지만, 그래도 지금까지 쌓아 올린 것이 와르르 무너지는 것 같아서 기분이 그다지 좋지 않았다. 무엇보다 이런 결정으로 인해 사부 셀레스카르에게 불이익이 가지 않을까 염려되었다.

"계속 숨어 있을 수는 없어요."

체리가 말했다.

"알아."

노바디는 다시 한숨을 내쉬었다.

"쉽게 생각하십시오, 대사형. 그들은 그저 대사형을 초대하여 자신의 권위를 보여 주려는 것뿐입니다. 대사형께도 분명 득이 될 겁니다."

아로간타르였다.

"체리, 넌 그런 자리에서 필요한 예절을 잘 알고 있지?"

노바디가 물었다.

"물론이죠. 전 뮤카멘 백작가에서 자랐으니까요."

"좀 가르쳐 줘. 아무래도 꽤 필요할 것 같아."

노바디는 마음을 다잡았다. 피할 수 없으면 정면으로 부딪 칠 수밖에 없다.

예절은 엄청나게 복잡했다. 식사 예절, 대화 예절, 복장 예절, 표정 예절, 동작 예절, 장소 예절 등 매우 세세하게 나 뉘어 있는 예절의 핵심은 '계급'이었다.

기본적으로 룬트란 왕국의 계급은 다섯으로 나뉘어 있었 다. 왕족, 귀족, 마법사 · 현자 · 학자 · 상인 그리고 무인과 용병 같은 전문적인 사람들, 그 아래에 평민이 있고 바닥엔 노예가 존재했다.

"노예도 있어?"

"노예 없는 세상은 없어요."

체리는 웃으며 말했다. 매우 똑똑하고 재미있는 여자지만, 이 순간 노바디는 체리 역시 계급이 존재하는 귀족 사회에서 태어나고 자란 사람임을 깨달았다.

놀랍게도 각 계층 내부에도 등급이 나뉘어 있었다. 귀족은 공작, 후작, 백작, 자작 그리고 남작의 작위로 이루어지는 데, 각 작위마다 수백 개나 될 만큼 정교하게 예절이 구성되 어 있었다. 예절은 각 계급의 권위이자 명예를 의미했다.

낮은 계급은 기본적으로 높은 계급의 사람을 정면으로, 똑 바로 쳐다봐서는 안 된다. 높은 계급이 먼저 말을 하기 전까 지는 입을 다물어야 하며, 질문에 대해서는 빠르고 정확하게 대답해야 한다.

낮은 계급은 높은 계급보다 화려한 복장을 입을 수 없다. 모자, 셔츠, 장갑, 목걸이, 반지, 팔찌, 벨트, 구두 등 몸에 걸치는 모든 것에 적용되는 규칙이었다.

때로는 눈살이 찌푸려지는 예절도 있었다.

먹을 것이 넘쳐 나는 연회에서는 입에 넣어 오물거린 음식을 삼키지 않고 바닥에 뱉는 게 예절이었다. 그 끔찍한 오물은 바닥을 기는 노예들이 재빨리 치움으로써 높은 계급은 배부르지 않은 상태에서 계속 나오는 고급 요리의 맛을 즐길 수 있는 것이다.

'포아'라 불리는 그 노예들은 주로 열 살 남짓의 아이들이었다. 몸집이 작아야 높은 계급 사람들에게 불편함을 주지 않고 테이블 아래를 잘 기어 다닐 수 있기 때문이다.

두 시간 연속으로 체리에게서 예절을 배우던 노바디는 고개를 흔들었다.

"난 도저히 못 하겠어. 이런 건…… 예절이 아니야."

"저도 어릴 때는 그런 생각을 했어요. 왜 이런 걸 배워야 하는지 얼마나 자주 생각했는지 몰라요. 그렇지만 이게 현실이고, 이게 룬트란 왕국이에요."

노바디는 체리를 바라보았다.

체리가 무슨 말을 하는지 느낄 수 있었다. 결혼이 싫어서 이방인의 시녀를 자처한 체리에게 저 복잡하고 까다로운 예절이 얼마나 무거운 짐이었을지 이제야 알 것 같았다.

룬트란 왕국에 속한 사람이면 누구나 예절을 배우고 익혀야 한다. 이방인은 그럴 필요가 없다. 처음부터 이곳과 관련이 없는 존재이기에.

노바디는 갈림길에 서 있었다. 이방인이되 이방인 같지 않다는 이야기를 들어 왔던 그는 이방인으로서 살지, 아니면 이곳 사람으로서 살아갈지 선택해야만 했다.

보통 게이머는 이런 고민에 시간을 쏟지 않는다. 아니, 고민 자체를 하지 않는다. 그들에게 페플은 휴가지나 다를 바 없었다. 현실의 고민은 접어 두고 신나게 놀면서 시간을 보내다가 가 버리면 그만이니까.

"마음의 준비가 되면 부르세요, 마스터."

체리는 복도로 나갔다. 아로간타르는 예절 수업이 시작되고 10분도 못 되어 무극심법 수련을 위해 뒤뜰로 내려가 버렸기 때문에, 노바디는 혼자 방에 남았다.

생각을 거듭하던 노바디는 콜마의 방으로 갔다. 동그란 안경을 쓰고 책을 읽던 콜마는 부드러운 눈빛으로 노바디를 맞이했다. 이미 마음고생을 아는 듯한 태도였다.

"혼란스럽지?"

"조금요."

"언젠가 이런 날이 올 줄은 알았지만, 이렇게나 빨리 올 줄은 몰랐다."

콜마는 막내의 눈부신 성장을 기꺼워하며 말했다.

"육사형, 저는 어떻게 하는 게 좋을까요?"

"네가 누구냐에 따라서 달라지겠지."

지혜가 담긴 대답.

노바디는 머릿속이 시원해지는 기분이었다. 비록 자세한 설명과 조언은 아니었지만, 오히려 지금의 노바디에겐 그 어떤 충고보다 적절한 가르침이었다.

이곳 사람인 겔란드를 대사형으로 받아들이지 않았다면, 셀레스카르의 제자가 되지 않았다면 이런 고민을 할 이유는 없다. 지금이라도 그 관계를 끊어 버린다면 여관으로 몰려들어 주인을 난감하게 만드는 저 사람들을 무시해 버릴 수도 있으리라.

"감사합니다, 육사형."

노바디는 체리의 방 앞으로 가서 문을 두드렸다.

밖으로 나온 체리가 물었다.

"당신은 누군가요?"

"멀리서 온 친구."

입에서 그 말이 튀어나온 후에야 노바디는 적절한 대답임을 깨달았다.

"재미있는 표현이네요. 마스터께 어울리긴 해요. 그러면 이곳에 대해 좀 더 아셔야겠네요. 친구라면 관심을 가질 테니까요."

"……좀 간략하게 안 될까?"

"노력해 볼게요."

체리가 피식 웃는 순간, 밖에서 거친 목소리가 들렸다.

"노바디, 밖으로 나와라. 나 황무검 론젠이 네 허명을 까발려 주마! 너를 꺾어 셀레스카르의 명성이 과장임을 만방에 알릴 것이다."

"이럴 때는 어떻게 하는 게 좋을까?"

"응징해야죠."

체리는 단호했다.

한숨을 내쉬던 노바디는 냉정한 태도를 유지하는 체리를 본 순간 좋은 아이디어를 떠올렸다. 모든 것을 직접 다 할 필요는 없다. 적소에 유능한 인재를 기용하는 것도 능력이니까.

여관 밖으로 나간 노바디는 자신을 기다리는 사람의 수가 예상보다 몇 배나 많다는 사실에 압도당할 뻔했다. 수백 명에 달하는 사람들에게 주목받기는 처음이었다. 대부분 게이머가 아니라 이곳 사람들, 바로 NPC였다.

황무검 론젠이 사람들을 옆으로 밀며 앞으로 나왔다. 그 뒤에는 론젠과 비슷한 분위기의 사람들이 따라왔다. 론젠의 제자들이었다.

"론젠은 엘루마에서 제법 잘나가는 무인 중 한 명이에요. 아마 마스터를 쓰러뜨려 부와 명예를 얻고 싶겠죠. 앞으로도 종종 귀찮은 일에 휘말리게 될 거예요. 명성이 높을수록 파리가 꼬이니까요."

체리가 속삭였다.

노바디는 사람들이 보는 가운데 앞으로 나가 론젠을 마주 보았다.

키가 대략 190센티미터는 될 듯한 론젠은 전신이 근육질이었다. 화려한 은빛 갑옷을 착용한 그는 등에 거대한 양손검을 메고 있었다.

그 앞에 선 노바디는 호리호리한 체격의 소유자였다. 용현갑은 내부로 숨겨져 있어 갑옷은 입지 않은 것처럼 보였다. 여러 종류의 능력이 걸려 있는 반지를 손가락마다 끼고 겹쳐서 여러 개의 팔찌를 차는 보통 이방인과 달리, 복장은 단출했다.

"황무검 론젠이 그대 노바디에게 결투를 신청하오."

노바디는 이곳 상식에 밝은 체리를 쳐다봤다.

체리가 고개를 끄덕였다.

론젠을 응시한 노바디가 말했다.

"받아들입니다."

"결투의 결과에 전적으로 승복하시오."

"그러죠."

대답이 끝나는 순간, 론젠이 다가와 주먹을 뻗었다. 붕, 공기를 가르는 소리는 요란했지만 노바디는 하품을 할 만큼 지루했다.

'아로간타르를 불러서 상대하라고 할까? 아, 그렇지. 그렇게 하면 되겠구나.'

노바디는 오른발을 축으로 삼으며 왼발을 뒤로 옮겼다. 몸을 비틀어 옆으로 움직이자 주먹이 눈앞으로 지나갔다. 손목을 부러뜨릴까, 팔꿈치를 비틀까 생각했지만 너무 쉽다는 생각에 뒤로 물러섰다.

"쥐새끼 같은 놈!"

론젠은 검을 뽑았다.

두 손으로 검을 잡을 수 있도록 고안된 자루는 그 길이가 40센티미터나 되었다.

2미터가 넘는 양손검이 론젠의 손에 의해 빙글빙글 회전했다. 왼손을 중심으로 오른손을 휘돌려 사선 방향으로 회전시킨 후에는 반대로 오른손을 축으로 삼고 왼손을 움직여 그 커다란 검을 돌렸다.

갑자기 검을 앞으로 내밀어 찌르는 론젠.

검을 창처럼 사용하는 그 독특한 자세에 노바디는 호기심을 느끼며 옆으로 피했다.

론젠은 검을 유연하게 회전시켰다.

노바디는 바닥으로 몸을 눕히며 눈앞을 지나가는 검의 움직임과 자루를 쥔 론젠의 손을 유심히 살폈다. 이렇게 길고 무거운 검을 이용할 때의 장점과 단점을 파악하기 위해서였다.

일부러 여관 벽으로 물러섰다. 저 검술의 위력을 직접 눈으로 보기 위해서였다.

대검이 허리를 자를 듯한 기세로 날아오자, 발로 바닥을 구르며 벽을 타고 올랐다. 대검은 불꽃을 튀기며 벽 일부를 부수었다. 여관 주인이 눈살을 찌푸리자, 론젠이 그를 보며 소리쳤다.

"결투에서 패한 자가 갚을 것이다!"

주인은 고개를 돌려 노바디를 바라보았다. 노바디는 웃으며 고개를 끄덕였다.

맹렬한 기세로 달려와 대검으로 찌르고 빙글 회전시키며 정수리와 어깨, 옆구리를 노리는 론젠의 공격 방식은 곧 바닥을 드러냈다. 잡힐 듯하면서도 민첩하게 피하는 노바디 때문에 론젠은 곧 숨을 헐떡거렸다.

"헉헉, 늙은 엘프가 도망치는 법만 가르친 모양이군."

정면으로 싸우게 만들려는 치졸한 도발이었다.

눈썹 끝이 올라간 노바디는 발을 굴렀다. 무극심법 제2문 쌍각 중 타각이었다. 타각의 충격력에 바닥에 박혀 있던 돌이 요란한 소리를 내며 부딪치더니 흙먼지가 위로 솟구쳤다.

사람들은 놀라며 뒤로 물러섰지만 갑자기 일어난 흙먼지로 인해 아무것도 볼 수 없었다.

한 줄기 바람에 황색의 연기가 걷히자, 바닥에 쓰러져 기절한 론젠이 보였다. 노바디는 론젠의 대검을 한 손으로 가볍게 쥐고 있었다.

"사부님!"

제자들이 론젠 곁으로 달려갔다. 그중 몇 명이 일그러진 얼굴로 노바디에게 달려들었다.

노바디가 휘두른 대검의 풍압에 제자들이 뒤로 날아갔다.

그들을 노려본 노바디는 대검을 바닥에 꽂았다. 단단한 땅이 아니라 두부처럼 흐물흐물한 늪에 대검을 박은 것처럼, 너무나 쉽게 검날이 땅 아래로 사라지고 검 자루만 남았다.

그 압도적 힘에 물러선 제자들을 바라보며 피식 웃은 노바디가 자루를 밟자, 자루까지 땅속으로 파묻혔다.

"그냥 기절했을 뿐입니다. 불만이 있다면 언제든지 찾아와도 됩니다만, 이번처럼 간단히 넘어가진 않을 겁니다."

노바디의 말에 제자들은 정신을 잃어 축 늘어진 론젠을 데리고 사람들 사이로 사라졌다.

노바디는 사람들을 바라보았다.

사람들은 자신도 모르게 한 걸음 물러섰다.

"제게 용무가 있는 분은 앞으로 비서관에게 말씀하십시오."

노바디는 체리를 가리켰다.

노바디로부터 아무런 이야기도 듣지 못했기에 놀랐지만 체리는 마음을 숨길 줄 아는, 귀족가에서 교육을 제대로 받은 사람이었다.

한 걸음 앞으로 나와 가볍게 고개를 숙이면서도 체리는 누가 노바디를 만나기 위해 찾아왔는지 꼼꼼하게 살폈다.

"그리고 제게 이런 종류의 용무가 있으신 분들은……."

노바디는 손가락으로 대검이 박힌 곳을 가리켰다. 사람들은 그 손가락을 따라서 2미터나 되는 대검이 사라지고 흔적만 남은 바닥을 쳐다보았다.

"막내 사제를 먼저 만나십시오."

노바디의 손가락은 천천히 위로 올라와 아로간타르를 가리켰다.

뒤뜰에서 무극심법을 수련하고 있다가 소란을 듣고 나왔던 아로간타르는 가슴을 활짝 펴고 앞으로 나와 거친 눈빛으로 사람들을 노려보았다. 노바디와 론젠의 비무를 직접 보고 기가 죽은 무인들은 아로간타르와 눈도 제대로 맞추지 못했다.

노바디는 하품을 하며 여관 뒤뜰로 향했다.

쌓아 올린 벽돌이 보이지 않을 만큼 초록색 담쟁이넝쿨이 담벼락을 덮고 있었다. 담이 꺾이는 곳에는 나무 뚜껑을 덮어 놓은 우물이 자리 잡고 있었다. 장독 몇 개가 우물을 에워싸듯 놓여 있는데, 반사된 햇살로 표면이 번쩍거렸다.

묘하게 조용한 곳이었다.

귀를 기울이면 귀족 가문 집사들이 서로 먼저 체리에게 말하겠다고 다투는 소리가 들리지만, 청명 덕분에 유난히 노바디의 청력이 좋은 탓이었다.

노바디는 나무 그늘로 갔다. 바닥에는 무성한 나뭇잎을 겨우 뚫은 햇빛이 조각조각 흩어져 있었다.

무극심법 제1문 축현의 자세를 잡은 노바디는 왠지 모르게 몸도 마음도 편했다. 수련할 때만큼은 모든 것을 잊을 수 있어서 좋았다. 싱크 현상도, 각성자 길드도, 이곳 페플에서의 문제도, 심지어 고생하는 엄마를 향한 애정과 염려도 수련 중에는 노바디를 괴롭힐 수 없었다.

'어쩌면 난 이 고요한 시간이 필요하기 때문에 수련을 하는지도 몰라.'

시선이 느껴졌다.

노바디는 짜증이 났다. 2층 난간에 기댄 채 뒤뜰을 내려다보는 사람이 누군지는 이미 알고 있었다. 삐걱거리는, 조심성 없는 발소리 때문이었다.

드라쿤이 난간을 넘으며 아래로 뛰어내렸다. 가볍게 착지한 그는 노바디를 향해 다가왔다.

노바디는 자세를 풀고 드라쿤을 향해 몸을 돌렸다.

"축하합니다. 롭시스 국수 이야기, 이제 막 들었거든요."

"……네, 감사합니다."

"심심한데 저와 한판 붙지 않겠습니까?"

"……."

노바디는 어떻게 해야 이 재수 없는 인간을 쫓아낼 수 있을지 머릿속으로 생각하느라 아무 말도 할 수 없었다.

"PvP, 어떻습니까? 겁이 나면 안 해도 됩니다. 물론 전 무기를 사용하지 않을 겁니다. 저렙을 상대로 마검을 휘두를 수는 없으니까요. 그리고 생명력이 20% 남으면 자동으로 끝내도록 방을 만들겠습니다."

살살 속을 긁는 기분 나쁜 말투.

"합시다."

노바디는 이 사내를 제대로 쓰러뜨려 저 느끼한 미소를 지워 버리고 싶었다.

"제가 PvP 방을 만들어 요청하겠습니다. 자, 됐습니다. 수락하면 됩니다. 내키지 않으면 안 해도 됩니다. 다만, 소문은 역시 소문에 불과하다는 편견이 좀 강해질 뿐이겠지요."

실실 웃는 드라쿤.

노바디는 반투명 창을 본 후, 요청을 받아들였다.

섬광이 터졌다.

여관 뒤뜰에 있던 노바디는 사방에서 쏟아지는 함성에 귀가 아플 지경이었다. 주위를 살핀 그의 입에서 신음이 흘러나왔다. 수만 명이 객석에 앉아 소리를 질러 대고 있었다.

"어떻습니까? 마음에 듭니까?"

드라쿤이 10미터 앞쪽에 서 있었다. 그의 목소리는 어마어마한 환호를 뚫고 또렷하게 들렸다.

"여기, 어디죠?"

"콜로세움입니다. 싸우기에 아주 좋은 곳이죠. 이렇게 관객이 있으면 더 힘이 나는 법이니까요."

"휴우, 상관없습니다."

PvP는 방을 만드는 사람이 그 형태를 정할 수 있었다. 노바디는 이 소음이 마음에 들지 않았지만 그렇다고 바꿔 달라고 요청하긴 싫었다.

"아, 제가 실수를 했습니다. 생명력의 20%만 남으면 PvP가 끝나도록 설정하려 했는데, 그만 데스 매치가 되고 말았습니다. 저렙이니 레벨 하락 외엔 다른 불이익은 없을 겁니다. 괜찮겠지요?"

"……네."

노바디는 드라쿤이 처음부터 데스 매치를 원했음을 깨달았다.

'오히려 잘됐어.'

그렇게 생각한 노바디는 입고 있던 용현갑을 인벤토리에 넣었다. 드라쿤에게 용현갑을 보여 주고 싶지 않았다. 사라겐의 비월도 사용할 생각은 없었다.

"갑니다."

드라쿤의 현란한 보법. 지그재그로 다가오자 먼지가 일었다.

'저것 역시 스킬이야.'

노바디는 진짜로 스킬을 이해한 상태에서 펼치는 것과 그

저 선택만 하면 자동으로 펼쳐지는 것이 얼마나 다른지 눈으로 보고 느낄 수 있었다.

스킬 자체의 위력은 드라쿤이 높을지 몰라도, 아까 잠시 맞붙었던 론젠이 더 강했다. 초반에 당황하지 않는다면 론젠이 결국 이기리라 노바디는 판단했다.

드라쿤의 공격 방식을 지켜보며 사선으로 몸을 피한 노바디는 그 보법을 자세히 살폈다. 수라부월공, 무극심법 그리고 광현칠검보까지 다양한 무공을 익혔지만, 아직 실전에 쓸 만한 보법을 배운 적은 없었다.

'지그재그인데도 어떻게 저리 빠를 수 있을까? 직선으로 오는 것보다 더 빠른 느낌이야.'

세 번 연속 보법을 살핀 노바디가 입을 열었다. 보법의 이름을 알기 위해서였다.

"보법이 훌륭합니다."

"루네람의 브리즈 댄싱입니다. 기가 막히죠?"

드라쿤이 소리쳤다. 루네람은 그레아트, 콘빅토르 등과 함께 7대무문 중 보법으로 유명했다.

"다음은 콘빅토르의 벽맥권이니, 잘 피하십시오."

드라쿤이 내민 주먹이 바람을 일으키며 노바디의 상체, 특히 명치를 노렸다. 움켜쥔 주먹으로 도드라진 핏줄이 보였다. 점점 핏줄은 파랗게 변했다.

벽맥권 자체의 위력은 대단했지만, 드라쿤은 그 타이밍을 제대로 맞추지 못했다.

노바디는 천무삼권 중 불욕이정의 수법으로 물러섰다. 가벼운 깃털이 되어 밀려드는 바람의 힘에 비례하여 가볍게 피한 것이다.

"회피술이 제법입니다."

드라쿤의 목소리에 장난기가 아직은 남아 있었다. 노바디를 상대로 절대 지지 않으리라는 자신감이 그 장난기의 근원이었다.

"운이 좋았지요."

노바디는 드라쿤이 가진 스킬을 모두 보기 위해 약간 혼이 난 듯한 표정을 지었다.

"하하, 제 생각도 같습니다. 다음은 태천문의 반월권입니다. 이번엔 기대하세요."

반월도법을 권법으로 바꾸어 그 강맹함은 떨어지지만 보다 민첩한 공격이 가능한 반월권도 그 나름대로 장점이 있었다. 겉핥기로 스킬을 익힌 드라쿤은 공격 일변도로 나가는 바람에 반월권 특유의 위력이 죽고 말았다.

그때, 드라쿤의 몸놀림이 달라졌다. 뚝뚝 끊기던 동작이 물 흐르듯 이어질 뿐 아니라, 여러 초식이 하나처럼 연결되어 노바디를 공략한 것이다.

조금 더 가까운 곳에서 태천문의 반월권을 보고 있던 노바디는 깜짝 놀라 몸을 피했지만 옷이 잡혀 찢어지고 말았다.

'이번엔 날카로웠어. 조금만 늦었으면 죽었을지도 몰라.'

노바디는 드라쿤을 이해할 수 없었다.

익힌 무공은 모두 7대무문이 자랑할 만큼 수준이 높은데도 정작 펼치는 방식은 초보자나 다를 바 없었다. 생각 없이 맹렬하게 공격을 퍼부어 그중 하나라도 맞기를 바라는, 도박 같은 공격 방식이었다. 그래서 스킬에 의지하는 게이머라 생각했건만, 이제는 대단히 정교한 연속 공격을 보여 주었다.

드라쿤은 낭패한 표정으로 노바디를 쏘아보았다.

'어떻게 이걸 피한 거지? 완벽한 콤비네이션이었는데. 이건 프로스 세븐 콤비네이션이야! 내가 무려 천만 원이나 내고 구입한 콤비네이션인데. 대체 저 자식, 뭐야?'

노바디는 인벤토리에서 목검을 꺼냈다. 가쿨라 사사형이 준 훈련용 목검이었다.

"맨손으로는 힘들 것 같아서요."

"맨손으론 재미없지요."

드라쿤도 단검을 꺼냈다.

거리를 5미터까지 좁힌 노바디가 발을 굴렀다. 무극심법의 타각이었다. 그 충격력이 먼지를 위로 피워 올리며 다가와 드라쿤을 덮쳤다.

발을 통해 올라온 어마어마한 진동에 몸이 공중으로 떠올랐다. 그와 동시에 생명력의 27%가 사라졌다!

3층 방에서 노바디와 이방인 무인 사이의 대결을 내려다본

싱크

드라쿤은 왜 그 덩치 큰 사내가 한 방에 기절했는지 알 것 같았다. 발로 스며들어 몸 전체로 퍼져 나가는 이 충격은…… 피할 수 없는 공격이었다.

노바디가 목검을 든 채 먼지를 뚫고 나타났다.

드라쿤은 단검을 내밀었지만, 노바디의 목검에 닿는 순간 손바닥이 찢어지며 단검이 날아가 버렸다.

목검은 허공에 뜬 드라쿤의 명치, 어깨, 옆구리를 사정없이 갈겼다. 맞을 때마다 생명력이 쭉쭉 빠졌지만 8%를 남겼을 무렵, 노바디가 뒤로 물러섰다.

포션을 사용하여 생명력을 회복한 후에야 겨우 몸을 일으킨 드라쿤을 향해 단검이 날아왔다. 노바디가 목검으로 골프 치듯 단검을 쳐서 날린 것이다. 드라쿤은 엉겁결에 손을 내밀었지만 단검을 놓치고 말았다.

'모양 빠지게 이게 뭐야.'

속으로 투덜거린 드라쿤이지만, 체면 때문에 마검 플레임 소드를 꺼낼 수는 없었다. 생각 끝에 계정 귀속 아이템인 라파와 젤루를 선택했다. 임무 부여가 가능한 두 단검은 바로 몬즈 마을을 초토화시킬 때 사용한 무기였다.

'죽여 버리겠어, 이 새끼.'

드라쿤은 노바디를 노려보았다.

"갑니다."

웃음을 지은 채 목검을 들어 올린 노바디.

"개새끼."

드라쿤은 욕을 하며 앞으로 달려오다가 두 개의 단검 라파와 젤루를 던졌다.

라파는 정면으로 화살처럼 날아왔다. 노바디가 내민 목검을 부드럽게 피한 라파가 가슴에 다다르자 노바디는 살짝 옆으로 피했지만 곧 등 뒤로 다가오는 서늘한 기운을 감지했다. 또 다른 단검 젤루가 등줄기를 노리고 날아온 것이다.

살아 있는 두 자루의 단검은 꽤 까다로웠다. 노바디는 목검으로 수라부월공을 주로 펼쳤기 때문에 단검 특유의 민첩한 공격을 상대하기가 쉽지 않았다.

"하하, 역시 넌 아무것도 아니었어."

허리에 손을 올린 자세로 깔깔 웃어 대는 드라쿤.

앞과 뒤에서 자유롭게, 위협적으로 공격하는 두 자루 단검으로부터 몸을 보호하던 노바디는 눈살을 찌푸렸다. 도저히 이해가 되지 않는 부분이 있었다.

'일관성이 없어. 처음엔 정말 어설펐는데. 아! 내 실력을 알아보기 위해 일부러 약한 척했던 거였어. 제대로 상대해야겠다. 그게 예의니까.'

눈이 커진 노바디는 목검으로 라파를 튕겨 내고, 등을 파고드는 젤루를 피한 후에 무기를 교체했다. 목검을 넣고 사라겐의 비월을 꺼낸 것이다.

텅!

타각을 펼쳐 다가오는 라파, 젤루를 그 자리에 묶어 버린 노바디는 회전 공격인 비어초목으로 두 자루 단검을 멀리 날려 버렸다. 그다음, 공중으로 뛰어올라 수라부월공의 절초 동령고송을 펼쳤다.

드라쿤은 루네람의 보법 브리즈 댄싱으로 피하려 했지만, 노바디가 빨랐다. 사라겐의 비월이 드라쿤의 가슴을 반으로 갈랐다.

그 순간, 생명력이 바닥나며 드라쿤은 죽었다. 강제로 로그아웃된 것이다. 드라쿤이 사라졌다.

바닥에는 두 자루 단검 라파와 젤루가 떨어져 있었다. 노바디가 주워 들자, 메시지 창이 떴다.

-PvP 데스 매치에서 승리하셨습니다. 전리품은 노바디 님 소유입니다.

곧 섬광이 터졌다.

잠시 후 여관 뒤뜰에 나타난 노바디는 고개를 갸웃거렸다. 왜 드라쿤은 가만히 있다가 죽었을까? 그 이유를 도저히 알 수가 없었다.

'상관없어. 그보다, 이걸 팔면 얼마나 받을 수 있을까?'

노바디의 입가에 미소가 걸렸다.

다음 권으로 이어집니다

200평 초대형 24시 만화방

📖 수원시청점

로데오거리 ●농협

● CGV ⑧ 수원시청역 8번출구

24시 만화방 3F ●홍콩반점

TEL : 031-226-3771
수원시 팔달구 인계동 1041-11 3층 24시 만화방

수면실 (침대식) — 사우나석

2인석 — 샤워실

세탁기 — 신간100%

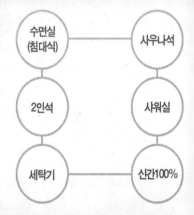

📖 의정부점

의정부역 ④ ⑤ 흥선지하도

◀서울방향

진성약국 던킨도넛츠

24시 만화방 3F

TEL : 031-856-3971
경기도 의정부시 의정부동 197-13 3층

📖 안양점

●안양역 육교

◀관악역 명학역▶

농협 24시 만화방 2F 안양일번가

TEL : 031-466-3771
경기도 안양시 안양동 674-163 공룡일건물 2층

📖 주안점

주안 남부역

◀제물포 간석동▶

민병철 어학원

24시 만화방 6F

TEL : 032-426-2871
인천광역시 주안남부역 지하상가 4번 출구 GS25시 건물 6층

📖 안산점

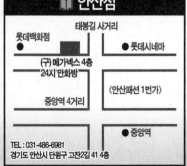

롯데백화점 태봉길 사거리 ●롯데시네마

(구) 메가넥스 4층 24시 만화방 〈안산패션 1번가〉

중앙역 4거리 ●중앙역

TEL : 031-486-6981
경기도 안산시 단원구 고잔2길 41 4층

아빠의 축구

허원진 장편소설

구민재 장편소설 **정글러**

갑작스레 변한 미친 세상 속
생명을 담보로 한 처절한 게임
가슴 서늘한 치명적인 전율이 시작된다!
『정글러』

어느 날 각국 최고 지도자에게 날아온 초대장
그리고 시작된 생존 게임
"Welcome to the jungle!"

성명 : 윤지호
소속 : 국토안보기구 방위국
전투력 : SS등급
특이 사항 : 정글 투입 3회 (세계 유일)

임무가 끝나고 휴식을 즐기던 어느 날
악몽 같던 정글이 현실에 강림했다!

몬스터에 점령당하고 열대우림에 잠식된 도심 속에서
인류 최강의 전사, 정글러 윤지호
생존을 향한 그의 치열한 투쟁기!